NARRATIVA

891

# C.M. Ewan

# LA VISITA

Romanzo

TRADUZIONE DI
SERENA TARDIOLI

Titolo originale
*The House Hunt*

ISBN 978-88-429-3564-3

Per essere informato sulle novità
del Gruppo editoriale Mauri Spagnol visita:
www.illibraio.it

In copertina: immagini © Shutterstock
Art director: Giacomo Callo
Graphic designer: Davide Nasta
Design originale: Neil Lang, Macmillan Art Department

# LA VISITA

*Alla mia agente, Camilla Bolton,*
*e alla mia editor, Vicki Mellor,*
*con profonda gratitudine*

**Hai un nuovo messaggio in segreteria.**
**Messaggio lasciato: oggi, alle 15.36.**

Lucy, sono Bethany. Sono in ritardo con tutto, mi hanno incastrato in un altro appuntamento. Una giornata assurda. Senti, lo so che hai detto che non vuoi mostrare la casa da sola, ma puoi iniziare la visita prima che arrivi io? L'acquirente si chiama Donovan ed è estremamente motivato, credo proprio che sia la casa perfetta per lui. E con questo mercato, se vuoi davvero venderla... Chiamami se hai problemi e cercherò di fissare un altro appuntamento, ma se non ho tue notizie arriverò il prima possibile. Okay? Okay. In bocca al lupo!

# 1

Sam era fuori e io passavo l'aspirapolvere, perseguitata dalla paranoia. Stare da sola mi faceva venire la pelle d'oca: avevo la sensazione che un estraneo mi si avvicinasse di soppiatto alle spalle, anzi, ne ero convinta.

La schiena mi formicolava. M'irrigidii.

E poi mi girai.

Mi giravo *sempre*.

Anche se non c'era nessuno, non poteva esserci, e lo sapevo bene, perché avevo visto Sam andarsene. L'avevo sentito chiudere la porta d'ingresso, l'avevo salutato quando si era fermato per sorridermi dal cancelletto in fondo al viale.

Non c'era mai nessuno.

C'ero sempre e solo io, e nessun altro.

E così tornai alle mie faccende e alla solita routine. Il rombo assordante dell'aspirapolvere. I brividi lungo la schiena. La paura insistente che, se non mi fossi girata...

Non era razionale. Ne ero consapevole. E ne avevo discusso con Sam fino allo sfinimento, ovviamente. Non che lui ne fosse sorpreso. Avevamo parlato di quello che mi era capitato tante volte... fin troppe, pensavo di tanto in tanto. A Sam piaceva dire per scherzo che per lui era un rischio del mestiere.

Spensi l'aspirapolvere. Trattenni il fiato. Raddrizzai la

schiena e, sì, mi guardai alle spalle. Infine tirai un sospiro di sollievo e alzai lo sguardo al lucernario.

Mi trovavo nella camera da letto in mansarda, una delle mie stanze preferite. Era quasi sempre inondata di luce, anche in una giornata uggiosa e ventosa come quella. Le pareti bianche e la moquette spessa e chiara mi davano la sensazione di poter riordinare meglio i pensieri. Quella stanza mi dava un senso di calma e di lucidità che non sempre riuscivo a trovare.

Un luogo sicuro.

Mi scrollai il nervosismo di dosso e riposi l'aspirapolvere nel mobiletto sotto lo spiovente del tetto, poi sfilai il cellulare dalla tasca dei jeans per guardare l'ora.

Durante la visita sarei andata in un bar nelle vicinanze. Avrei preso il mio libro, ordinato un Earl Grey al limone e avrei cercato di rilassarmi. Una volta terminato il giro della casa, Bethany mi avrebbe chiamato per raccontarmi com'erano andate le cose. Con un po' di fortuna, forse quel giorno avremmo finalmente ricevuto un'offerta che non potevamo rifiutare.

Fu allora che notai il messaggio in segreteria. Una fitta di angoscia mi fece attorcigliare lo stomaco. Già prima di aprire la segreteria ebbi un brutto presentimento e, quando ascoltai il messaggio di Bethany, la sensazione peggiorò.

Riattaccai. Avevo un groppo appiccicoso in gola, le mani che mi formicolavano con un brusio sordo.

*Calmati, Lucy.*

Mancava un quarto d'ora all'appuntamento.

Impossibile cancellarlo, ormai.

O magari era possibile, ma sarebbe stato da maleducati e non ci potevamo permettere d'irritare un potenziale acquirente.

Mi si era seccata la bocca. Mi presi la testa tra le mani nel tentativo di tenere a bada un attacco di panico.

I debiti stavano aumentando a dismisura. Sam aveva contratto prestiti per coprire i costi di ristrutturazione e, quando non erano stati più abbastanza, il conto della carta di credito aveva cominciato ad aumentare ogni mese. Sam ci aveva perso il sonno. E l'idea di vendere la casa e lasciare Londra per sempre significava molto di più per entrambi: fare tabula rasa, ricominciare daccapo.

*Bethany.*

Mi stava simpatica, anche se, sotto molti aspetti, era la tipica agente immobiliare. A volte era invadente e sfacciata, e per lei mentire era facile come bere un bicchiere d'acqua, ma almeno non cercava di dissimularlo, cosa che in un certo senso la rendeva sincera.

Di notte, quando Sam si girava e rigirava brontolando e io restavo in ascolto, nell'oscurità così densa da essere palpabile, aspettandomi di sentire lo scatto secco della serratura della porta del bagno e il raspare metallico di una voce sconosciuta, mi aggrappavo al ricordo della prima volta in cui Bethany era venuta a casa nostra: era entrata in scena con un costoso cappotto e grandi occhiali da vista, e si era messa subito a complimentarsi per i mobili di buon gusto e per come avevamo reso appetibile il numero 18 di Forrester Avenue.

Mi fidavo di lei – per quanto fosse possibile fidarsi di un agente immobiliare – e ultimamente mi ero ritrovata a sperare che saremmo rimaste in contatto anche dopo aver venduto la casa, ma era difficile mettere a tacere il sospetto che avrebbe potuto avvertirmi prima del ritardo, che mi aveva teso un'imboscata di proposito.

*E allora? Adesso devi fare buon viso a cattivo gioco.*

Uscii dalla mansarda e scesi di corsa le scale fino al primo piano, attraversai il pianerottolo e mi precipitai lungo la seconda rampa diretta alla zona giorno, guardando ovunque alla ricerca di qualcosa che mi fosse sfuggito.

Tutte le luci erano accese. Avevo comprato gigli freschi dal fioraio locale e li avevo messi in un vaso di ceramica sul tavolino di marmo. Le assi color miele del parquet brillavano. Quella mattina stessa avevo spolverato ogni singola lamella delle persiane di legno chiaro che avevamo montato nel bovindo.

*Okay. Tutto a posto.*

Mi voltai e guardai verso la cucina, sottoposta e raggiungibile tramite alcuni gradini. Non avevo preparato il caffè. Bethany ci aveva avvertito che era un cliché fin troppo banale. Ma mi ero assicurata che tutto fosse pulito in modo impeccabile.

Durante la ristrutturazione, avevamo abbattuto quasi tutte le pareti del piano inferiore per creare un unico grande open space che terminava con una serie di porte-finestre in stile industriale che davano accesso al modesto giardino sul retro. Avevamo fatto quasi tutti i lavori da soli, martellando e intonacando, ma la cucina era stata installata da professionisti ed era elegante e di lusso. Mobili costosi, elettrodomestici di alta qualità. Il granito dei piani di lavoro e l'ampia isola erano costati quanto un'auto nuova.

«Ne varrà la pena.» Sam aveva alzato lo sguardo dai fogli di calcolo, con gli occhi arrossati e una patina di polvere e sporcizia sui capelli spettinati. All'epoca non sapevo bene chi di noi due stesse cercando di convincere.

«Costa parecchio, ma è ciò che si aspettano gli acquirenti di un posto del genere. È il modo migliore per proteggere il nostro investimento.»

Mi girava la testa.

Chissà come avrebbe reagito Sam se gli avessi confessato che stavo per mostrare la nostra casa a un estraneo da sola. Forse sarebbe rimasto un attimo in silenzio, a riflettere, poi mi avrebbe abbracciato, mi avrebbe accarezzato la schiena e avrebbe detto che forse era giunto il momento di affrontare le mie paure.

Non che potessi domandarglielo. Sam stava senz'altro finendo una lezione e poi sarebbe andato al suo gruppo di sostegno. Avrebbe avuto il cellulare spento.

E comunque Bethany aveva detto che era per strada. Non sarei rimasta sola a lungo.

Mi mordicchiai la guancia e notai il cappotto e la sciarpa che avevo messo sullo schienale del divano di velluto verde, pronti all'uso. Li presi, li portai al piano di sopra e li appesi nella cabina armadio ricavata da una stanza degli ospiti accanto a camera nostra.

Dopodiché mi diressi verso il letto, lisciando la coperta che tenevo da parte apposta per le visite. C'erano diversi guanciali e cuscini decorativi appoggiati all'enorme testiera che avevo imbottito di persona, un progetto durato giorni.

La testiera era fissata a una parete divisoria che separava la camera dal bagno interno e, nell'insieme, dava alla stanza l'impressione di una suite di lusso in un boutique hotel. Speravo che avesse l'aria di uno spazio rilassante dove dormire, anche se per noi non era sempre stato così.

*Ti prego, sii quello giusto. Ti prego, sii quello giusto.*

Scorsi il mio riflesso nello specchio a figura intera accanto alla porta. Una donna pallida, innegabilmente stanca, sulla trentina. Capelli legati alla bell'e meglio. Maglione a trecce di lana e jeans comodi. Rughe agli angoli degli occhi e della bocca.

Forse mi sarei dovuta cambiare, per dare un'impressione migliore?

Ma, prima che potessi farlo, suonò il campanello.

Era in anticipo.

Non di molto, ma bastò a cogliermi di sorpresa.

L'app del campanello vibrava.

Potevo ignorare la notifica. Lo sapevo. Potevo scendere al piano di sotto, aprire la porta d'ingresso e accoglierlo in casa con un sorriso forzato.

Invece esitai, tirai fuori il cellulare dalla tasca dei jeans e fissai l'immagine dell'uomo sulla soglia di casa mia.

Mi tremavano le dita. Un sapore metallico m'invase la bocca.

Non riuscivo a vederlo bene perché guardava in basso. Scorgevo solo la cima della testa: aveva capelli grigi ondulati e ben curati. Il cappotto di lana scura aveva il colletto alzato. Indossava un paio di guanti di pelle marrone e teneva le mani giunte. Aveva le spalle larghe e un fisico atletico.

*Se solo lo potessi vedere in faccia...*

Lanciai un'occhiata alle persiane aperte, poi presi una decisione e premetti il tasto di risposta sul cellulare.

«Sì?»

Lo dissi con la maggior disinvoltura possibile, come se aspettassi il corriere, e l'uomo alzò lo sguardo e fissò nella telecamera con un bel sorriso.

Non lo conoscevo, anche se il pensiero non mi era per niente d'aiuto.

Era di una bellezza ruvida. Una fronte larga e occhi di un azzurro meraviglioso. Mascella ombreggiata da una barba sottile. Sotto il cappotto indossava un maglione a collo alto marrone chiaro.

Aveva l'aria annoiata di un cantante da pub, elegante, stanco e forse coi postumi di una lunga notte passata a mormorare melodie nel microfono.

«Sono Donovan.» Si spostò di lato e indicò il cartello VENDESI nel nostro cortile. Era fissato alla ringhiera di metallo verniciato sopra il muretto che condividevamo col vicino alla nostra destra. Il resto del cortile era protetto da una tenace siepe di bosso che avevamo potato e tenuto per la privacy, a sua volta chiusa da un'altra ringhiera di metallo. «Sono qui per vedere la casa.»

«Un secondo.» Gli scattai velocemente una foto col cellulare e la mandai subito a Bethany.

Ti scrivo solo per accertarmi che sia questo l'uomo che ha preso l'appuntamento con te. Donovan?

Bethany avrebbe pensato che fosse una cosa strana, forse nevrotica, ma in quel momento non m'importava. Avevo bisogno di essere rassicurata se dovevo condurre la visita per conto mio.

Sullo schermo apparvero tre puntini. Mentre aspettavo la risposta di Bethany, una fitta d'ansia mi trafisse il petto e tornai al video dell'ingresso.

L'uomo aveva fatto un passo indietro e si era chinato per ispezionare la muratura intorno al bovindo, con lo sguardo rivolto verso il tetto.

Alle sue spalle avevo una panoramica bombata di Forrester Avenue. La fila di case a schiera vittoriane di fronte alla nostra con le facciate dipinte e i mattoni rossi. I vecchi platani appassiti che costeggiavano la via. Le auto e i furgoni dei commercianti parcheggiati l'uno di fronte all'altro lungo il marciapiedi, coperti di foglie morte. Quasi tutte le auto erano BMW e Range Rover. Alcune erano Porsche.

Non c'era traffico, ma una ragazzina con l'uniforme rossa e grigia della scuola elementare locale sfrecciò lungo il marciapiedi su un monopattino, seguita di buon passo da una donna con l'impermeabile, gli occhi fissi sul cellulare e lo zainetto della bambina su una spalla.

Il messaggio di Bethany apparve in alto sullo schermo.

Gnam! Si chiama Donovan. Digli pure che sono single e... divertiti!

Sospirai di sollievo mentre scrivevo una risposta veloce.

Okay, grazie. Quanto ti manca per arrivare?

Ma questa volta non rispose.

Infilai il telefono in tasca, chiusi gli occhi per un attimo, in preda alle vertigini, e mi dissi che ce l'avrei fatta, che sarebbe andato tutto bene. Poi strinsi i pugni e mi avvicinai alle scale.

Ero a metà strada quando sentii un urlo provenire dall'esterno.

Aprii la porta e scoprii che l'uomo che si era presentato come Donovan era svanito.

Ma solo per un secondo. Quando m'infilai le scarpe e mi avventurai oltre la siepe di bosso, lo trovai in ginocchio sul marciapiedi di fronte a casa nostra. Mi dava le spalle. Mi avvicinai e fu allora che vidi la bambina stesa a terra.

Era caduta dal monopattino e urlava di dolore. Il monopattino era rovesciato lì vicino, con le ruote che giravano ancora.

«Ehi. Ehi, va tutto bene.» Donovan aveva una voce roca e profonda, e teneva con delicatezza i polsi della bambina tra le mani guantate. Si era scorticata un palmo, il graffio insanguinato sporco di ghiaia, e tremava tutta. C'era uno strappo nei collant grigi all'altezza di un ginocchio e una scarpa si era sfilata. Aveva gli occhi sbarrati e spauriti mentre piangeva a dirotto.

«Dove hai imparato a fare un'acrobazia del genere? Perché devo dire che sei stata davvero brava.»

Lei lo guardò interdetta, singhiozzando, con le labbra tremanti. L'aria era così umida e gelida che il suo respiro formava nuvole di condensa.

«Oh, tesoro, ti avevo detto di stare attenta.» La donna accovacciata accanto a loro, la madre della bambina, parlò in tono amorevole.

«Non penso sia rotto. Le verrà solo un livido», disse Donovan.

Chissà se era un medico. Dal vivo i suoi occhi erano gonfi per la stanchezza, i suoi movimenti lenti e affaticati. Forse aveva appena finito il turno al Charing Cross Hospital o al Queen Mary's. Forse era per quel motivo che voleva comprare in zona.

Evidentemente percepì la mia presenza, perché alzò lo sguardo verso di me con un sorriso lento.

Arrossii. «Sono la proprietaria del numero 18, Lucy.» Indicai la porta d'ingresso aperta.

«Ciao, Lucy.» Un lampo di preoccupazione gli attraversò gli occhi e rivolse di nuovo lo sguardo alla bambina. «Non avresti per caso un panno pulito, o dei fazzoletti, o...?»

«Certo. Vado a prendere qualcosa.» Corsi dentro, presi la cassetta del pronto soccorso sotto il lavandino ed estrassi un paio di salviettine disinfettanti incartate e un cerotto. Quando tornai fuori, Donovan stava rimettendo la scarpa alla bambina mentre la madre lo ringraziava profusamente; gli aveva posato la mano sul braccio e lo fissava con uno sguardo insistente.

«Ecco.» Le porsi le salviette e il cerotto e lei li prese, infastidita dall'interruzione.

Aveva lunghi capelli biondi, freschi di parrucchiere. Trucco immacolato. Era snella e indossava un abito aderente e stivali al ginocchio, molto alla moda. Avevo visto diverse donne vestite come lei accompagnare i figli ai cancelli della scuola, a bordo di SUV costosi.

Non per la prima volta, mi sentii un pesce fuor d'acqua: ero diversa dagli altri ricchi residenti di Putney.

Sam aveva ereditato la casa dai nonni materni. Altrimenti non ci saremmo potuti permettere di vivere lì. Ce l'avevamo messa tutta, ma avevamo dato fondo a quasi i nostri interi risparmi per ristrutturare la casa in vista della vendita.

Mentre la donna tamponava il ginocchio della bambina con una salvietta, incrociai le braccia e guardai casa nostra. Era a tre piani, con la mansarda e un paio di portefinestre incastonate in uno degli abbaini dell'ultimo piano che si aprivano su un piccolo balcone nascosto dietro un parapetto triangolare. La casa era dipinta di giallo limone, a parte le finestre di un bianco candido. La porta d'ingresso era di un rosso intenso e lucido.

«Grazie ancora, è stato molto gentile.» La voce della donna era sommessa.

«Non è nulla, davvero.» Donovan aiutò la bambina a rimettersi in piedi e a recuperare il monopattino. Mentre lei saltellava e sussultava, lui si allontanò, portandosi una mano alla nuca, di colpo impacciato. «Be', statemi bene.»

«Oh, senz'altro. È stato un *vero* piacere conoscerla.»

Le osservammo allontanarsi – la donna non mi aveva nemmeno guardato – e, quando lanciò un'ultima occhiata a Donovan, tra noi calò l'imbarazzo.

«Mi dispiace per la situazione», disse lui.

«No, hai fatto la cosa giusta.»

Mi scrutò da vicino, come se la mia opinione gli importasse davvero, e per un attimo avvertii tutta la forza del suo fascino, del suo aspetto, di tutto.

«Sei tu la proprietaria?»

«No, è il mio ragazzo.»

«Ah.» Un altro sorriso lento. «Bethany è dentro?»

Corrugai la fronte. «Non ti ha chiamato?»

«Perché? Oh, no.» Allarmato, si toccò frenetico le tasche del cappotto per cercare il cellulare. «Ha cancellato l'appuntamento? Avete già accettato un'offerta?»

«No, nulla del genere.» Gli spiegai che Bethany era in ritardo e mi aveva chiesto d'iniziare la visita in sua assenza.

Doveva esserci stato qualcosa nel mio tono, un accenno alla mia reticenza o al disagio che cercavo di nascondere, perché indugiò e inclinò la testa. «E a te sta bene?»

«Be'...»

«Perché, se così non fosse, posso aspettare. Non è un problema. Dovrei avvertirti, però, che devo andarmene tra circa mezz'ora. Bethany ti ha detto quanto tempo ci metterà?»

Non mi aveva detto nulla. E non avevo ancora ricevuto una risposta all'ultimo messaggio. Speravo che significasse che era quasi arrivata, ma si stava facendo tardi, la luce di ottobre cominciava ad attenuarsi e sapevo che il traffico in zona sarebbe stato caotico.

Mi alzai in punta di piedi, come se mi aspettassi di vederla sfrecciare verso di noi nella sua Mini col logo dell'agenzia, e fu allora che sentii una fitta al petto.

C'erano altri due cartelli VENDESI nella nostra via. Io e Sam avevamo cercato le due proprietà online non appena erano state messe sul mercato. La prima casa aveva una bella veranda annessa, l'altra un bagno in più e un prezzo competitivo. C'era anche una serie di altre case circondate da impalcature e schermi di compensato, dov'erano al lavoro squadre di muratori e operai. Era facile intuire che alcune di esse sarebbero state messe sul mercato nel giro di poco tempo.

Donovan seguì il mio sguardo, o forse mi lesse nel pensiero, e in quel momento capii cosa dovevo fare. «No, non aspettiamo. Prego, entra pure.»

# 4

## *Sam*

Tra il numero 18 di Forrester Avenue e la London School
of Economics, situata tra Covent Garden e Holborn, c'erano quasi dieci chilometri. Era possibile arrivarci a piedi in
poco meno di due ore, anche se quel giorno Sam aveva
preso la metropolitana – la linea District da Putney Bridge
a Temple – e poi aveva fatto una passeggiata di dieci minuti. Aveva tenuto una lezione introduttiva sulla percezione e sulla memoria a studenti del primo anno mezzi ad-
dormentati e vagamente interessati, e ora eccolo lì, a contemplare i quattro sconosciuti seduti di fronte.

L'aula seminari al primo piano non aveva molto di
speciale. C'erano la moquette grigia e resistente, le pareti
imbiancate e il controsoffitto di quasi tutte le altre aule
del complesso universitario. C'era la stessa lavagna inte-
rattiva. Lo stesso cancellino macchiato e gli stessi penna-
relli. La stessa disposizione a ferro di cavallo di tavoli e
sedie.

Con due grandi differenze.

La prima era all'esterno dell'aula, dove sotto il numero
apposto accanto alla porta – 22A – c'era un piccolo schermo su cui Sam aveva scritto INCONTRO PRIVATO.

L'altra era all'interno dell'aula, al centro della quale
Sam aveva disposto sei sedie in cerchio. Erano sei perché
era impossibile prevedere quante altre persone avrebbe-

ro risposto agli annunci che aveva pubblicato online e affisso per il complesso universitario.

AVETE UNA PAURA O UNA FOBIA INVALIDANTE?
VOLETE PARLARNE IN UN GRUPPO DI SOSTEGNO?

«Come vi fa sentire, stare qui?» chiese.

Gli sconosciuti sorrisero nervosi, si scambiarono sguardi esitanti, si guardarono le mani.

Passò un breve istante di silenzio prima che una donna graziosa con una larga camicia di jeans, una collana variopinta e leggings scuri rompesse il ghiaccio. «Un po' agitata?»

«Devo dire che per me è lo stesso.» Il ragazzo alto e muscoloso, in abbigliamento sportivo, seduto accanto a lei aveva un accento raffinato, una postura eccellente e una massa di capelli biondi e ricci. Sul pettorale sinistro della felpa che indossava sopra un paio di pantaloncini da ginnastica c'era il simbolo del club di canottaggio dell'università.

«Spero solo che sia un po' d'aiuto.» La ragazza snella con l'ombretto scuro, il rossetto viola e i capelli neri dava l'impressione di essere una studentessa dell'ultimo anno. Aveva diversi piercing all'orecchio e un anello al labbro. Dalla borsa di pelle nera aperta sul pavimento accanto a lei fuoriuscivano raccoglitori e libri di testo.

«Non so proprio cosa aspettarmi.» Quest'ultima risposta, pronunciata quasi sottovoce, proveniva da un ragazzo scarno e dagli occhi sgranati, vestito con un maglione aderente con lo scollo a V e jeans attillati grigi. Non aveva smesso di agitarsi da quand'era arrivato.

Sam lo riconobbe e provò compassione. Lo aveva visto dietro il bancone della biblioteca universitaria, anche se non c'era da sorprendersi che si fosse tolto il cordino con la tessera del personale prima di venire.

Sam annuì e sorrise, come se avessero detto esattamente quello che lui si aspettava. «Okay, bene. La prima cosa che voglio sappiate è che questo è uno spazio sicuro. Avete presentato i moduli di consenso, che io non leggo, e non siete tenuti a dire a nessuno il vostro nome né a fornire nessun dettaglio identificativo.» *A parte le ansie e le paure paralizzanti che siete venuti a condividere.*

Perché la verità era che Sam sapeva riconoscere i segnali. L'irrequietezza febbrile. La pelle secca, gli occhi tormentati e le labbra screpolate. I sorrisi sofferti, la diffidenza e la riluttanza a incrociare il suo sguardo, come se ognuno portasse un fardello di cui vergognarsi.

Non era la prima volfa che Sam organizzava un gruppo di sostegno. Negli ultimi tre anni aveva gestito attività simili, sia per soddisfare i requisiti d'impegno nella comunità imposti dall'università a tutto il personale accademico, sia per fare del bene.

In realtà i gruppi gli avevano anche offerto alcune interessanti opportunità di ricerca, che era la vera passione di Sam. Ormai la sua carriera aveva cominciato a stagnare, anche perché il carico di lavoro da docente si era appesantito, e le opportunità di fare ricerca vera e propria diventavano sempre meno; ecco perché percepiva un fremito nell'aria. La cosa interessante delle fobie era l'incognita: con cosa avrebbe avuto a che fare? Era impossibile saperlo con precisione. E se alcuni dei partecipanti presenti avessero dato il consenso per ulteriori valutazioni in futuro...

«Niente nomi?» chiese il giovane raffinato, riportandolo alla realtà.

«Per ora.» Sam percepì chiari segni di sollievo. «È la nostra prima sessione. Vediamo che aria tira la prossima volta.»

Sempre se si fossero ripresentati, cosa che non tutti avrebbero fatto; Sam lo sapeva per esperienza.

L'anonimato, però, avrebbe aiutato. E non solo perché incoraggiava i membri del gruppo a rilassarsi. La verità era che Sam doveva anche stare attento a non immedesimarsi troppo nella vita delle persone che cercavano il suo aiuto. Era fondamentale porre una certa distanza scientifica, ove possibile, cercando di considerarli potenziali casi di studio, non esseri umani. Parte di ciò era dovuta alla necessità di mantenere un certo rigore accademico, mentre il resto era puro istinto di sopravvivenza.

Non che ciò gli impedisse di assegnare a tutti un'etichetta personale. Il bibliotecario poteva essere, be', il Bibliotecario. La donna con la camiciola di jeans e le perline colorate poteva essere l'Artista. La studentessa pallida coi capelli scuri e coi piercing poteva essere la Ragazza Smarrita. Ciò lasciava al ragazzo in tenuta sportiva e scarpe da ginnastica immacolate il ruolo dell'Atleta.

«Aspettiamo ancora un paio di minuti.» Sam tirò fuori il cellulare dalla tasca per guardare l'ora e notò l'icona dell'aeroplano nell'angolo superiore dello schermo. «Potete spegnere il telefono o metterlo in modalità aereo, per cortesia?»

Si diffuse un fruscio quando iniziarono a frugare in tasche, zaini e borse.

Fu in quel momento che la porta della stanza si spalancò e un uomo dal viso rossastro e dalla calvizie incipiente sporse la testa all'interno. Aveva una corporatura tarchiata e il naso schiacciato che chiaramente si era rotto da giovane.

« È qui che devo venire se sto andando fuori di testa? » chiese con voce profonda e roca.

Il Pugile, decise Sam. « Non è proprio così che la metterei, ma entra pure. Accomodati. »

## 5

«Wow!» esclamò Donovan. «È incredibile!»

Un sollievo incerto mi pulsava nel petto. Chiusi piano la porta d'ingresso e mi girai, dando le spalle al muro mentre Donovan avanzava nella zona giorno aperta e si sbottonava il cappotto con una mano.

Ero sola con uno sconosciuto in casa mia.

Non riuscivo a capacitarmene.

Il cuore cominciò a martellarmi. Il nodo allo stomaco si stringeva sempre di più.

Feci un respiro lento e profondo, e guardai di nuovo la porta d'ingresso. Era ancora lì. Ancora a portata di mano. Potevo uscire quando volevo, se ne avevo bisogno, ma al momento il mio cervello stava facendo di tutto per convincermi del contrario. «Ti piace, allora?»

«È magnifica.»

Mi costrinsi a distogliere lo sguardo dalla porta. La testa mi formicolava in un modo che era quasi piacevole, come a volte mi capitava quando andavo dal parrucchiere. Era bello sentirselo dire. Alla fine *dovevamo* vendere, però tra me e me volevo che chiunque comprasse la casa la amasse quanto noi. Non potevamo permetterci di fare gli schizzinosi, ma era importante per me trovare un acquirente che apprezzasse tutto il nostro duro lavoro.

«Questo colore...» Indicò le pareti.

Feci un piccolo passo in avanti, prendendomi il polso

sinistro con l'altra mano per evitare di grattarmi dal nervosismo. «Ci abbiamo messo una vita per trovare la giusta tonalità di bianco.»

«Illumina proprio tutto l'ambiente.»

«Lo pensiamo anche noi.»

Era stata una delle sfide più grandi durante la ristrutturazione. Prima la casa era così buia. Le finestre a saliscendi erano crepate e sporche. Le pareti erano ricoperte da strati sovrapposti di carta da parati con un motivo floreale scuro. Le modanature e i cornicioni, incrostati e danneggiati, erano stati verniciati di uno strano marrone macchiettato, dando l'impressione che ci avessero spento sopra varie sigarette.

Volevo cambiare tutto quello. Dare nuova vita a ogni stanza.

«Il camino è originale?»

«Sì.» Un altro passetto in avanti. «Mi piacciono molto le venature del marmo.»

«E le piastrelle?»

«Sono di recupero. Le piastrelle originali erano troppo danneggiate, ma ho scattato delle foto e ho trovato quelle che vedi in un magazzino. Volevamo che ogni modifica fosse il più simile possibile all'originale.»

«Avete conservato il parquet?»

«Sì. Ogni asse.»

E lo sapevo bene. Era stato un lavoro certosino. Avevo tolto la moquette rovinata che lo nascondeva, poi avevo levigato le assi, le avevo pulite e verniciate, riempiendo di polvere ogni fessura della casa. Avevo indossato occhiali di sicurezza e una mascherina per la levigatura, ma questo non mi aveva impedito di essere tormentata per settimane da una tosse secca.

Donovan si accovacciò e passò le dita guantate sul prodotto finale, poi indugiò con lo sguardo su di me. «Senti, anche se alla fine non dovessi comprare, mi daresti il nome dell'impresa? La cura e l'abilità artigianale in questa ristrutturazione sono davvero notevoli.»

Esitai. «Potrei, ma non ti sarebbe utile. Abbiamo fatto quasi tutto da soli.»

«Davvero?» Aveva un'espressione stupefatta. «Il tuo ragazzo lavora nel settore?»

Scoppiai in una risata sincera. «No. Sam è un docente della facoltà di Scienze psicologiche e comportamentali dell'LSE.»

E sarebbe stato il primo ad ammettere di non essere un talento naturale del fai-da-te. Sam era alto e allampanato, con capelli scuri a spazzola e sempre indisciplinati. Lo amavo, ma era molto più adatto a ordinare un toast all'avocado e un macchiato con latte d'avena nel bar hipster all'angolo che a montare una serie di mensole. Era stato atroce vederlo sollevare a fatica sacchi d'intonaco umido e calcinacci fino a uno dei tanti cassonetti che avevamo fatto sistemare sulla strada.

«E tu?» chiese Donovan.

Mi strinsi nelle spalle. «Si può imparare molto leggendo.»

«Perché ho l'impressione che sei troppo modesta?»

«Be', in effetti, ho un po' di esperienza nell'interior design.»

«Ah. Questo spiega tutto.» Si guardò di nuovo intorno, sempre accovacciato, con la suola delle scarpe marrone chiaro che scricchiolava sul parquet.

« Ma non abbiamo giocato al risparmio, se è quello che pensi », aggiunsi in fretta. « Ristrutturare questa casa è stata la mia vita negli ultimi anni. »

In quelle parole c'era più verità di quanto non apparisse, forse più di quanto non volessi ammettere. Mi ero sentita a lungo in colpa perché non guadagnavo uno stipendio e non contribuivo economicamente, dopo che la mia attività d'interior designer non era riuscita a decollare. A poco a poco, però, Sam mi aveva convinto che ero io a fargli un favore: potevo supervisionare tutti i lavori di ristrutturazione e design al posto suo e risparmiare sui costi della manodopera. E, una volta terminati i lavori, avrebbe sfruttato le sue conoscenze di fotografia per fare scatti della casa da includere in un portfolio che avrei potuto presentare ai futuri clienti. Sempre che fossi riuscita a trovare il coraggio di rimettermi in gioco...

« Avete comprato la casa apposta per ristrutturarla? »

« No. Era dei nonni di Sam. Si erano trasferiti qui nei primi anni '60, ma ovviamente la casa è vittoriana. »

« Capisco. » Donovan si alzò e avanzò verso il bovindo, aprendo con cura le persiane che avevamo installato e studiando le finestre a ghigliottina che nascondevano. « Posso? »

« Prego. »

Allentò la vite di sicurezza che teneva chiusa la finestra più vicina e alzò con delicatezza l'anta. Scorse senza problemi grazie al sistema di contrappesi nascosto, finché non toccò il fermo a circa due terzi dell'altezza. Donovan strofinò il legno. « Le avete fatte sostituire? »

«Alla fine sì. Abbiamo discusso a lungo, ma poi abbiamo deciso che sarebbe stato meglio installare i doppi vetri anziché mantenere il pannello singolo originale. Abbiamo speso una bella cifra per avere telai autentici.»

Dalla strada giunse un'ondata di rumore. Il ronzio del motore di un'auto che passava. Il grido di uno degli operai vicini. Il *bip* ripetitivo di un segnale di avvertimento di un veicolo in retromarcia. Il ritmo di sottofondo della città.

Mi rassicurava sempre sapere che c'erano così tante persone e tanto movimento intorno a noi. Nonostante ciò, fu gratificante sentire come i suoni si attutivano quando Donovan chiuse la finestra e strinse la vite.

Lo osservai mentre con delicatezza richiudeva le persiane; inclinò le lamelle e ne ammirò il meccanismo, canticchiando tra sé. Per un istante il suo sguardo si perse nel vuoto, come se avesse la testa altrove.

«Tutto questo lavoro...» Si girò verso di me, sistemandosi i guanti. Forse avrei dovuto alzare di un grado il termostato. «Perché vendete, se posso chiederlo?»

*Perché dobbiamo.* Sfoderai un sorriso e gli diedi la risposta ufficiale, la stessa che avevamo dato a Bethany. «Adoriamo la casa ed è stata dura metterla sul mercato, ma abbiamo deciso che per la nostra coppia era giunto il momento di lasciare Londra.»

Annuì piano, poi aprì la bocca, come se fosse sul punto di porre altre domande. Invece andò verso le mensole accanto al camino. Si avvicinò a una foto incorniciata che ritraeva Sam e me.

Sam l'aveva scattata utilizzando il timer di una delle sue vecchie fotocamere. Era dell'estate precedente: ci trovavamo a un tavolo da picnic fuori da un pub del quartiere. Nell'immagine, Sam mi abbracciava. Io ero appoggiata a lui, indossavo una maglietta a righe e avevo gli occhiali da sole sulla testa. Sembravo felice e rilassata, ma era facile ricordare quanto fossi in realtà a pezzi.

C'erano altre fotografie. La maggior parte erano scatti in bianco e nero di me per casa, mentre eseguivo diversi lavori in tenuta da operaia. In alcune piastrellavo il bagno, in altre dipingevo il soffitto della camera da letto, in altre ancora attaccavo la carta da parati. Fin da piccolo Sam era stato un fotografo dilettante. Era una passione che aveva ereditato dal nonno, insieme con l'attrezzatura fotografica, e che aveva poi ampliato con diverse fotocamere e obiettivi più costosi. Provai una fitta di senso di colpa al pensiero che Sam era stato costretto a vendere tutto su eBay sei mesi prima per finanziare il bagno nuovo.

«Dove andrete una volta lasciata Londra?» chiese Donovan.

Esitai, col cuore che mi pulsava in gola, ma quando mi lanciò un'occhiata non sembrò essersi accorto di aver oltrepassato un limite. «Non abbiamo ancora deciso. Per il momento, il piano è di viaggiare per un anno. Vedere il mondo. Sam è fissato col Canada. Io voglio soprattutto sdraiarmi su spiagge esotiche e nuotare nell'oceano.»

Gli si contrasse un muscolo della guancia. «Una bella avventura.»

«Ti va di vedere la cucina?»

# 6

## Sam

Sam guardò a turno ognuna delle cinque persone di fronte a lui. «Allora, ho pensato d'iniziare raccontandovi un po' di me. La prima cosa da dire è che sono un ricercatore alla facoltà di Scienze psicologiche e comportamentali di questa università. Alcuni dei miei principali interessi di ricerca riguardano il modo in cui quantifichiamo la felicità, e come aiutare le persone a cambiare il loro comportamento e a prendere decisioni positive per condurre una vita più felice e sana. Ma – e qui entrate in gioco voi – sono anche affascinato dalle fobie. E, sì, più strane sono, più ci vado a nozze.»

L'Artista e la Ragazza Smarrita lo assecondarono con un sorriso. L'Atleta raddrizzò la schiena, vigile e attento. Il Pugile aggrottò la fronte, grattandosi la pancia sporgente, mentre il Bibliotecario continuava a guardare verso la porta come se stesse contemplando l'idea di andarsene.

«Quello che voglio dire è che potete rilassarvi. O cercare di rilassarvi. Perché, qualsiasi paura abbiate deciso di condividere oggi, probabilmente vi troverò super interessanti. Ma soprattutto – e spero che questa sia una rassicurazione e non una sfida – sappiate che è inverosimile che mi confessiate qualcosa che mi sorprenda. Esistono una serie di fobie documentate e numerosi modelli ricorrenti e catalogati, e nel corso degli anni ho sentito di tutto e di più, potete starne certi.»

Sam tacque per valutare l'atmosfera nella stanza. Per il momento sembrava che quasi tutti stessero seguendo il suo discorso. Come si era immaginato, il Pugile era guardingo e difficile da conquistare, e non era del tutto sorpreso dall'atteggiamento nervoso del Bibliotecario. Ma l'esperienza gli aveva insegnato quanto fosse vitale comunicare dall'inizio le proprie credenziali e aspettative per costruire una base di fiducia.

Appoggiò i gomiti alle gambe e unì le mani. Era un po' teatrale, però funzionava. «Un breve riassunto sulle fobie, perché forse vi chiedete se ne avete davvero una e, se sì, se è poi tutta questa tragedia. Magari no, ma forse sì, e in questo caso voglio che sappiate che sono qui per aiutarvi. Posso fornirvi alcune strategie su cui riflettere, alcuni esercizi da provare a casa e anche consigliarvi terapisti specializzati se opportuno.»

«Che tipo di esercizi?» chiese il Pugile.

«Vi spiegherò meglio più avanti.»

«E se non funzionassero?»

«Le probabilità che non funzionino sono molto basse. Anzi, ci sono ottime possibilità che funzionino in maniera significativa. Molte delle persone che hanno partecipato in passato a questi gruppi di sostegno li hanno trovati estremamente utili.»

«Oh, è rassicurante.» L'Artista sorrise.

«Bene. L'altra cosa che ritengo importante chiarire subito è che tutti noi abbiamo paure e stress nella nostra vita. È assolutamente normale. Per esempio, al momento sto cercando di vendere una casa che ho ereditato e, anche se dovrebbe essere una cosa positiva, comporta pure molti problemi. Preoccupazioni finanziarie. Stress. Sensi di colpa.

Riuscirò a venderla? Quando la venderò? Come? Ma, anche se il pensiero mi tiene sveglio la notte, in realtà è un problema comune. Fa parte delle pressioni e tensioni della vita normale. Con le fobie, invece, stiamo parlando di una paura persistente, irragionevole ed eccessiva che può diventare pervasiva, talvolta schiacciante.»

Tacque di nuovo, consapevole del silenzio attento nella stanza, del modo in cui tutti e cinque pendevano dalle sue parole, come aggrappati alla speranza che Sam detenesse la chiave che avrebbe aperto le gabbie mentali in cui erano intrappolati.

«Se non trattata, come immagino alcuni di voi abbiano riscontrato, qualsiasi fobia può rendere la vita normale sempre più dura.»

Il Pugile grugnì. «Diciamo impossibile.»

«Allora perché non inizi tu? Puoi raccontarci delle tue esperienze?»

## 7

Donovan si avviò davanti a me e scese i tre gradini verso l'ampia isola della cucina. Avevamo fatto installare degli scaffali nella parte più vicina e al centro c'era un lavandino. Tre sgabelli di legno erano disposti lungo il lato destro, rivolti verso il piano cottura incassato tra pratici mobiletti grigi dall'altra parte dell'isola.

Rimasi indietro per mantenere le distanze.

«È evidente che vi siete dati da fare.» Donovan toccò il piano in granito.

«È così.»

L'imponenza della cucina era quasi imbarazzante dal momento che la maggior parte dei pasti che vi consumavamo era modesta. Di rado io e Sam preparavamo piatti sofisticati. E non solo perché al momento non potevamo permetterceli. I nostri gusti erano semplici, cosa su cui Sam scherzava sempre. Solo la settimana prima aveva messo su uno sciocco teatrino per servirmi zuppa e panini a lume di candela.

«Quand'è stata montata?»

«Poco meno di tre mesi fa. Non abbiamo ancora riempito tutti gli armadietti. È stato uno degli ultimi lavori che abbiamo completato. Sono tutti elettrodomestici di alta qualità. C'è un forno a vapore. Il frigorifero americano con congelatore. Una macchinetta del caffè incorporata. Sam mi ha convinto a prendere due lavastoviglie.»

«Due?»

«Quando una è in funzione, riempi l'altra. In questo modo si mantengono le superfici pulite e ordinate.»

«Ah. Ed è qualcosa che conta molto per Sam?»

Un guizzo d'irritazione. «Anche per me.»

Annuì come se la cosa avesse senso e fece uscire un getto d'acqua fumante dal rubinetto d'ottone. Quando lo richiuse, fece un verso di apprezzamento. «Tutta la casa è immacolata.»

«Ci piace tenere le cose in ordine.»

«Vorrei poter dire lo stesso di casa mia. È sempre così, o l'avete riordinata per venderla?»

Il suo tono era disinvolto, ma percepii la vera domanda tra le righe. Ebbi l'impressione che stesse cercando di valutare quanto fossimo desiderosi di vendere. *Attenta.* «A dire il vero, è un po' tutt'e due le cose.»

«Ho notato che quasi tutte le fotografie che avete in mostra vi ritraggono mentre lavorate alla casa. È stato un suggerimento di Bethany?»

Mi misi subito all'erta. Pensai di capire cosa stesse insinuando. Il buon senso vuole che si rimuovano gli effetti personali, come fotografie di parenti e amici, per far sì che l'acquirente possa immaginarsi di vivere nella casa. Ma la realtà era che la nostra decisione di mettere in mostra scatti dei lavori di ristrutturazione non aveva nulla a che fare con Bethany o coi consigli che avrebbe potuto darci.

Com'era prevedibile, però, non avevo intenzione di dire a un perfetto sconosciuto che il motivo per cui non avevo fotografie della mia famiglia era perché non ne avevo una. O che, quando mi ero trasferita a Londra qualche anno prima, era stato poco dopo aver scoperto che il mio ex andava a letto con la mia migliore amica. Avevo tagliato i ponti con loro e con quasi tutte le persone che mi ricordavano la mia vita passata: ero determinata a ricominciare da zero in quella città.

Anche Sam aveva una storia simile. Vedere foto dei suoi genitori in giro per la casa lo avrebbe solo rattristato. Erano morti quand'era adolescente, molto prima che ci conoscessimo. Lo avevano cresciuto i nonni. Era un'altra ragione per cui la casa aveva così tanta importanza per lui.

Donovan agitò una mano. «Mi dispiace. Non sono affari miei.» Si spostò all'estremità dell'isola, dove si chinò per guardare sotto il bancone. «Bel refrigeratore per il vino.»

«Grazie.»

«Chi è l'appassionato di sauvignon blanc?»

«Soprattutto io.»

In genere, Sam si godeva una lager nelle rare occasioni in cui beveva, mentre io mi versavo un bicchiere di vino quasi tutte le sere. A volte, quando la paura e la paranoia sembravano insormontabili, bevevo di nascosto anche il pomeriggio.

Donovan si raddrizzò e andò verso le portefinestre in fondo alla cucina, accanto alla parete di mattoni a vista, al tavolo da pranzo in quercia e alle panche che avevo rivestito in montone. Lo osservai avvicinare il viso al vetro, allungare il collo e guardare le proprietà a schiera accanto. «Cosa puoi dirmi dei vicini?»

«Da un lato c'è una coppia di avvocati con figli adolescenti. Hanno lo studio in centro. I ragazzi sono a scuola quasi tutto il giorno.»

«Non suonano la batteria, vero?»

«Per fortuna no. Al momento sono in vacanza. I figli

frequentano una scuola privata e adesso è chiusa per le vacanze di metà quadrimestre. Hanno una seconda casa in Cornovaglia.»

«E all'altro lato?»

«John. È in pensione.»

«E loro?»

Indicò la parte posteriore della casa a schiera che affacciava sul nostro giardino sul retro. Era rivolta sulla via accanto.

«Non ne ho idea, purtroppo. Londra, sai com'è.»

Per un attimo fu come se non mi avesse sentito. La sua attenzione era ancora focalizzata sul retro della casa: forse avrei dovuto aggiungere qualcos'altro, se la privacy era importante per lui. Cercai di pensare a cosa avrebbe detto Bethany. «Di rado li vedo in giardino. Dal piano di sopra si nota che è un po' trascurato, quindi non lo usano spesso. E poi sono solo la finestra del bagno e quella della camera da letto che si affacciano verso di noi, quindi non abbiamo mai avuto problemi.»

Rimase in silenzio, a valutare le mie parole, prima d'indicare la chiave nella serratura vicino al suo fianco. «Posso dare un'occhiata?»

«Certo.»

Girò rapidamente la chiave e spalancò la porta, varcando la soglia verso il giardino sul retro. La mia piccola oasi.

Lo spazio era modesto, quindi lo avevo mantenuto il più semplice possibile. Le piastrelle in porcellana del patio erano di un moderno grigio-bluastro che brillava come il ghiaccio in una giornata di pioggia. Le avevamo posate esattamente alla stessa altezza del pavimento interno per dare l'impressione di una transizione fluida tra dentro e fuori, e avevamo assunto un elettricista per installare delle discrete luci a incasso. Avevo imbiancato le pareti di mattoni e poi Sam e io avevamo lavorato insieme per mettere pannelli di recinzione decorativi in cima. Nell'angolo in fondo avevo progettato un'area salotto con sopra una tenda a vela. Era circondata da aiuole rialzate e vasi con arbusti in forme geometriche, lavanda ed erbe per conferire un po' di verde e di struttura.

Mentre Donovan contemplava il giardino, mi avventurai verso la porta aperta, aggrappandomi al telaio e sporgendomi nell'aria fresca e umida.

Mi tornò in mente un altro ricordo recente. A tarda notte, e non molto tempo prima, avevo ballato un lento con Sam lì fuori, al ritmo della musica che proveniva dalla radio in cucina. Sam era un pessimo ballerino, ma pian piano si era rilassato e io mi ero abbandonata tra le sue braccia. Mi ricordava che, una volta venduta la casa, non avremmo detto addio solo alla fatica, al sudore e alle lacrime, ma anche a tanti momenti dolci.

«Che ne pensi?» chiesi a Donovan.

Stava guardando di nuovo le proprietà vicine, osservandole con attenzione. «Non c'è un accesso sul retro?»

«No. Dall'altra parte del muro c'è il giardino del vicino. Non c'è un vialetto che ci separa.»

«È mai stato un problema?»

«Non per noi. È meglio per la privacy. E per la sicurezza.» D'istinto, portai una mano alla gola, poi camuffai il gesto indicando il tavolino e le sedie nell'angolo. «È una casa molto tranquilla. Incantevole in primavera ed estate.»

«Mmm.»

Mi infastidiva il fatto che non mostrasse molto interesse per l'area salotto. Ero davvero contenta di com'era venuta. Invece alzò lo sguardo, schermandosi gli occhi mentre studiava il retro della casa.

«Il tetto è nuovo. Sostituire le tegole è stato il primo lavoro che abbiamo iniziato.»

«Dici tutte le cose giuste, Lucy.»

«Ah, sì?»

«Quando Bethany arriverà, dovrò dirle che corre il rischio di perdere il lavoro.» Abbassò le braccia e gettò un'occhiata sommaria al resto del giardino. «Ha detto quando spera di arrivare?»

«No. Non appena poteva.»

Mi fissò a lungo – quasi come se mi stesse guardando attraverso – e fu allora che lo sentii. Il formicolio alla schiena. I brividi sulla pelle. La strana e nervosa sensazione che qualcuno si stesse avvicinando di soppiatto.

*Non adesso.* Ma non riuscii a resistere.

Sfruttando la sua domanda su Bethany come una scusa, mi voltai e con fare plateale m'inclinai da un lato per guardare dalla cucina verso la porta d'ingresso.

Un'ondata di sollievo.

Non c'era nessuno.

«Passiamo al seminterrato?»

Trasalii e mi girai di scatto: me lo ero ritrovato accanto.

«Scusa. Non volevo spaventarti.»

# 8

## Sam

«Nel mio caso, la mia fissa è stare male», disse il Pugile.

«Che coincidenza, ho lo stesso problema. Anch'io sono ipocondriaco», s'intromise l'Atleta.

«Nah, non in quel senso. Intendo vomitare. Tipo...» Il Pugile indugiò e si portò un pugno davanti alla bocca. Sbuffò più volte, con gli occhi sgranati.

Sam lo osservò con una certa preoccupazione mentre metteva una mano tozza all'altezza del cuore, coprendo il logo del coccodrillo sulla polo sbiadita. Era consapevole degli altri membri del gruppo che si scostavano. «Va tutto bene. Fai con calma.»

Il Pugile annuì e chinò la testa rotonda. Tenne il pugno premuto sulla bocca e fissò il pavimento. Sbuffò un po' più forte. Aveva la nuca arrossata. Quando rialzò la testa, era rosso d'imbarazzo, gli occhi velati e sfocati. Si asciugò le labbra prima di parlare. «Scusate. È che... il *vomito*.» Si coprì di nuovo la bocca e scosse la testa. «Non sopporto nemmeno il pensiero. Ho sempre paura di vomitare. Ultimamente la situazione è peggiorata parecchio.»

Sam annuì per mostrare empatia e comprensione, anche se dentro di sé non poté fare a meno di provare un pizzico di delusione. Aveva già sentito questa storia in passato. Era da molto tempo che non s'imbatteva in qualcosa di davvero unico. Ma il Pugile non aveva bisogno di saperlo. «Quand'è cominciata? Te lo ricordi?»

Il Pugile si leccò le labbra e lo fissò con uno sguardo tormentato. « Credo di avere sempre avuto questa sensazione, ma poi, all'inizio di quest'anno...» Alzò una mano, fece di nuovo il gesto di abbassare la testa e gonfiare le guance. Gli servì qualche altro secondo prima che fosse in grado di continuare, e Sam si assicurò di dargli il tempo necessario. « Sono un tassista, no? E questa ragazza incinta è salita sul taxi e, be', ecco... Hai capito.» Fece una smorfia. « E sono andato fuori di testa. Di brutto. Ho dovuto fermare il taxi, scendere e chiamare un amico per aiutarmi. Alla fine, ha dovuto portare il taxi all'autolavaggio. Per ripulirlo. E anche dopo sentivo ancora l'odore.»

« Non sarà stato facile.»

« È stato un incubo. E ora, ogni volta che un cliente sale a bordo, ci penso sempre. La portiera si chiude e io mi chiedo: 'Starà per...? Starò per...?' » Agitò la mano davanti al naso come per allontanare un odore immaginario. « E poi, dato che ci *penso*, mi sento male e devo smettere di guidare, perché se...»

« Abbiamo capito, grazie.» La Ragazza Smarrita aveva un'espressione disgustata.

« Sì? Be', allora parla tu. Perché sei qui?» le chiese il Pugile.

## 9

Tornai in cucina e feci il giro dell'isola, cercando rifugio dall'altra parte. Trasudavo imbarazzo e disagio. Mi appoggiai al bordo del piano di lavoro e feci un sorriso forzato mentre Donovan chiudeva a chiave la porta del giardino. Quando si girò e mi guardò, mi sentii avvizzire.

«Lucy? Stai bene?»

La porta del seminterrato era pochi metri alla mia sinistra, dopo la fila di mobili contro la parete di fondo. Ci avevamo messo davanti una pattumiera a pedale perché scendevamo di rado laggiù. Sam ci teneva la maggior parte degli attrezzi per il fai-da-te che avevamo usato durante la ristrutturazione.

Ma non era l'unica ragione per cui la pattumiera era lì. Per me rappresentava anche una sorta di barriera di sicurezza. Una barriera psicologica. «Ti sembrerà strano...»

«Mettimi alla prova.»

Parlava con una tale compostezza. Così calmo e paziente. Ancora una volta, mi domandai se avesse una formazione medica. Un buon modo per rapportarsi coi pazienti.

«Non posso andare nel seminterrato.» Lo dissi in fretta, come se strappassi un cerotto.

«Okay», replicò lentamente.

«Sono claustrofobica.»

«Oh, capisco. Quando poco fa ho detto di scendere nel seminterrato...»

Indicò la porta e io feci una smorfia. Mi strinsi il fianco come se avessi i crampi allo stomaco. «Mi dispiace. È che anche solo pensarci mi terrorizza.»

«È così brutto?»

Rabbrividii e annuii. In realtà era molto peggio.

La mia vista stava già cominciando a offuscarsi, le ombre m'invadevano la mente. Sam aveva dato l'intonaco e scattato fotografie che mi mostravano un posto tutt'altro che squallido e buio. Sapevo che lo spazio era ampio e luminoso, e che Sam aveva passato giorni a ripulirlo, a dipingere le pareti, a passare la scopa e l'aspirapolvere sulle piastrelle, a installare un banco e degli armadietti per gli attrezzi. Sapevo tutto questo, ma per qualche motivo una parte di me non ci credeva. Quando pensavo al seminterrato, tutto ciò che riuscivo a immaginare era oscurità, umidità e paura.

«È lo stesso con gli ascensori. O con le gallerie. Anche i parcheggi sotterranei. Solo l'idea di non avere finestre e di essere confinata e...»

«Non fa niente. Capisco.»

Ma non poteva capire davvero. E io *di certo* non gliel'avrei detto.

*È tutto nella tua testa.*

*Puoi tenerlo sotto controllo.*

*Sono solo pensieri, passeranno.*

Potevo quasi sentire Sam pronunciare quelle parole. In passato mi aveva aiutato parecchie volte a superare un attacco di panico sin dalle prime avvisaglie, massaggiandomi la schiena e accarezzandomi i capelli. Una delle cose che mi piacevano di più della nostra relazione era che potevo essere vulnerabile in presenza di Sam: sapevo di poter fare affidamento su di lui e mi fidavo di lui come di nessun altro, un grande passo avanti dopo quello che era successo col mio ex, anche se a volte temevo di non essere una compagnia molto piacevole.

Più di una volta avevo detto a Sam che doveva essere frustrante per lui il fatto che le sue soluzioni non fossero mai state davvero utili per me. Sapevo che funzionavano per molti dei partecipanti ai suoi gruppi di sostegno, perché avevo visto nel suo studio i biglietti di ringraziamento e i regali che molti di loro gli avevano inviato.

Sam, però, si era limitato a sorridere e a dirmi che andava bene così. Il mio caso era solo più complesso e ostinato di altri. Sebbene sapessi che da un certo punto di vista aveva ragione – probabilmente capivo meglio di chiunque altro che la mia fobia era aggravata dal trauma che avevo subito –, non potevo comunque fare a meno di sentirmi come se lo avessi deluso.

Mi ci volle un attimo per rendermi conto che Donovan stava guardando me e la porta del seminterrato a turno, accarezzandosi la mascella. «Il punto è questo: se devo essere sincero, uno dei punti di forza di questa casa per me è il seminterrato che ho visto nei progetti. Ho alcuni attrezzi da palestra e pesi che non voglio tenere in giro, e la descrizione diceva che il seminterrato è finito, quindi...»

«È finito.»

«Giusto. Quindi sì, farebbe proprio al caso mio. E vorrei vederlo, se possibile.»

«Oh, assolutamente! Ti dispiacerebbe aspettare fino all'arrivo di Bethany?»

«Mah, sì. Perché no? Ti va bene mostrarmi il piano di sopra, intanto?»

# 10

*Sam*

« Se proprio vuoi saperlo, il mio problema è il sonno »,
disse la Ragazza Smarrita.

« In che senso? » le chiese Sam.

Infilò le mani nelle tasche della felpa – era nera col personaggio di un anime davanti –, poi s'ingobbì, facendosi
ancora più piccola. « Mi fa paura. » Chinò la testa e nasco-
se la faccia dietro i capelli. « Ho paura che, se mi addormento, muoio. Che non mi sveglierò più. O che qualcuno
mi attacchi mentre dormo. »

« Oh, Gesù », commentò il Pugile.

La ragazza alzò lo sguardo su Sam ed esitò. Lui annuì
per incoraggiarla a proseguire. Ora che ci faceva davvero
caso, notava le occhiaie, forse persino una leggera traccia
d'itterizia. « Quello che descrivi è più comune di quanto
pensi. Si chiama clinofobia. »

« Sì, l'ho googlata. Ma... » Fece spallucce. « Non so da
cosa dipende. »

« Forse non dipende da nulla in particolare. O meglio,
potrebbe non avere una sola causa. Molte fobie derivano
da più fonti e hanno fattori scatenanti complessi che si
combinano o si sovrappongono. »

« Prima dormivo bene, però poi si è intrufolata quest'i-
dea che sarei morta nel sonno, e non se n'è andata via
e... » Si fermò per togliersi qualcosa dall'occhio e, nel farlo, il polsino della felpa scese abbastanza da esporre pic-

coli tagli e abrasioni sul polso. Dal modo in cui l'Artista sussultò, Sam dedusse che anche lei se n'era accorta. «Sono stanchissima.» Le s'incrinò la voce. «Sempre. Cioè, non sono nemmeno sicura di essere davvero seduta qui, adesso. Non so cosa sia reale... o forse niente lo è. Ho sempre mal di testa. Non riesco a mangiare.»

«Mi dispiace», le disse Sam.

«Poverina», disse l'Artista.

«Hai provato i sonniferi?» chiese il Bibliotecario.

Lei rabbrividì. «No. Peggiorerebbero solo la situazione.»

«Esercizio fisico?» suggerì l'Atleta.

Un sorriso fragile. «A volte, se me la sento, ma non capita spesso.»

«Cosa succede quando dormi?» le chiese Sam. «Ogni tanto dovrai pur farlo.»

Si tirò giù le maniche sulle mani, affondando le unghie nei polsini. Erano scheggiate e dipinte dello stesso viola scuro del rossetto. «È orribile. Mi succede questa cosa per cui mi sento soffocare quando sto per addormentarmi. E non riesco mai a dormire come si deve, perché sono tutta contratta e spaventata e cerco di tenere un occhio aperto e... Voglio solo che smetta.» Fissò Sam con occhi imploranti.

Nella stanza calò il silenzio e intorno a lei il gruppo si fece immobile.

Era quello che volevano tutti, Sam lo sapeva bene.

Che le loro fobie svanissero.

La sfida per lui, forse la parte più difficile di tutte, era quella di aiutarli senza fare promesse che non poteva mantenere.

«Venire qui è il primo passo per risolvere la situazione. Ammettere le tue difficoltà, cercare aiuto. Per questo devi essere orgogliosa di te stessa. Sul serio.» Aspettò che lei annuisse e abbozzasse un debole sorriso, poi lasciò passare un breve istante di silenzio prima di rivolgersi all'Atleta. «Tu dicevi di essere ipocondriaco?»

## 11

Mentre saliva le scale, Donovan si voltò per rivolgermi un sorriso d'incoraggiamento, finché la mia mano non afferrò di sua spontanea volontà il corrimano.

*Un passo alla volta. Puoi farcela.*

Non era facile. Avevo le gambe intorpidite. L'istinto urlava di mantenere le distanze. Ma, anche se non riuscivo a crederci, anche se non mi sembrava del tutto reale, dovevo fare uno sforzo.

Era un altro dei detti di Sam, che aveva ripetuto più volte con un sorriso complice durante i lavori di ristrutturazione: «Puoi cambiare solo facendo un cambiamento».

Non solo perché dovevamo vendere la casa, ma anche per me. Sapevo che un giorno avrei dovuto essere forte e superare il passato. Forse quel giorno era arrivato.

«È la specialità di Sam», dissi all'improvviso.

«Prego?»

«Le paure irrazionali, come la mia claustrofobia. È una delle sue principali aree di studio. Ha scritto articoli al riguardo. Fanno parte del suo corso universitario.»

«Ed è così che vi siete conosciuti?»

«Oddio, no.» Mi sforzai di ridere.

Donovan intanto aveva raggiunto il pianerottolo in cima alle scale, dove si fermò e mi guardò di nuovo, in attesa di istruzioni.

«Davanti a te c'è la camera degli ospiti.»

«Capito.»

Lui avanzò e io salii altri scalini.

«Ci siamo conosciuti quando Sam è entrato nel negozio di mobili dove lavoravo. È stato prima che iniziasse a ristrutturare questa casa. Sembrava un po' smarrito.»

«E hai avuto pietà di lui?»

«In pratica sì.» Raggiunsi anch'io il pianerottolo, poi esitai. Il bagno principale si trovava avanti a destra e Donovan era vicino.

Barcollai. *No.* Per un terribile attimo fu come se il corridoio si stringesse intorno a me, comprimendomi, mentre Donovan s'ingigantiva e la sua faccia si deformava, i lineamenti si facevano confusi e indistinti.

Se mi avesse dato le spalle avrebbe potuto essere chiunque, e questo era un problema.

*Calmati. Respira.*

«Quindi vi siete messi insieme per via della casa?»

«In un certo senso.» Il mio tono sembrava normale. «Sam mi ha spiegato che stava per ristrutturare una casa da cima a fondo, ma che non sapeva bene dove mettere le mani. Devo avergli detto che avevo esperienza nel design, perché mi ha chiesto se avevo tempo per un caffè durante la pausa pranzo. È iniziato tutto da lì.»

Avevo ancora i ricordi un po' annebbiati di quell'episodio, come di tutto quello che mi era capitato in quel periodo. Non stavo attraversando un buon momento. Non dormivo. Ero depressa, spaventata, non socializzavo quasi mai. La mia attività stava fallendo; ecco perché lavoravo in quel negozio di mobili.

Dal punto di vista di Sam, però, il nostro primo incontro sembrava uscito da una commedia romantica.

Era una storia che mi aveva raccontato molte volte. Di come avesse capito fin dal primo istante che ero quella giusta. Di come si fosse sentito impacciato durante la nostra prima conversazione. Di come, anche quando avevo iniziato a fare bozzetti approssimativi e gli avevo suggerito aree su cui concentrarsi per sviluppare un progetto di design coerente, tutto ciò cui pensava era come potermi rivedere.

Sei settimane dopo eravamo andati a vivere insieme e avevamo iniziato i preparativi per i lavori veri e propri. Era stato veloce, persino avventato, ma a Sam piaceva dire che a volte le cose le sai e basta.

Donovan indicò davanti a sé. «Qui?»

«Sì.»

Mentre avanzava, le falde del suo soprabito di lana gli svolazzarono dietro, e con una fitta di senso di colpa pensai che forse avrei dovuto invitarlo a togliersi il cappotto e i guanti appena entrato, offrirgli da bere.

Sotto sotto, sapevo di non aver fatto nulla di tutto ciò perché aspettavo che Bethany arrivasse e mi sostituisse, e anche perché non volevo che la visita si prolungasse più del necessario. Volevo solo lasciarmi alle spalle quella situazione. Inoltre il fatto che Donovan avesse ancora il cappotto addosso mi ricordava che se ne sarebbe andato a breve. Aveva detto di avere un impegno dopo mezz'ora e probabilmente erano già passati dieci minuti da allora.

Per la prima volta, mi venne in mente che poteva avere un appuntamento per vedere un'altra casa. Aveva senso, perché Bethany mi aveva detto che era un acquirente molto motivato...

*Stai rovinando tutto. Stai lasciando che le tue ansie prendano*

*il sopravvento. Vuole comprare una casa. Che compri questa.*
«È una stanza incantevole. È la camera da letto più piccola, ma è comunque abbastanza spaziosa.» Cercai di non dare peso alla nota di disperazione che si era insinuata nella mia voce.

Entrò e rimase in silenzio per alcuni secondi, mentre io mi fermavo sulla soglia.

«Che ne pensi?» gli chiesi.

«A dire la verità...» Si girò e mi contemplò. Fui un po' sorpresa dall'intensità del suo sguardo. «Penso che sia una semplice camera da letto.»

«Il camino funziona.»

«Lo vedo.»

«Il letto è matrimoniale, ma se vuoi puoi metterne uno più grande. Oppure un letto singolo o a castello se hai dei bambini.»

Distolse lo sguardo senza rispondere. Era difficile capire se stesse ignorando di proposito il mio suggerimento. Immaginavo che fosse abbastanza astuto da capire che stavo cercando di valutarlo nello stesso modo in cui lui cercava di valutare me. Era la prima volta che incontravo un potenziale acquirente, e sapevo che Sam avrebbe voluto tutti i dettagli. Mi vedevo già la scena.

*«Sembrava interessato? Quanto? Ti è sembrato il tipo di persona che potrebbe fare una buona offerta?»*

Sapere se Donovan avesse dei figli poteva aiutarmi a rispondere ad alcune di quelle domande. La scuola primaria locale aveva una reputazione eccellente, e molti professionisti con figli piccoli avevano pagato un sovrapprezzo per trasferirsi in zona.

I bambini erano un argomento che Sam aveva affrontato durante i lavori della stanza. Ero su una scaletta per appendere la lampada di rattan al soffitto, quando si era schiarito la voce. «Sai, questa stanza sarebbe perfetta per il nostro futuro bambino.»

Avevo quasi perso l'equilibrio e lui mi aveva appoggiato la mano sulla gamba per farmi stare più ferma.

«Attenta.»

«Non possiamo permetterci di restare qui.» Non avevo distolto lo sguardo dalla lampada.

«No. Ma a volte mi piace far finta che sia possibile. È bello sognare.»

Avevo finito di allineare il paralume e Sam aveva acceso la lampada, poi mi aveva aiutato a scendere dalla scaletta.

«Che ne dici?» aveva sussurrato. Sembrava nervoso, ma anche pieno di speranza.

«Un bambino?»

«Perché no?»

Dentro di me avevo sentito un brivido di euforia. «Ma non volevamo viaggiare?»

«Quando torniamo, allora.»

«Dici sul serio?»

«Nulla mi renderebbe più felice.»

Quando ci pensavo, il ricordo mi confortava. Il nostro futuro ci stava aspettando, non appena avessimo trovato un acquirente per la casa. «È una carta da parati speciale», dissi a Donovan, parlando un po' più forte.

«Cosa la rende una carta da parati speciale?»

Mi aveva colto in fallo. «Be', soprattutto il prezzo, credo. Ma è un design d'epoca.»

«Non nasconde niente, vero?» Diede un colpetto alla parete.

«Cosa?»

«Intendo cose come umidità. Muffa. Non è un'accusa, però alcuni venditori incollano la carta da parati per cercare di nascondere roba del genere.»

Aggrottai la fronte. L'incriminazione velata non mi aveva fatto piacere, ma sapevo che dovevo stare attenta a non darlo a vedere. «No. Non c'è né umidità né muffa. Abbiamo tolto tutto quello che c'era sulle pareti, come per le altre camere da letto. Abbiamo dato una mano d'intonaco. Abbiamo rifatto l'impianto elettrico. Nel caso Bethany non te l'avesse detto, l'impianto elettrico e quello idraulico sono nuovi.»

«Ma non ci avete pensato voi, giusto?»

«Abbiamo sistemato qualche tubo, ma per tutto il resto ci siamo rivolti a un professionista.»

Donovan lanciò un'occhiata al soffitto, poi si avvicinò alla finestra a ghigliottina che dava sul retro. Appoggiò le mani al davanzale e guardò fuori. «Capisco cosa intendi riguardo al giardino del tuo vicino. Un po' una discarica, vero?»

«Non possiamo farci niente, purtroppo.»

Continuò a guardare ancora per un po', come se cercasse qualcosa che gli sfuggiva, poi si allontanò dalla finestra, infilando le mani nelle tasche dei pantaloni e tornando a fissarmi. «Senti, mi dispiace. È fatta molto bene e probabilmente non vuoi sentirtelo dire, ma se mi trasferissi qui questa stanza diventerebbe il mio ufficio.»

«Forse è meglio sospendere il giudizio finché non vedrai lo studio di Sam al piano di sopra.»

«Ah. Una sorpresa.»

Era difficile non fare caso a quanto fosse affascinante, sicuro di sé. Avevo sempre invidiato questa qualità. Era evidente che spendeva molti soldi per i suoi vestiti e il suo aspetto. Ero quasi certa che il maglione marrone chiaro fosse di cachemire. Era attillato ed evidenziava il petto e la vita snella. Le scarpe sembravano artigianali.

Sapevo che non avrei dovuto paragonarli, ma rispetto a Sam aveva una presenza fisica tangibile. Braccia forti. Un portamento atletico. Forse era un giocatore di rugby. Molti medici lo erano.

In quel momento mi resi conto che non ci eravamo mossi e che lo stavo fissando un po' *troppo* apertamente. *Di' qualcosa, razza d'idiota.* «Di cosa ti occupi?»

Un attimo di silenzio. Il suo sorriso diventò un po' più teso. «Sono appena tornato da un lavoro all'estero.» Non sembrava intenzionato a dare ulteriori spiegazioni.

Mi domandai perché fosse così evasivo, ma avevo la sensazione che insistere per saperne di più sarebbe stata la mossa sbagliata. Avrei sempre potuto chiedere a Bethany dopo. Al momento, la mia priorità era non offenderlo. Volevo vendergli la casa.

Prese lo smartphone. «Senti, ti dispiace se faccio un paio di foto? So che posso controllare i dettagli online, però così li avrò con me. E alcune delle immagini che gli agenti immobiliari usano, be', non dirlo a Bethany, ma non sono sempre del tutto accurate, hai presente?»

«Okay.»

Toccò lo schermo del cellulare. Era evidente che i suoi guanti erano quelli costosi che funzionavano coi touch-screen. «Davvero non ti dispiace?»

«Perché dovrebbe dispiacermi?»

Sorrise come se avessi detto proprio la cosa giusta, poi si girò e scattò un paio di foto verso l'angolo della stanza mentre io tornavo sui miei passi, sul pianerottolo.

# 12

## Sam

«La mia situazione è molto simile a quella che hai appena descritto.» L'Atleta fece un gesto verso la Ragazza Smarrita. Avrebbe potuto essere il protagonista di un romanzo di Jane Austen. Aveva la mascella squadrata, i capelli ricci, l'aspetto raffinato. Era più alto di Sam di diversi centimetri. «In pratica, sono convinto di essere sempre sul punto di morire. Ma d'infarto, non nel sonno. Mio padre è morto per un arresto cardiaco a cinquantadue anni.»

«Condoglianze.» Era una perdita che Sam comprendeva fin troppo bene.

«Avevo dodici anni. È successo di punto in bianco. Sono stato io a trovarlo.» L'Atleta sbatté rapidamente le palpebre, rivolgendo un attimo lo sguardo alla lavagna per ricomporsi. «Gli volevo molto bene. Gliene volevano tutti.»

«È terribile», commento l'Artista. «Eri giovanissimo.»

Sam non pensava d'immaginarsi il modo in cui l'Artista stava guardando l'Atleta, con qualcosa in più della semplice compassione, né che l'Atleta sembrasse rispondere nello stesso modo, annuendo con gratitudine.

«Per molti versi sono incredibilmente fortunato. La mia famiglia è benestante. Mio padre gestiva un'azienda di successo e mia madre e mio zio l'hanno portata avanti dopo la sua morte. Tutti mi dicono di smettere di rimuginarci. Mio fratello e mia sorella mi esortano sempre a guardare al futuro, ma io non ci riesco proprio. Sono terrorizzato perché sono convinto che mi capiterà. Al cento per cento. E, anche quando la gente mi dice il contrario, non ci *credo* davvero, perché non ce la faccio.»

«Vale lo stesso per me», sussurrò la Ragazza Smarrita.

Il Pugile si passò una mano sulla testa calva. Sembrava dubbioso. «Hai fatto degli esami?»

«Parecchi, sì.»

«E?»

L'Atleta lo guardò torvo. Sam capì che quella domanda l'aveva irritato, ma credeva pure che potesse essere un bene. Parte dello scopo di un gruppo di sostegno era consentire ai partecipanti di mettere in discussione le loro fobie. Secondo l'esperienza di Sam, era più efficace se la sfida proveniva da qualcun altro che soffriva in modo simile.

«Non importa», rispose l'Atleta. «È proprio questo il problema della fobia, no? Penso che lo sappiamo bene tutti. È una specie di tortura mentale. Mangio in modo sano. Non bevo. Vado in palestra tutti i giorni. Ma potrei chiedere a cento medici di farmi cento esami e, anche se risultassero negativi, io continuerei comunque a pensare che gli è sfuggito qualcosa e che da un momento all'altro avrò un attacco cardiaco fatale.»

«Sei giovane», intervenne il Bibliotecario. «Statisticamente parlando...»

«Sì, statisticamente parlando. Ma cosa significano davvero le statistiche? Si tratta di medie e nessuna statistica poteva prevedere che mio padre sarebbe morto giovane. Non aveva nessun problema di salute. Quindi temo che non mi diano nessun conforto. E immagino che per te sia lo stesso, no? A proposito, qual è la tua fobia?»

Ero arrivata quasi alle scale quando Donovan uscì dalla camera da letto e indicò la porta alla sua sinistra. «Qui c'è il bagno principale?»

«Esatto.»

«Ti dispiace se entro?»

Annuii, consapevole che non sarebbe stata una buona idea cercare di dire troppo.

Non potevo entrare con lui. Era ancora peggio che pensare di aprire la porta del seminterrato.

«Wow, molto chic.»

Non risposi. Non ce la facevo. Posai una mano sul termosifone dietro di me e usai quella libera per premermi la radice del naso. Ero in preda all'angoscia. Qualcosa di amaro mi salì in gola.

«Mi piace la doccia a pioggia.»

*Di' qualcosa.* «È stata un'idea di Sam. Voleva qualcosa a effetto.»

«Be', puoi dirgli che ha funzionato.»

Se mi concentravo, riuscivo a evocare la voce di Sam, il suo tono pacato e tranquillizzante. Mi diceva d'inspirare e poi di espirare. Mi guidava durante un esercizio di meditazione. Mi tranquillizzava dicendomi che ero al sicuro. Mi teneva tra le braccia finché non mi calmavo.

Ma, per quanto mi sforzassi, la sua voce cominciò a spezzarsi e a distorcersi come un segnale radio disturbato, mentre i ricordi strazianti mi travolgevano, portando con sé tutta l'angoscia e il turbamento e il terrore di...

*Un altro bagno. Un'altra vita.*

*Il crescendo della musica da festa e delle risate, un urlo fragoroso e il tintinnio dei bicchieri.*

*Una porta che si chiude dietro di me...* clic.

*Una serratura che scatta.*

*Uno spazio ristretto.*

*Quattro pareti.*

« *Ti stavo osservando.* »

« Lucy? »

Ritornai alla realtà così in fretta che, per un terribile istante, le immagini del trauma si sovrapposero alla scena che avevo davanti.

Vedevo Donovan sporgersi fuori dalla porta del bagno, appoggiato allo stipite, ma allo stesso tempo vedevo anche una figura diafana e ignota che mi si avvicinava e allungava un braccio, finché non mi passò attraverso come un fantasma.

« Lucy? Hai sentito cosa ho detto? »

« Mmm? » Mi sfregai le spalle e piegai la testa, come se stessi sciogliendo un muscolo contratto.

« Ho chiesto se posso aprire il rubinetto della doccia. Voglio solo controllare la pressione dell'acqua. »

« Certo. » Per il nervoso, presi a graffiare il termosifone, togliendo un po' di vernice.

« Ottimo. Grazie. » Scomparve di nuovo nel bagno e io mi girai subito dall'altra parte, fissando le scale che portavano all'ingresso. *Dov'è Bethany? Perché non è ancora arrivata?*

Dal bagno alle mie spalle sentii il rumore di un rubinetto che veniva aperto.

Un getto irregolare.

Il sibilo e il tamburellare dell'acqua che batteva sul piatto della doccia.

*Oddio.*

La mia pelle sembrava percorsa da una corrente elettrica intensa. Sentivo i battiti del cuore fino alla punta delle dita.

Non avrei dovuto farlo.

Non ne ero *capace.*

Era più di quanto potessi affrontare da sola.

Frugai nella tasca posteriore dei jeans per prendere il cellulare. Le dita mi scivolavano sulla custodia per la fretta e per poco non lo feci cadere quando lo tirai fuori. Fissai lo schermo mentre mi passavo una mano sugli occhi e sulla bocca.

Nessun nuovo messaggio.

Nessuna chiamata persa.

L'orologio segnava le 16.19.

Bethany sarebbe arrivata a momenti.

*Devi solo resistere ancora un po'.*

*Puoi farcela.*

L'acqua smise di cadere nella doccia.

Qualche goccia sporadica.

Un silenzio colmo di tensione.

Pensai d'inviare un messaggio a Sam per informarlo della situazione. Sapevo che non lo avrebbe letto subito, ma la prospettiva che lo vedesse dopo il gruppo di sostegno, capisse come mi sentivo e mi chiamasse sarebbe stato qualcosa cui aggrapparmi.

Prima che potessi farlo, Donovan tornò sul pianerottolo, si asciugò il guanto sul cappotto e alzò il cellulare di
fronte al viso per scattare una foto del bagno. «La pressione è ottima. Sono un grande fan delle docce.»

«Sono contenta che ti piaccia.» Infilai furtiva il cellulare in tasca.

Non sembrò accorgersene. Era troppo impegnato a tro-
vale l'angolazione giusta. «Comincio a pensare che questa casa potrebbe essere quella ideale, Lucy.»

Una minuscola capsula di coraggio mi si aprì nel petto,
riempiendomi di calore. Mi allontanai dal muro e dal termosifone. *Ce la puoi fare. Non lasciarti sconfiggere.* «Allora
andiamo in mansarda», dissi prima di cambiare idea.
«Voglio mostrarti la mia stanza preferita.»

# 14

## Sam

«Non sono sicuro che questo sia il posto giusto per parlarne.» La voce del Bibliotecario era sommessa e pacata. Accavallò le gambe e si curvò in avanti, grattandosi le braccia incrociate. La camicia aderente era così stretta che, quando deglutì, il primo bottone andò su e giù. Aveva il viso smunto, gli occhi incavati, la pelle unta.

«So che è difficile, ma le ricerche hanno dimostrato che dare voce alle proprie paure può essere di grande aiuto. Anche conoscere il punto di vista di altre persone è utile», disse Sam.

Invece di rispondere, il Bibliotecario scosse la testa, irremovibile. I capelli lisci e flosci gli scoprirono la fronte, rivelando numerosi brufoli.

«Perché non ci provi? Penso che ti sentirai molto meglio dopo esserti sfogato.»

«Mi dispiace», disse con un filo di voce. «Non sono sicuro di sentirmi a mio agio.»

«Oh, eddai.» Il Pugile batté le mani e le strofinò, come un sollevatore di pesi che applica la magnesite prima di tentare un poderoso slancio. «Ho confessato la mia fobia. La tua non può essere più patetica, no?»

Ancora ingobbito, il Bibliotecario lo guardò torvo. C'era qualcosa di sgradevole sul suo volto.

Sam lo percepì, in quel momento. Un mutamento nell'aria. Un calo della temperatura nella stanza. Gli venne la pelle d'oca.

Anche l'Artista sembrava aver percepito qualcosa. «Potrei parlare io. Non è un problema. Se va bene.» Rivolse un sorriso coraggioso a Sam.

Stavolta salii prima di Donovan. Entrai di corsa nella camera da letto in mansarda prima ancora che lui avesse messo piede sul primo gradino.

Un barlume di sollievo.

La stanza esercitò di nuovo la sua magia su di me.

Le pareti bianche. I lucernari di vetro.

Entrai con un lungo sospiro, flettendo le dita delle mani e dei piedi mentre ascoltavo i suoi passi avvicinarsi. Riecheggiarono contro le pareti quando raggiunse il piccolo pianerottolo.

La bocca gli si spalancò per la sorpresa. «Capisco perché è la tua stanza preferita.»

Unii le mani mentre lui andava verso il lucernario più vicino, appoggiava le mani sull'intelaiatura e si metteva in punta di piedi. Il cielo ormai buio mi permetteva di vedere il suo riflesso nel vetro.

Donovan si allontanò, coi talloni che affondavano nella spessa moquette, e guardò alle mie spalle, verso il divano letto. Aveva una struttura di metallo bianco, cuscini color tortora e una coperta lavorata a maglia. Di fronte, una sedia di vimini a forma di uovo pendeva da una trave del soffitto, con l'interno rivestito di montone. Sotto l'aggetto erano incassati scaffali bassi, su cui erano disposti uno stereo, una lampada, alcune candele e diverse piante.

«Che cos'è? Il tuo spazio relax?»

«Vengo qui a leggere, quando ho tempo.»

Il che non capitava spesso.

Per quasi tutta la durata dei lavori di ristrutturazione avevo sgobbato fino a notte fonda, smerigliando e decapando, dipingendo e tappezzando. E, una volta finito, avevo dichiarato guerra allo sporco e alla polvere che si erano inevitabilmente accumulati. Di solito, alla fine della giornata ero così stanca che non avevo energia per fare niente, se non crollare a letto, dove Sam aveva sparso i suoi articoli sul piumone, con gli occhiali da lettura sul naso e l'abat-jour – appoggiato su una vecchia scatola di cartone sul pavimento – acceso fino alle ore piccole della notte.

Durante i momenti difficili, nei giorni e nelle settimane in cui sembrava che non avremmo mai completato la ristrutturazione, questa stanza mi aveva sostenuto, perché la visione nella mia mente era chiara. La vedevo come un rifugio perfetto dove mi sarei accomodata sulla poltrona sospesa a studiare i miei libri di design, ad aspettare che Sam tornasse a casa con una bottiglia di vino e cibo da asporto.

Nel profondo del mio cuore, sapevo che ciò che mi sarebbe mancato di più quando avremmo venduto la casa sarebbe stato proprio quello. Non la stanza in sé e per sé, perché non avevo avuto abbastanza tempo per godermela davvero, ma l'*idea* che rappresentava. Il futuro che sembrava promettere un tempo.

Sentii un sussulto al cuore, come un sassolino che rimbalza su un lago.

«Non soffri di claustrofobia quassù?» mi chiese Donovan.

Indicai in alto. «Ci sono le finestre.»

«Giusto.» Si avvicinò agli scaffali, spinse indietro le falde del cappotto e si accovacciò, coi gomiti appoggiati alle cosce. Dopo aver dato un'occhiata al dorso dei miei libri, si rialzò e si diresse verso la parete di fondo, passando la mano sulla superficie prima di voltarsi e lanciare uno sguardo critico dietro di me, al muro opposto. Ebbi l'impressione che stesse valutando gli angoli e le dimensioni dello spazio. «Una domanda veloce. Mi cacceresti subito se ti dicessi che probabilmente trasformerei questa stanza in un home theater?»

Risi. «Possiamo fare finta che tu non me l'abbia confessato?»

Sentii di nuovo un crepitio nell'aria tra noi, una rinnovata presa di coscienza della sua sicurezza e del suo carisma. «Non hai detto che c'è uno studio qui sopra?»

«La porta accanto. È dall'altra parte del pianerottolo. Ti faccio strada.»

# 16

## Sam

«A volte ho paura di essere seguita.» L'Artista alzò le mani, come se stesse confessando qualcosa di semplice e ridicolo, mentre per lei non si trattava chiaramente di nessuna delle due cose.

Era sulla trentina. Forse era una studentessa matura, o forse lavorava da qualche parte nelle vicinanze. Era graziosa, con lineamenti delicati. Sembrava appena uscita dal parrucchiere, ma osservandola più da vicino si potevano notare macchie di eczema secco sul dorso delle mani e strisce di carne viva intorno alle unghie dove si era strappata le pellicine.

«Ho paura quando vado da qualche parte. Quando torno a casa. È come se lo percepissi. Ho la sensazione che qualcuno mi segua.»

«Brutto», mormorò la Ragazza Smarrita.

«Mi ha portato all'isolamento. Vivo da sola ed esco di meno per questo motivo. Alcune persone che lavorano con me mi hanno chiesto di andare a bere qualcosa, ma io continuo a dire di no perché ho paura a tornare a casa, soprattutto dopo il tramonto.»

«Sei preoccupata per qualcuno in particolare?» chiese l'Atleta.

«No, non è quello.» Sorrise all'Atleta come se avesse posto la domanda che toccava il nocciolo della sua fobia. Come se lui la capisse meglio di chiunque altro.

Sam aspettò, soddisfatto di vedere i partecipanti iniziare a interagire tra loro. Secondo la sua esperienza, i gruppi di sostegno che funzionavano meglio erano quelli in cui lui parlava di meno.

«Hai mai visto qualcuno?» intervenne il Pugile.

«Mai.»

«Okay, ma allora...»

«Non è di questo che si tratta.» L'Atleta scoccò subito uno sguardo a Sam, come se temesse di aver oltrepassato il limite. «Mi scuso per l'interruzione.»

«No, va bene così. Perché non ci dici cosa ne pensi?»

In cerca di approvazione, l'Atleta guardò l'Artista, la quale gli sorrise e annuì. «Prego. Mi aiuta sentire qualcun altro che ne parla.»

Si raddrizzò sulla sedia, col tessuto della maglia che gli aderiva al torso muscoloso. «Be'... in realtà, non è questione di prove, no? Perché è la stessa cosa col mio chiodo fisso che mi venga un infarto, o dei tuoi problemi col sonno.» Fece un cenno alla Ragazza Smarrita.

«Sono più di semplici 'problemi'», ribatté la Ragazza Smarrita.

«Hai ragione. Scusa. Quello che voglio dire è che non è necessario vedere qualcosa per credere che stia accadendo. Si può credere nonostante la mancanza di prove a sostegno di ciò che si crede.» Scrutò di nuovo Sam, come se aspettasse la sua opinione.

Invece Sam si guardò intorno, invitando il resto del gruppo a dare il proprio contributo.

«Sono d'accordo», disse l'Artista. «So che devo impegnarmi di più per incontrare persone, uscire e creare legami. Non voglio lasciare che questa cosa mi sconfigga.»

«Be', io ho avuto quella ragazza che è stata male nel mio taxi», brontolò il Pugile.

«E quanto tempo fa è successo?» gli chiese l'Atleta. «È già da un po', non hai detto così?»

«Però ha ragione.» L'Artista toccò la mano dell'Atleta, come a ringraziarlo di averla difesa, ma facendogli allo stesso tempo capire che ne era in grado anche da sola. «Non ho nessun motivo *reale* di pensare che qualcuno mi segua. Non sono mai stata vittima di stalking, che io sappia. Né sono mai stata minacciata. È solo che ultimamente non riesco a pensare ad altro. E quando mi trovo fuori da sola continuo ad avere attacchi di panico in cui non riesco a respirare. Non riesco a pensare con lucidità. Odio tornare a casa perché ho la sensazione che qualcuno ci sia stato prima di me. È terrificante.»

«È lo stesso per me», disse la Ragazza Smarrita. «Riguardo agli attacchi di panico, almeno.»

«A volte vorrei sbattere la testa contro qualcosa», aggiunse l'Atleta. «Solo per fermare i pensieri.»

«Ti capisco», concordò il Pugile.

«Anch'io.» Ancora ingobbito, il Bibliotecario alzò lo sguardo.

Si voltarono tutti verso di lui, quasi come se si fossero dimenticati della sua presenza.

L'Artista gli sorrise incoraggiante. «Allora, ce ne vuoi parlare?»

Donovan era dietro la scrivania di Sam con un dito sul mento quando lo raggiunsi nello studio. Fece un cenno al poster incorniciato sulla parete. «Il tuo ragazzo dà la caccia agli alieni?»

La stampa era un'immagine sfocata di un'astronave aliena con lo slogan LA VERITÀ È LÀ FUORI! Era una replica del poster che campeggiava nell'ufficio di Fox Mulder in *X-Files*, una delle serie preferite di Sam. All'inizio della nostra relazione, ce l'eravamo riguardata insieme, accoccolati sotto le coperte sul divano.

«È un regalo di compleanno. Sam è un grande fan di *X-Files*.»

«È sempre così ordinato qui dentro?»

«Non è mai così ordinato qui dentro.»

«Allora è merito tuo?»

«In pratica. Ma ho dovuto promettere di mantenere tutto così come lo aveva sistemato lui.»

E, anche in quel caso, non era particolarmente ordinato. C'erano fogli e fascicoli accatastati ovunque. Libri di testo ammucchiati sul pavimento. Avevamo comprato un piccolo schedario per alcuni materiali di ricerca di Sam, ma si era riempito in fretta fino all'orlo.

«Se non stessimo cercando di vendere la casa, dubito che riusciresti a vedere la moquette.»

Donovan diede un colpetto col piede a una pila di libri

di testo sul pavimento. Tra questi c'era un libro sui ricordi repressi che una volta avevo estratto e sfogliato quando Sam era fuori. Non avevo imparato nulla che Sam non mi avesse già detto sulla mia condizione. Di certo nulla d'incoraggiante. In un certo senso, leggerne in termini così freddi e clinici l'aveva resa solo più sconvolgente. Probabilmente non era l'approccio più sano. Avevo rimesso a posto il libro prima di arrivare a metà.

Poteva andare peggio, o almeno così immaginavo. C'erano libri su tutti i tipi di condizioni mentali rare e insolite, dagli studi sulla schizofrenia al narcisismo estremo e alla psicopatia, dal disturbo post-traumatico da stress all'ADHD, dall'insonnia all'automutilazione. Sam era una brava persona, però era affascinato da questioni decisamente tetre.

«Non conosco molti docenti universitari che possono permettersi di ristrutturare una casa a Putney», commentò Donovan.

Capii dove voleva andare a parare, ma non abboccai. Era ovviamente a caccia d'informazioni sulle nostre finanze. Finora non aveva menzionato nulla della casa che non gli piacesse e, se stava cercando un modo per proporre un'offerta al ribasso, non volevo essere io a darglielo. «Ora che hai visto lo studio, pensi che trasformerai questa stanza nel tuo ufficio?»

«Forse.»

«A Sam piace stare quassù perché è tranquillo. Può isolarsi e concentrarsi. E quando ha finito di lavorare può chiudere la porta e lasciarsi tutto alle spalle.»

«Ah, sì?» Mi rivolse un'occhiata interrogativa. «Scusa.

È solo che, se lavori da casa, non sono sicuro che ti possa mai lasciare del tutto il lavoro alle spalle.»

Parlava per esperienza? D'altra parte, i miei tentativi di scoprire di cosa si occupasse Donovan erano stati tutti un buco nell'acqua.

Feci un sorriso neutro. Ero riluttante a entrare nel merito delle abitudini lavorative di Sam, anche se in realtà sapevo che Donovan aveva ragione. Amavo Sam. Avevamo costruito una vita insieme. Ci eravamo impegnati al massimo a ristrutturare la casa per darci una base per il futuro, e lui si era preso cura di me e mi aveva sostenuto dopo quello che mi era capitato.

Ma avevo dovuto imparare ad accettare che una parte di Sam non era mai del tutto presente. La sua mente era sempre rivolta ad altre cose, all'insegnamento o alla ricerca. A volte pensavo che passasse così tanto tempo ad analizzare teorie comportamentali e a sforzarsi di comprendere le eccentricità degli altri che non si lasciava spazio sufficiente per essere veramente se stesso.

Non aiutava il fatto che la sua vita professionale fosse così stressante negli ultimi tempi. Avevo sentito dire che il mondo accademico era spietato e competitivo, e che a volte era una vera giungla. Ma alcune delle storie che Sam mi aveva raccontato sulla politica interna della sua facoltà mi avevano lasciata a bocca aperta.

Uno dei motivi per cui volevamo prenderci una pausa e viaggiare per un po' era che le prospettive di carriera di Sam all'LSE si erano ingiustamente arenate. C'erano ancora colleghi che mettevano in dubbio il valore e l'efficacia dei suoi gruppi di sostegno, ma io lo ammiravo per la convinzione con cui sosteneva che i programmi di ricerca psicologica potevano e dovevano avere esiti positivi nel mondo reale. Detto ciò, doveva comunque coprirsi le spalle: ecco perché chiunque partecipasse ai suoi gruppi di sostegno doveva prima compilare un modulo di consenso online presso la segreteria di facoltà.

Donovan si girò e osservò il resto della stanza. Chissà se stava immaginando le sue cose lassù, se si domandava come si sarebbe sentito a occupare questo spazio, in questa casa, se fosse adatta a lui.

«E il telefono fisso? Quella presa è collegata?» Indicò una presa di corrente vicino al battiscopa.

«È possibile. Io e Sam non lo usiamo. Facciamo tutto col cellulare.» Indicai la portafinestra alle sue spalle, inserita in uno dei due abbaini del tetto. «Hai visto nella descrizione che c'è un balconcino?»

«Ti dispiace se do un'occhiata?»

«Fai pure.»

Si avvicinò con disinvoltura, testò la solidità delle ante, poi girò la chiave e aprì.

Fuori la luce si faceva sempre più fioca. La sagoma di Donovan era grigia e sfumata nel bagliore delle luci stradali che filtravano tra i rami degli alberi sottostanti.

Da dove mi trovavo, vicino alla porta, era indistinguibile da Sam, e per un attimo mi tornò in mente la prima volta che lo avevo sorpreso a fumare la sigaretta elettronica. Quand'ero uscita e avevo sentito l'odore di marijuana, era stato in imbarazzo, ma poi gli avevo teso la mano e avevo fatto anch'io un tiro. Non fumavo spesso con lui, però a volte ci aiutava a rilassarci la sera. Soprattutto prima di fare sesso.

«Bel posticino.» Donovan si sporse in avanti oltre il

parapetto di mattoni e diede una rapida occhiata in strada, poi abbassò la testa e tornò nella stanza, chiudendo le porte dietro di sé.

«Hai qualche domanda? Sto cercando di pensare a cos'altro potrebbe dirti Bethany che a me sfugge.»

«Alcune, ma possono aspettare. Cosa c'è poi? La camera da letto?»

«La camera principale, sì. Ti faccio vedere.»

# 18

## *Sam*

Il Bibliotecario sbuffò diverse volte, come se si stesse dando la carica prima di parlare. «Allora, il fatto è che ho paura di aggredire qualcuno.» Parlò tutto d'un fiato, poi strinse le braccia intorno a sé e si dondolò sulla sedia. Silenzio.

Il Bibliotecario probabilmente non pesava più di sessanta chili da bagnato. Sarebbe stato difficile immaginarsi qualcuno di meno minaccioso dal punto di vista fisico.

Eppure...

Aveva una certa intensità. La sensazione che fosse così teso da essere sul punto di spezzarsi.

«Hai mai aggredito qualcuno?» chiese Sam con cautela. Mantenne un tono pacato e calmo. Non era una fobia insolita, ma se avesse espresso preoccupazione ora sapeva che si sarebbe diffusa nella stanza come un'epidemia. Dopotutto, si trattava di persone programmate per avere paura.

«N-no», balbettò il Bibliotecario.

«Ci hai mai provato?»

Scosse la testa.

«Hai mai maltrattato verbalmente o fisicamente qualcuno?»

Il Bibliotecario scosse la testa una seconda volta. Sembrava volersi fare sempre più piccolo, attorcigliarsi su se stesso. I vestiti che indossava erano così attillati che sembrava avvolto nella pellicola trasparente.

« Quindi, tanto per chiarire, sono pensieri. »

« Ma ce li ho di continuo! »

« In che senso? » chiese la Ragazza Smarrita. « Cioè, stai pensando di fare del male a uno di noi? »

Sam osservò il Bibliotecario che si aggrappava ai lati della sedia, stringendo la plastica del sedile come per trattenersi dal balzare in avanti.

« Merda », mormorò la Ragazza Smarrita.

L'Atleta e il Pugile s'irrigidirono.

« Il più delle volte mi capita dove lavoro », farfugliò il Bibliotecario. « Lavoro in... »

« Un luogo pubblico? » propose Sam.

« S-sì. Un luogo pubblico. » Oscillava sulla sedia così velocemente che sembrava fosse su un cavallo a dondolo. « A volte penso, non so, di prendere un paio di forbici e pugnalare qualcuno. E poi, una volta che *inizio* a pensarci, non riesco a smettere, e questo mi fa pensare che lo farò di sicuro, perché altrimenti perché ci starei pensando, e... »

« Ma sono solo pensieri? » Dal tono di voce, sembrava che l'Artista cercasse rassicurazioni e allo stesso tempo di tranquillizzarlo. « Insomma, quello che stiamo dicendo tutti è che siamo tormentati da pensieri negativi. »

« Io... non lo so. »

« Allora facciamo un esperimento », suggerì Sam. « Prendetevi tutti un attimo per riflettere. Poi alzate la mano se il pensiero di fare del male a qualcuno vi ha mai sfiorato la mente. »

La nostra camera da letto era spaziosa. Si estendeva per tutta la larghezza della facciata. L'attraversai per andare accanto al camino in ghisa sulla parete di fondo, e quando mi voltai Donovan si era soffermato sulla soglia e mi guardava con aria incuriosita.

«C'erano due camere da letto separate, ma abbiamo buttato giù il muro per creare un unico grande spazio.»

Fischiò. «Rischioso.»

«Ma ne è valsa la pena, credo.»

Entrò nella cabina armadio alla sua sinistra, con le mani sui fianchi, e contemplò gli scaffali illuminati, le cassettiere e le barre appendiabiti. «Non avete molti vestiti.»

«Non ci serviranno, quando saremo in viaggio.»

Un'altra piccola bugia. Innocua, speravo. Il fatto era che avevo rovinato molti dei miei vestiti con macchie di vernice e strappi durante i lavori di ristrutturazione, mentre Sam non aveva che una manciata di pantaloni di cotone e camicie a quadri che alternava sotto una giacca sportiva malconcia quand'era in aula. E non potevamo certo permetterci abiti nuovi.

Mentre Donovan esaminava l'armadio, colsi l'occasione per dirigermi verso la finestra più vicina e sbirciai attraverso le persiane. Sotto la finestra c'era un divanetto bianco e ci appoggiai la gamba mentre mi sporgevo in avanti.

Bethany non si vedeva.

Il marciapiedi era vuoto. La strada era deserta.

Per un istante feci finta che la stanza fosse com'era stata per gran parte dell'anno precedente. Pareti a vista e pavimenti spogli. Teli di plastica, scale e attrezzi per imbiancare sparsi ovunque. Io e Sam dormivamo in mezzo al caos. Alcune sere mangiavamo una pizza da asporto sul letto, con guide turistiche e cartine geografiche stese davanti, a pianificare dove saremmo andati quando i lavori fossero stati finalmente completati e la casa fosse stata venduta. A quel tempo, era la nostra piccola bolla. Non pensavo a chi l'avrebbe abitata dopo di noi.

Stavo per allontanarmi dalla finestra, quando con la coda dell'occhio colsi un movimento indistinto. Erano i fari di un'auto che faceva retromarcia in uno spazio ristretto più avanti lungo la strada. Guardai meglio, ma, quando i fari si spensero e la luce interna si accese, riconobbi al volante una donna che abitava nelle vicinanze.

«Cerchi Bethany?» chiese Donovan.

«Credevo di aver visto la sua auto, ma mi sbagliavo.»

«Comincio a pensare che non ce la farà.» Tirò fuori il cellulare. «Non vedo messaggi.»

«Arriverà presto, ne sono certa.» In realtà non ne ero affatto certa, però, per motivi che non riuscivo a definire, non volevo che Donovan lo sapesse.

Soppesò la mia risposta insieme col telefono che teneva in mano, poi attraversò la stanza, verso di me – così vicino che sentii il respiro mozzarsi in gola –, e guardò alle mie spalle, all'esterno.

# 20

## Sam

C'erano sei mani alzate. Tutti, compreso Sam.

«Come ti fa sentire il fatto che tutti noi abbiamo vissuto quello di cui parli?» chiese Sam al Bibliotecario. «A un certo punto della nostra vita, tutti abbiamo pensato di fare del male a qualcuno.»

Il Bibliotecario si leccò le labbra screpolate. La lingua guizzò veloce come quella di una lucertola. «Non lo so. Ecco... Capisco cosa intendi. E probabilmente anch'io ero così. Come tutti voi.»

«Sì?»

«Ma continuo a credere che, se non smetto di *pensare* di ferire qualcuno, significa che prima o poi lo farò. E forse la ragione per cui sono qui adesso è perché sto barando. È come se volessi giustificarmi o sentirmi meglio, anche se una parte di me sa che *farò* del male a qualcuno. Forse sto cercando di sfruttare la mia presenza qui oggi, perché potrei sostenere che avevo cercato aiuto prima di fare del male a qualcuno. Perché lo stavo pianificando in segreto.»

Sam si accorse delle occhiate nervose che si scambiavano la Ragazza Smarrita e l'Artista. Del Pugile che diventava impaziente. Dell'Atleta che guardava verso Sam per ricevere indicazioni.

Cosa che doveva fornire subito. «Quello di cui parli si chiama disturbo ossessivo-compulsivo da aggressione. Si tratta di una forma di disturbo ossessivo-compulsivo in cui la paura di fare del male a qualcuno o compiere qualcosa d'illegale, commettere un reato, è ricorrente. Tutti noi abbiamo pensieri di questo tipo di tanto in tanto. Sprazzi. Ma ecco il punto: ho parlato con molte persone che vivono la stessa identica situazione. Persone che pensavano di fare del male agli altri in modi terribili. E sai quante hanno agito sul serio?»

Il Bibliotecario si leccò di nuovo le labbra. «Quante?»

Sam alzò la mano con l'indice e il pollice uniti a formare un cerchio. «Zero. Nessuna. È una paura irrazionale. Una fobia da manuale. Voglio che tu sappia che non credo che farai del male a qualcuno. Per niente.»

« È tranquillo qui fuori », commentò Donovan.

M'irrigidii.

Era difficile pensare con chiarezza.

Il panico si stava facendo di nuovo strada. Il modo in cui aveva invaso il mio spazio personale mi aveva messo a disagio. « Teniamo la metà inferiore delle persiane chiusa per la maggior parte del tempo. C'è più privacy. E ha senso, col bagno in camera. » Colsi l'occasione per sgusciare fuori da dietro il divano e allontanarmi da lui, attirando la sua attenzione verso l'estremità opposta della stanza, oltre il letto e il muro divisorio con la testiera attaccata.

Pensavo che sarebbe rimasto colpito dal bagno privato. Era ancora più lussuoso di quello principale. Nascosta dietro il muro divisorio c'era una moderna doccia senza porta, un wc sospeso, un paio di lavandini sotto un grande specchio e due accappatoi di spugna appesi a dei ganci accanto a una vasca da bagno indipendente in rame.

Come per il guardaroba, non c'erano porte per accedere al bagno interno. Per entrare, si poteva passare dietro il letto e la parete divisoria da entrambi i lati.

Avevo presentato a Sam l'assenza di porte come un dettaglio di design eccentrico. Anche se tutti e due sapevamo il vero motivo per cui ero entusiasta di quel concetto, lui era stato abbastanza comprensivo da non fare commenti al riguardo.

Mi riscossi dai pensieri e mi accorsi che Donovan mi stava fissando come se fosse in attesa che aggiungessi qualcosa. Per un attimo colmo di confusione, sentii un brivido alla nuca, come se un cubetto di ghiaccio fosse stato premuto sulla mia pelle. «Ehm... Ti va di vederlo?»

«Certo.» Mi scoccò un'occhiata incuriosita – quasi come se pensasse di accettare una sfida che non avevo intenzione di lanciargli – e si allontanò, superando il letto e il muro divisorio.

Non appena sparì, mi alzai in punta di piedi e tornai a guardare la strada troppo silenziosa, strofinando l'avambraccio sinistro attraverso il maglione.

Qualcosa m'increspò la pelle. Un mormorio chimico. Una risposta istintiva a un disagio che non riuscivo a spiegare. Un monito?

*No. Non ragionare in questo modo. Non ha importanza che Bethany non ci sia. Tanto ormai è quasi finita.*

«Che vasca da bagno di classe», disse Donovan.

Non era uscito da dietro il muro divisorio.

M'irrigidii mentre guardavo fuori dalla finestra. Sentivo il lento ticchettio del tempo che passava nel mio sangue. Era snervante pensare che Donovan fosse lì dietro, così vicino, e ancora di più che non lo vedessi.

Non che mi preoccupassi di ciò che avrebbe potuto vedere. Avevo pulito e messo in ordine. Avevo lucidato la parete di vetro della doccia. Avevo lavato le piastrelle del pavimento. Avevo persino riempito il dispenser di sapone e pulito i residui di dentifricio che talvolta si accumulavano sotto gli spazzolini elettrici.

Non c'era nulla di cui dovessi sentirmi in imbarazzo, ma...

Sobbalzai di fronte a un'improvvisa luce abbagliante, seguita dal rumore artificiale di un otturatore.

Quando mi girai di scatto, vidi Donovan che usciva dall'altro lato della parete divisoria col cellulare davanti a sé e il flash acceso. Scattò altre due foto veloci. Una verso la cabina armadio. Un'altra in direzione del camino e della finestra dove mi trovavo.

«Oh, ehi...» Sbattei le palpebre per dissolvere la foschia di scintille luminose che era apparsa davanti ai miei occhi.

«È un problema?»

Non sapevo bene cosa rispondere. Mi aveva chiesto il permesso di scattare fotografie e io avevo acconsentito, ma non gli avevo detto che poteva farne con *me*.

«No.» Mi stampai in faccia un altro sorriso. «Nessun problema.»

Indicò il letto. «È qui che dormite?»

«Cosa?»

«Lo chiedo per via del rumore della strada. Volevo sapere se vi tiene svegli o vi disturba in qualche modo.»

«Oh. No. O meglio, sì, è qui che dormiamo, ma no, il rumore non mi tiene sveglia.»

«E Sam?»

«Vale lo stesso per lui.»

Annuì come se fosse l'unica cosa che aveva bisogno di sentire, poi abbassò lo sguardo sul telefono e fece una smorfia. «Senti, mi dispiace, ma tra poco devo andare e Bethany non è ancora arrivata, quindi... Che ne dici? Posso dare un'occhiata al seminterrato?»

## 22

## Sam

«Qualcuno di voi ha mai sentito parlare di PAN?» chiese Sam.

«Non era un dio greco? Che c'entra adesso la mitologia?» chiese il Pugile.

«In un certo senso, c'entra. Ma ci arriviamo in un secondo momento. Ora come ora, mi riferisco a un semplice acronimo. PAN. Sta per Pensieri Automatici Negativi.»

I cinque membri del gruppo si scambiarono sguardi con fronti aggrottate ed espressioni perplesse, forse anche con un leggero imbarazzo.

Il Pugile pareva a disagio, come se fosse esattamente il tipo di sciocchezza di cui temeva che Sam potesse parlare. La Ragazza Smarrita sembrava quasi imbarazzata dal fatto che Sam usasse qualcosa di così stupido come un acronimo. L'Artista aspettava paziente di saperne di più, mentre l'Atleta s'ispezionava le scarpe bianche e immacolate e il Bibliotecario rimaneva rannicchiato sulla sedia a grattarsi un gomito.

«Alcuni pensieri negativi possono essere utili», continuò Sam. «Quando funzionano in modo efficace, possono essere una sorta di segnale d'allarme che ci protegge. Per esempio, se mi trovo vicino a una stufa e penso che potrebbe essere accesa, allora non la tocco, e quindi mi sono protetto. Ma quando i pensieri negativi diventano *automatici* – o quando si ripetono e ci rimuginiamo sopra –

possono essere dannosi.» Incrociò lo sguardo dell'Artista e per un attimo credette di vedere un brivido dietro la sua espressione, come se le avesse letto nel pensiero.

Doveva essere difficile per lei. Ovunque andasse, si sentiva osservata e vulnerabile. Costantemente all'erta. Sentiva passi immaginari che la inseguivano.

«Ed ecco cosa c'entra la mitologia», continuò Sam. «Come le divinità antiche, questi pensieri non sono reali.»

«Allora cosa dobbiamo fare?» La Ragazza Smarrita scostò la cortina di capelli. Il piercing al labbro brillava nella luce soffusa.

«Avete una scelta. Potete considerarli alla stregua di un pessimo libro che siete costretti a recensire... e con ciò intendo che potete sfidare i pensieri negativi. Potete applicare una serie di domande ragionate e chiedervi quanto sia probabile che ciò di cui vi preoccupate possa realmente accadere o no.»

«Qual è l'altra opzione?» chiese l'Atleta.

«L'altra opzione è quella di riconoscerli. Fare un passo indietro, notare che un gruppo di pensieri negativi si sta ammassando – come un'armata di orchetti, in un certo senso – e poi... ignorarli. Perché, proprio come un libro dalla trama trita e ritrita può irritarvi ma non può farvi nessun male, allo stesso modo neanche i pensieri possono farlo. Sono solo questo: pensieri.»

Non potevo dire di no alla richiesta di Donovan. Non senza sembrare irragionevole. E non volevo mandare all'aria la possibilità che mi facesse un'offerta.

Ma il seminterrato...

*Sono solo pensieri,* mi diceva la voce di Sam. *E, dato che sono tuoi, sei anche in grado di controllarli.*

E comunque il seminterrato era l'unico posto che Donovan non aveva ancora visto. L'aveva detto lui stesso. Se gli avessi permesso di dare un'occhiata veloce in giro, dopo se ne sarebbe potuto andare e io avrei potuto metterci una pietra sopra. Sarebbe finita. Ce l'avrei fatta.

«Non mi aspetto che tu venga laggiù con me, comunque.»

Feci finta di asciugarmi il sudore dalla fronte. «Fiuuu.»

«Quindi ti sta bene?»

Il cuore mi martellava all'impazzata. Nella testa sentivo un pulsare insistente. «Sì, certo», mentii.

«Fantastico.» Diede un'ultima occhiata alla camera da letto, poi si girò, uscì sul pianerottolo e fece scorrere la mano sulla balaustra.

*Fai un bel respiro.*

Passò il guanto sul legno lucido. Avevo levigato ogni asta a mano, applicato attentamente una base e poi aggiunto due strati di vernice bianca a effetto opaco. In tutto ci avevo messo quasi una settimana.

Intravidi di nuovo il mio riflesso nello specchio accanto all'ingresso. Era impossibile capire se apparivo destabilizzata come mi sentivo.

*Datti una regolata, Lucy.*

Passai oltre il mio riflesso, poi chiusi le dita intorno alla ringhiera e scesi le scale con passi legnosi. In fondo, mi appoggiai al montante e fissai la cucina con occhi spalancati, consapevole di una secchezza fastidiosa in gola.

«Posso spostare questo secchio?» mi chiese Donovan.

«Sì.» Lasciai le scale e scesi i gradini verso l'isola della cucina. Mi aggrappai al piano di lavoro: avevo bisogno di sentire qualcosa di solido e fresco sotto le mani. «Io resto qui.»

«Capito.»

La base del secchio raschiò sulle assi del pavimento mentre lui lo faceva scivolare da un lato. Poi scostò il chiavistello metallico della porta e la aprì.

Si sprigionò l'oscurità.

All'improvviso il pavimento mi sembrò troppo fragile, come se fosse sul punto di crollare e farmi precipitare lì sotto.

*No.*

«Interruttore?»

«Alla tua sinistra.»

Un secondo dopo, la tromba delle scale s'illuminò. Le pareti bianche risplendevano. Appoggiandosi a entrambi i lati, Donovan iniziò a scendere.

Sentii freddo alle gambe mentre guardavo il busto, le spalle e la testa di Donovan scomparire.

Poi sparì del tutto, e io girai lo sguardo verso l'altro angolo della stanza, concentrandomi sul tavolo da pranzo e lasciando che il resto si sfocasse.

Nel giro di poche ore Sam sarebbe tornato a casa e avremmo mangiato insieme. Qualcosa di semplice e veloce. Toast con l'uovo, forse. Sarebbe stato tutto normale. Sarebbe andato tutto bene.

Ma in quel momento la casa sembrava stranamente silenziosa e fredda. I miei sensi sembravano attutiti.

*Stupida.*

*Va tutto bene. Stai bene.*

Avevo le cosce e le ginocchia premute contro l'isola. Per un attimo ebbi la folle idea che una marea invisibile mi stesse trascinando verso il seminterrato.

*È solo un pensiero negativo.*

*Non c'è nessun motivo logico per avere paura.*

Aspettai.

L'attesa era straziante.

Ero fin troppo consapevole di come avevo piegato le dita dei piedi all'interno delle scarpe. Degli occhi secchi ogni volta che sbattevo le palpebre.

Lentamente, mi girai e fissai l'orologio digitale sul fornello.

Erano quasi le quattro e mezzo.

Le cifre verdi brillavano spettrali.

Il kit di pronto soccorso era sul piano di lavoro vicino, ancora in disordine da quando avevo preso le salviette disinfettanti per la bambina. Sembrava fuori posto rispetto al resto della cucina.

*È una cosa che puoi fare.*

*È una cosa pratica che puoi fare.*

Mi avvicinai al kit di pronto soccorso e vi riposi gli oggetti sparsi, chiudendo poi la cerniera.

- *Va tutto bene.*

*Nessuno si aspetta che tu scenda nel seminterrato.*

*Non sei obbligata a scendere nel seminterrato.*

Mi preparai mentalmente, mi aggrappai al piano di lavoro e mi voltai di nuovo verso la porta aperta.

L'aria sembrava tremolare mentre aspettavo in silenzio che Donovan riapparisse.

# 24

## Sam

«Tutto qua?» chiese il Pugile. «È questo che offre il convento?»

«No.» Il tono di Sam era amichevole. «Quello che voglio fare oggi è darvi un'idea del nostro scopo come gruppo e dei modi in cui posso aiutarvi. Insieme lavoreremo soprattutto ad abituare la mente a pensare in modo diverso, più calmo. Forse avrete sentito parlare della terapia cognitivo-comportamentale, che si è dimostrata un trattamento efficace per le fobie di ogni tipo.»

«E se non funziona?» chiese la Ragazza Smarrita. Era la risposta abituale di chiunque avesse una paura irrazionale che aveva rovinato la sua vita quotidiana. Guardò con una certa preoccupazione il Bibliotecario, che sembrava possedere un'energia intensa e irrequieta, come se non riuscisse a stare fermo.

«Allora ci sono altre cose che possiamo esaminare. Il *flooding*, tanto per fare un esempio.»

«E che cos'è?» chiese l'Artista.

«Un''immersione' nelle proprie fobie, appunto. In poche parole, un modo per affrontare le proprie paure e mettersi alla prova in un ambiente controllato. All'inizio in modo graduale, poi più esteso.»

«Oh.»

«Non preoccupatevi. Ho progettato molti esperimenti sicuri che hanno portato a buoni risultati. Per esempio, incoraggiare una persona aracnofobica ad affrontare la sua fobia facendole osservare un ragnetto in una scatola in acrilico trasparente, e poi arrivare a farle tenere una tarantola in mano.»

«Wow», commentò l'Atleta.

«Non mi piace l'idea», aggiunse il Pugile.

Sam fece un sorriso comprensivo. «Come ho detto, non sarebbe la nostra prima scelta, però in certi casi vale la pena, in particolare se la fobia è molto radicata. Potrebbe non funzionare con nessuno di voi. Ma facciamo un passo alla volta.»

Aspettai ancora un po', finché non ce la feci più e dissi: « Va tutto bene laggiù? »

Nessuna risposta.

« Ehi? »

Ancora niente. « Donovan? »

Mi aveva sentito? Forse laggiù, sotto il pavimento di cemento, la roccia e la terra – *oddio* –, non mi sentiva.

Avevo lo stomaco sottosopra, le mani umide di sudore. Avevo male ai polmoni, come se avessi inalato della garza che me li graffiava dall'interno. « Donovan? »

Niente nemmeno questa volta.

Un'immagine cupa m'invase la mente: le pareti del seminterrato si ripiegavano su loro stesse, come un castello di carte che crolla. E Donovan era bloccato lì sotto. Schiacciato dai detriti. Che m'implorava di aiutarlo, di scendere le scale e...

« Merda. » Frugai in tasca in cerca del cellulare. « Merda. » Toccai lo schermo con le mani tremanti, e gridai di nuovo nella tromba delle scale: « Puoi rispondere, per favore? Solo per farmi sapere che stai bene? »

Silenzio.

« È... uno *scherzo*? »

Ancora niente.

Il cellulare si era sbloccato. Sullo schermo apparve il contatto di Bethany.

*Ti comporti da pazza.*

Come avrei voluto che ci fosse Sam. Come lo avrei voluto sullo sgabello della cucina, a calmarmi, a offrirmi una tazza di tè verde.

*Ma Sam non c'è.*

*Sei da sola.*

«Merda.»

Premetti il numero di Bethany e mi portai il cellulare all'orecchio.

Gli squilli erano metallici e distorti, anche se sapevo che era solo perché mi stavo premendo il telefono troppo forte sull'orecchio.

«Rispondi. Rispondi.»

Il cellulare continuò a squillare.

Sei secondi.

Otto.

Avevo bisogno di sentire la voce di Bethany. Volevo che mi dicesse che sarebbe arrivata presto, che non dovevo per forza cavarmela da sola.

*Ti prego.*

Il cellulare squillava, inutilmente.

*Rispondi, Bethany. Rispondi e dimmi dove sei.*

Alla fine scattò la segreteria telefonica.

Ascoltai Bethany che m'invitava allegra a lasciare un messaggio e che avrebbe risposto presto, ma riattaccai senza dire una parola.

Il silenzio s'impose come una forza fisica mentre fissavo di nuovo il seminterrato.

«Ascolta, Donovan, se riesci a sentirmi, devi dire qualcosa. Sto iniziando a preoccuparmi. Devi tornare di sopra, subito.»

Aspettai. Fu come se sentissi tutto e niente nello stesso momento.

Il mio respiro affannoso, lo scricchiolio delle tubature della cucina, il ronzio di fondo del frigo-congelatore, ma niente di niente da parte di Donovan.

«Non fa ridere.»

Avevo le mani così sudate che il cellulare quasi mi scivolò dalle dita.

Poi sentii qualcosa.

Qualcosa che raschiava.

O si trascinava.

*Di sotto.*

Aspettai ancora, ma non sentii altro.

Doveva aver sentito che lo chiamavo. *Per forza.*

Azzardai un passo, poi mi fermai.

Le scale si spalancavano davanti a me.

Ebbi una visione: le gambe che mi cedevano, io che cadevo dalle scale.

«No», dissi ad alta voce. «Neanche per sogno.»

Mi allontanai dalla porta, mi voltai e attraversai di corsa la cucina, salii i gradini verso la zona giorno e mi diressi al bovindo.

Guardai fuori dalla finestra attraverso le persiane. La siepe di bosso sul davanti del cortile ostruiva il panorama, ma potevo vedere la strada oltre il cartello VENDESI alla mia destra.

Si era fatto più buio. I lampioni brillavano di un giallo elettrico. I rami degli alberi oscillavano nella brezza.

C'era il furgone di un idraulico parcheggiato dall'altro lato del nostro cancelletto e, accanto, il cofano di una piccola auto posteggiata lì da così tanto tempo che sotto i tergicristallo si erano raccolte foglie e spazzatura, una patina di sporco e resina.

Alle finestre delle case di fronte era accesa qualche luce, ma la maggior parte degli inquilini non sarebbe rientrata dal lavoro che di lì a un'ora.

Rimbalzai sulla punta dei piedi, allungai il collo e sforzai gli occhi, però non fece nessuna differenza. Bethany non c'era.

Guardai di nuovo il cellulare, sperando che richiamasse, poi la chiamai di nuovo io. Misi il vivavoce e tenni il cellulare in mano mentre mi allontanavo dalla finestra e mi voltavo a guardare la porta aperta del seminterrato.

Si spalancò un vuoto dentro di me.

Il cellulare continuava a suonare.

Allungai una mano rigida e accesi una lampada da terra. *Meglio*. Avevamo fatto montare diverse plafoniere dalla luce intensa in tutta la cucina. Illuminavano i piani di lavoro e gli elettrodomestici, il lavello e il parquet.

Mi aspettavo che Donovan sentisse dal seminterrato il mio cellulare che squillava. Pensavo che mi avrebbe urlato che stava tornando su.

Ma non disse nulla.

Allora mi passò per la mente un pensiero strano. Chissà se si trovava *davvero* nel seminterrato. Sapevo che doveva essere così, perché l'avevo visto scendere. Non c'era altra via d'uscita. E non sarebbe potuto sgattaiolare via senza che io lo vedessi.

*A meno che non l'abbia fatto mentre stavi guardando fuori dalla finestra.*

Il pensiero fece presa su di me.

Irrazionale, sì, persino folle, però, mentre facevo un passo cauto alla mia sinistra, oltre il tavolino e il divano, mi ritrovai ad abbassarmi e a dare un'occhiata su per le scale verso il pianerottolo del primo piano. Sapevo che era ridicolo cercare traccia di lui lassù, qualche indizio su ciò che stava accadendo, ma lo feci comunque.

Vidi solo il pianerottolo vuoto. Che portava al bagno.

«Merda.»

Mi voltai rapidamente verso la porta d'ingresso ed esitai per mezzo secondo. Poi la dischiusi. Uno spiffero d'aria proveniente dalla strada penetrò all'interno.

*Meglio.*

Odorava di arenaria e fuliggine, ozono e asfalto.

Una parte di me era tentata di aprire completamente la porta e uscire. Potevo aspettare Bethany al cancello. O Donovan che emergeva dal seminterrato. O il ritorno di Sam.

Però la verità era che una parte di me voleva assicurarsi una via di fuga se fosse stato necessario.

*Smettila. Stai esagerando.*

Ma era così? Non avevo avuto un brutto presentimento fin da prima della visita? Da quando avevo ricevuto il messaggio di Bethany?

*Ce l'hai sempre, un brutto presentimento.*

*Anche nelle giornate buone hai brutti presentimenti.*

*Anche solo passare l'aspirapolvere ti fa venire i brividi.*

Il cellulare smise di squillare e passò alla segreteria telefonica di Bethany. Interruppi la chiamata.

In strada, uno degli operai gridò qualcosa e uno dei suoi colleghi gli rispose. Mi venne in mente che potevo andare fuori e chiedere loro di venire dentro con me. Probabilmente avrebbero accettato di scendere nel seminterrato per controllare se Donovan stava bene.

Ma avrei dovuto?

Di nuovo, mi preoccupai dell'impressione che avrei fatto a Donovan. Se avessi lasciato che la mia paranoia rovinasse la visita, avrei deluso Sam.

Magari Donovan non era nemmeno nel seminterrato da tanto tempo.

E mi aveva detto che era importante per lui. Forse era assorto nei suoi pensieri, occupato a ispezionare lo spazio, a immaginare dove mettere gli attrezzi da palestra, a chiedersi se la casa gli piacesse e quale offerta fosse disposto a fare.

*Dagli ancora un po' di tempo.*

Toccai di nuovo la porta, assicurandomi che fosse ancora leggermente aperta, poi strinsi il cellulare e m'incamminai a passo lento verso il seminterrato.

## 27

Non avevo intenzione di scendere. Sarei stata perfettamente al sicuro, se non fossi scesa.

«Ci sei?»

Non arrivai fino ai gradini. Mi fermai poco prima, dove finivano i mobili della cucina, di fianco al secchio della
spazzatura. Con la mano con cui non tenevo il cellulare,
mi appoggiai al piano di lavoro.

«Ti serve aiuto?»

Era proprio quello che temevo. E se si fosse fatto male?
E se fosse svenuto o collassato o avesse avuto, non so, un
infarto o qualcosa del genere?

Tutto quello che avevo fatto (o *non* avevo fatto) sarebbe
stato imperdonabile, allora.

E, sì, Donovan sembrava in forma e in salute, ma a volte l'apparenza inganna. Perché stavo perdendo tempo
quando magari era ferito?

«Donovan?»

O forse davvero non mi sentiva.

Era possibile?

Forse. Del resto, i muri e il pavimento del seminterrato
erano spessi.

Oppure – e a questo non volevo proprio pensare – forse mi stava prendendo in giro. Gli avevo parlato della
mia claustrofobia. Gli avevo detto quanto mi sentissi a disagio nel seminterrato. Aveva capito che per me era un

problema. Non sapevo quasi nulla di lui: magari era proprio il tipo di stronzo che si divertiva a terrorizzare una donna.

Mi alzai in punta di piedi e scrutai le scale. Giravano a destra verso il fondo, e mi si attorcigliò lo stomaco.

Feci un passo incerto, allungai il braccio ma senza abbandonare il sostegno del piano di lavoro per il momento, poi mi bloccai quando sentii un'auto sfrecciare fuori. Il suo passaggio provocò uno spostamento d'aria che fece spalancare la porta d'ingresso e la mandò a sbattere contro il muro del corridoio.

Mi girai di scatto con gli occhi spalancati.

Stavo trattenendo il respiro, e l'aria sembrò raffreddarsi e condensarsi nei miei polmoni.

«Donovan?»

Quando ancora non rispose, provai di nuovo quella terribile sensazione.

E se fosse stato da qualche altra parte?

E se il seminterrato era in realtà *vuoto*?

L'angoscia crepitava intorno a me come una carica elettrostatica.

Ero spiazzata: non sapevo cosa fare.

*La porta d'ingresso è aperta. Hai aria fresca e un'uscita. Non sei chiusa in casa. Non sei confinata qui dentro.*

Mi spostai leggermente in avanti. Toccavo il piano di lavoro dietro di me solo con la punta di un dito.

Mi voltai a guardare finché non lo lasciai del tutto.

Quando rivolsi di nuovo lo sguardo di fronte a me, barcollai, come se fossi in equilibrio su un filo sospeso che tremava senza controllo, con le oscillazioni che diventavano sempre più forti, amplificate dai miei stessi brividi di paura.

Indugiai per un attimo e affondai le mani nel maglione.

«Donovan? Scusami, ma ti dispiacerebbe tornare di sopra, adesso?»

Nulla.

«Per favore? So che sembra una sciocchezza, però questa situazione mi mette a disagio e credo proprio che...»

Fui interrotta dal rumore improvviso di qualcuno che bussava alla porta d'ingresso alle mie spalle. «Toc, toc! Lucy? Dove ti nascondi?»

# 28

## *Sam*

« C'è una cosa che non capisco. » Il Pugile incrociò di nuovo le braccia pelose sopra la pancia prominente. Dal modo in cui sporgeva il mento e scrutava il resto del gruppo per assicurarsi di avere l'attenzione di tutti, Sam intuì che stava cercando di posizionarsi in un ruolo dominante.

« Continua pure », lo esortò Sam.

« Questi pensieri negativi di cui parli... »

« Pensieri *automatici* negativi. »

« Sì, quelli. Hai detto che alcuni possono essere utili? Se ci fosse una minaccia, per esempio? Come con la stufa accesa. »

Sam annuì.

« Okay. Ma come fai a capirlo? Cioè, come fai a sapere quando una minaccia è immaginaria e quando invece è reale? »

Bethany varcò la porta d'ingresso ed entrò in corridoio con la borsetta che le pendeva dal polso. Fui inondata dal sollievo. Mi misi una mano sul cuore mentre lei si avvicinava e allungava il collo per guardare le scale.

Mi allontanai dall'ingresso del seminterrato. «Sono qui.»

Quando mi vide, Bethany sembrò divertita. Mi resi conto che lo stress e l'ansia dovevano essere evidenti nel mio aspetto.

«Che ci facevi nascosta lì? E perché hai la porta aperta?» Indossava un impermeabile alla moda con cintura e una sciarpa vistosa. Sembrava una giornalista televisiva pronta ad andare in onda. Aveva dei tacchi da urlo. Era truccata di fresco. Avrà avuto venticinque anni, ma si comportava come se fosse più grande. Aveva la sicurezza e il portamento di una persona cui stava andando tutto esattamente secondo i piani.

Si tolse i guanti, li piegò e si sistemò i capelli. «Dov'è Donovan?»

«Ti ho chiamato.»

«Ah, sì?» Aggrottò la fronte con un'espressione di sorpresa esagerata. Aprì la borsetta per frugare all'interno e tirò fuori il cellulare. «Oh, mi spiace, penso di averlo messo su silenzioso e...» Le ci volle un secondo per elaborare quello che stava vedendo. «*Tre* chiamate perse?»

Deglutii e mi voltai a guardare il seminterrato.

« Lucy? C'è qualcosa che non va? »

« Sì, c'è qualcosa che non va. » Parlai a voce bassa mentre indicavo dietro di me. « È sceso nel seminterrato e non vuole uscire. »

« Come, scusa? » La sua risata era artefatta, cristallina. « Stai dicendo che l'hai perso? »

« No. » Venni presa da uno scatto d'ira, ma lo tenni sotto controllo. Mi avvicinai. Volevo che capisse l'importanza delle mie parole. « È sceso nel seminterrato, però ora non mi risponde quando lo chiamo. »

« *Oookay.* » Lo disse piano, in modo esasperante. « E non l'hai accompagnato? »

Non la degnai di una risposta.

« Be', sei scesa a controllarlo, almeno? »

« Non ancora. »

« *Capisco.* »

Non le spiegai il perché.

Era chiaro che pensava già che stessi esagerando. Non avevo mai parlato della mia claustrofobia a Bethany. L'argomento non era mai venuto fuori. Quando aveva valutato la casa c'era Sam con me, quindi era stato lui a mostrarle il seminterrato. E le visite che aveva organizzato da allora erano sempre avvenute quand'ero fuori casa.

« Scusa, ma la stai prendendo troppo sul serio, Lucy. »

« Perché è strano. » Stavo ancora stringendo il cellulare e mi accorsi che Bethany aveva notato il modo in cui le nocche erano sbiancate. « Non so se stia cercando di spaventarmi, o se pensi che sia divertente, o... »

« Bethany? » Sussultai quando la voce di Donovan rimbombò dietro di me. « Sei arrivata. »

«Donovan!» Bethany spalancò le braccia e mi sfrecciò davanti. Donovan era emerso dalla cima delle scale del seminterrato con un'espressione un po' perplessa. «Pensavamo di averti perso! Che bello poterci finalmente incontrare.» Bethany si alzò in punta di piedi per baciare l'aria accanto alla sua guancia, poi si ritrasse e accarezzò delicatamente la manica del suo cappotto, come per valutare la qualità del tessuto.

Donovan sembrò un po' preso alla sprovvista dal suo saluto, ma dopo averla squadrata a sua volta capì subito. «Cominciavo a pensare che mi avessi dato buca.»

Bethany finse di essere offesa. «Non lo farei mai!»

Quando gli posò di nuovo la mano sul braccio, mi tornò in mente il modo in cui la donna lo aveva toccato fuori, anche se Bethany era ancora più esplicita. Donovan doveva avere almeno dieci anni più di lei, ma dal sorriso di apprezzamento che le rivolgeva ovviamente la cosa non costituiva un problema.

E perché mai, del resto? Bethany era bellissima. E single.

Alla fine Bethany si voltò, lo lasciò andare e si mise un dito sulle labbra. «Allora, cosa ne pensi?»

«Di cosa?»

«Della casa, sciocco.»

«Penso che sia esattamente come me l'hai descritta al telefono e anche di più. Lucy è stata una guida perfetta.»

Era un commento generoso, e lo sapevamo tutti e due, ma eravamo anche consapevoli che c'era qualcosa che non andava e non avevo intenzione di lasciar perdere. «Bethany...»

Lei mi parlò sopra. «Ti ha fatto vedere il giardino sul retro?»

«Sì.»

«La cucina ha tutto il necessario?»

«Il necessario per ordinare da asporto.»

«Oh, sei uno di *quelli*. E di sopra?»

«Posso farmelo andare bene.»

«Mmm, ci scommetto.»

«Scusate!» Sapevo che era scortese. Sapevo pure che sembravo furibonda, stravolta e probabilmente fuori di testa, ma non me ne importava nulla. Mi rivolsi a Donovan. «Ti ho chiamato.»

«Ah, sì?» Sembrava confuso.

«Sì, quand'eri nel seminterrato. Ti ho chiamato e non hai risposto.»

«Davvero?» Lanciò a Bethany uno sguardo disorientato. «Non ti ho sentito.»

Avrei dovuto lasciar perdere. Sapevo anche quello. Era chiaro che non avrei ottenuto nulla. Eppure... «Ho urlato piuttosto forte.»

Bethany batté le mani. «Be', questo non dimostra forse quanto sia solido il vostro seminterrato?»

«Forse è stata colpa mia.» Donovan fece una smorfia e sollevò una mano guantata in un gesto conciliante. Era grande quanto la zampa di un orso. «La verità è imbarazzante, ma ho qualche problema d'udito. Un vecchio infortunio di rugby. Se ti avessi sentito, sarei tornato su, Lucy. A un certo punto ti ho pure chiamato. Non hai sentito?»

Qualcosa s'increspò sotto la mia pelle. Un formicolio febbrile. Sospettavo che stesse mentendo, ma mi guardava con tale disinvoltura, ed era chiaro che Bethany pensava che non ci fosse nessun problema. Mi risultava difficile sfidarlo apertamente senza aggravare la situazione.

« Be', è fantastico che abbiamo risolto la questione. »
Bethany prese Donovan a braccetto e lo guidò in avanti.
« Dai, ti mostro di nuovo le camere da letto. Non voglio
che te ne vada con dei dubbi in testa. »

Cominciarono a salire le scale.

Ancora una volta, sapevo che avrei dovuto lasciar perdere, ma ancora una volta non riuscii a trattenermi.
« Pensavo avessi un appuntamento », dissi a Donovan.

« Oh, per favore », intervenne Bethany. « Ce l'hai un
po' di tempo per me, vero, Donovan? Perché non ti metti
comoda, Lucy? Non ci metteremo molto. »

Rimasi dov'ero. O quasi.

Chiusi piano la porta d'ingresso, mi soffermai in fondo alle scale e posai la mano sul corrimano. Alzai lo sguardo verso il pianerottolo vuoto.

Non vedevo più Bethany e Donovan, ma li sentivo. Erano nella camera da letto in fondo, a ridere e flirtare.

Però mi sembrava che la risata di Bethany avesse un tono leggermente insolito. Artificiale.

Riflettendoci meglio, forse l'attrazione di Bethany per Donovan non era così genuina come lei voleva far credere. Forse era molto più astuta di quanto non le avessi dato atto e in realtà era molto più interessata alla commissione che la sua agenzia avrebbe preso se gli avesse venduto la casa.

Era possibile? Ci poteva stare. Non sapevo molto di Bethany, ma abbastanza da sospettare che fosse scaltra.

E Donovan? Chissà quanto ne sapeva Bethany di lui. Sapeva che cercava immobili nella nostra zona e nella nostra fascia di prezzo, ma lo aveva controllato? Non riuscivo a immaginare un agente immobiliare pretendere che Donovan – o chiunque altro, d'altronde – fornisse la prova di potersi permettere di comprare una casa. E, certo, probabilmente Bethany aveva fatto domande educate, indirette, ma poteva arrivare solo fino a un certo punto.

In ogni caso, facevo fatica a scrollarmi di dosso la sensazione che ci fosse qualcosa di strano in Donovan.

Mi sporsi a guardare verso il seminterrato.

Non aveva chiuso la porta.

Doveva sapere che mi avrebbe infastidito.

Chiusi gli occhi per un secondo.

Vacillai.

Aveva detto di non avermi sentito e di avermi chiamato, ma non gli credevo. La parte che non capivo era il motivo della sua bugia.

*Clic...*

Fu allora che lo sentii.

Il rumore nella mia testa.

Quello che non sarebbe mai andato via del tutto.

*Clic...*

Come premere il grilletto di un revolver scarico.

Arrivava ogni volta che mi agitavo. Quand'ero in preda al panico. Quand'ero in uno stato penoso.

*Per favore, non adesso.*

*Clic...*

Nella mia testa ero di nuovo in quel bagno, con la musica della festa che vibrava e rimbombava, per poi evaporare all'improvviso, risucchiata nel vuoto assoluto, mentre l'uomo che mi aveva seguita dentro e aveva chiuso la porta dietro di sé faceva un passo avanti, colmando la distanza tra noi, il suo volto che si disintegrava nell'ombra mentre allungava le mani e mi afferrava.

« *Ti stavo guardando.* »

A volte riuscivo quasi a ricordare la sua voce, ma solo nei miei incubi peggiori, e dopo, quando mi svegliavo, madida di sudore freddo e inorridita, mi stupivo sempre

di come ciò che mi era sembrato chiaro e certo diventasse
così sfuggente e vago.

*Clic...*

Sussultai.

Mi devastava ogni volta.

Non riuscivo a liberarmene, non importava quante volte ci provassi e quante delle svariate tecniche di Sam appli-
cassi. Sapevo che Sam a volte si sentiva frustrato perché
non poteva aiutarmi di più. Quando si trattava della mia
claustrofobia e dei miei traumi passati, aveva ipotizzato
che probabilmente c'era un blocco più lontano nella mia
psiche, forse risalente all'infanzia, qualcosa che non avevamo ancora capito come risolvere. Aveva parlato di altri
modi per aiutarmi, di strategie più sperimentali, ma di recente avevo cominciato a perdere le speranze che qualcosa
funzionasse. Temevo che il *clic* sarebbe stato sempre presente quando mi trovavo di fronte a circostanze difficili,
uno strano acufene, una sgradevole stranezza, allo stesso
modo in cui certe persone hanno la tosse nervosa.

Fu allora che Donovan rise di nuovo, un suono rauco, e
subito dopo sentii Bethany borbottare qualcosa in tono
sornione e scherzoso prima che si spostassero lungo il
pianerottolo, oltre il bagno. Bethany parlava della gene-
rosa superficie della camera da letto principale. Ridac-
chiavano come se fossero amanti che si affrettavano verso
una suite d'albergo.

Mi allontanai dalle scale prima che mi vedessero...

*Clic...*

E mi diressi a grandi passi verso la cucina, dove presi
un tumbler di vetro da una credenza e lo riempii di
ghiaccio e acqua dal distributore del frigorifero.

Portai il bicchiere all'isola della cucina, tirai indietro uno degli sgabelli di legno e mi ci sedetti. Posai il telefono sul bancone di fronte a me e bevvi un sorso d'acqua.

Il vetro mi tintinnò contro i denti.

Fissai il cellulare. Volevo chiamare Sam perché potesse dirmi che era tutto sotto controllo e che sarebbe andato tutto bene. Magari mi avrebbe persino chiamato per dirmi che il suo gruppo di sostegno era finito prima del previsto e che stava tornando.

*Clic...*

Bevvi altra acqua, con gli occhi chiusi.

Non avrei dovuto provare a farlo da sola, mi resi conto. Era troppo. Troppo presto.

*Sono passati due anni,* disse la voce di Sam nella mia testa. E non in modo stizzoso. In tono cauto. Confortante.

Due anni in cui avevo cercato di ricostruire me stessa, smussando i miei traumi e riempiendo le crepe della mia psiche, proprio come avevo levigato e tappezzato la casa.

La mia forma di terapia.

Il mio modo di guarire.

Bethany ridacchiò di nuovo e strinsi il bicchiere, con la condensa fresca e scivolosa sulla pelle.

Ero stata anch'io così, una volta. Spregiudicata. Divertente.

*Lascia perdere.*

*Volta pagina.*

Si trattava di una semplice visita alla casa. Nulla di più.

Ci stavo proiettando sopra le mie esperienze. Stavo facendo una montagna di un sassolino.

E, sì, forse Donovan mi aveva ingannato o preso in giro quand'era giù nel seminterrato. Forse si era divertito a testare i limiti delle mie nevrosi. Forse era, per dirla senza mezzi termini, un vero e proprio stronzo.

E allora?

Presto sarebbe finita.

Se ne sarebbe andato.

E anche Bethany.

E, se Donovan avesse fatto un'offerta per la nostra casa, allora l'avremmo presa in considerazione e Sam avrebbe espresso un giudizio. Non c'era una regola che diceva che doveva vendere la nostra casa a qualcuno che mi stava simpatico.

Guardando il quadro d'insieme, la cosa su cui concentrarsi era che avevo fatto un piccolo passo avanti. Uno che non avrei mai immaginato quando mi ero svegliata quella mattina.

Mi dissi tutto questo.

E aveva perfettamente senso.

Ma, in qualche modo, mi ritrovai comunque a prendere il cellulare e ad alzarmi dallo sgabello.

Perché sarei andata comunque di sopra e avrei trovato una scusa per unirmi a loro – era ancora casa mia, dopotutto – e 'fanculo se non l'avessero apprezzato o se avessero pensato che mi stessi intromettendo, perché...

Mi paralizzai quando un lamento sorpreso interruppe i miei pensieri, provenienti dalla nostra camera da letto al piano superiore, seguito rapidamente da un tonfo.

Calò il silenzio.

Era carico. Logorante.

Tutto il sangue mi defluì dalla testa e si raccolse nella pancia. Rimasi così immobile che mi sembrava di vibrare, ascoltando l'eco del lamento di Bethany nella mia mente.

*O era un urlo?*

Lo riascoltai nella mia testa.

L'improvviso sussulto. Il finale frammentato.

Esprimeva sicuramente choc e sorpresa. Ma c'era anche dell'altro?

Paura? Dolore? Non lo sapevo.

Forse aveva posato male un tacco, oppure era inciampata, oppure aveva reagito in modo eccessivo a qualche altro incidente innocuo.

Però il mio istinto mi suggeriva il contrario.

Così come la mia terribile esperienza. Il fardello che gravava su di me.

La pelle mi si raffreddò. Mi bruciava la gola. Le terminazioni nervose sembravano essere state esposte come fili elettrici scoperti.

E poi c'era il silenzio.

Persistente.

Bethany non disse più nulla. Nessuno «Sto bene!» «Ops!» neanche uno «Scusa tanto!»

Non scoppiò in nessuna risatina frivola e nervosa.

*Tump.*

Stavolta il rumore era più forte e riverberò attraverso le assi del pavimento del primo piano fino in soggiorno.

Girai di scatto la testa.

La lampada del soffitto tremava.

Mi si era mozzato il fiato. Avevo l'impressione che i polmoni mi stessero per scoppiare.

Ancora nulla da Bethany o Donovan. Nessuna spiegazione.

Rimasi in ascolto, le orecchie tese, tutti i sensi amplificati. La vista aveva una nitidezza insolita. L'udito era puro e intenso. Sentivo l'odore dei gigli freschi sul tavolino, d'un tratto diventato nauseabondo e stucchevole.

«Bethany?» La mia stessa voce mi lasciò sgomenta. Non solo per il suono, ma per la paura che vi era racchiusa: uno stridore secco e nervoso. «Va tutto bene lassù?»

Allungai il collo perché non mi ero ancora allontanata dall'isola della cucina. Non ero sicura di *potermi* muovere.

Ma i miei piedi avanzarono di loro spontanea volontà: salirono i tre piccoli gradini che portavano alla zona giorno con una rigida e impacciata mancanza di familiarità, come se non li avessi mai percorsi prima.

Il cellulare pesava come un mattone.

Forse Bethany era svenuta. Il che poteva spiegare il tonfo che avevo sentito.

*Ma hai sentito due tonfi. Lo sai bene.*

E non li avevo nemmeno sentiti l'uno dopo l'altro. C'era stato un tonfo, poi silenzio e un altro ancora diversi secondi dopo.

E perché Donovan non aveva detto nulla?

«Bethany?»

Ancora nessuna risposta.

Sarebbe stato come il seminterrato? Era di quello che ridevano? Mi prendevano in giro *tutti e due*?

Mi fermai a contemplare per qualche istante la porta d'ingresso, attanagliata dai dubbi.

Potevo uscire. Potevo rifiutarmi di partecipare a questo giochetto e aspettare che venissero a cercarmi.

Ma che razza di persona si sarebbe comportata così?

*Clic...*

Nella mia mente mi ritrovai all'istante in quel bagno con l'uomo dalla voce metallica. Ero sola e nessuno sarebbe venuto ad aiutarmi.

Non avrei mai potuto fare una cosa del genere a qualcun altro.

Mi diressi verso le scale e iniziai a salire. Mi sembrò di metterci un'eternità a raggiungere la cima.

Stavolta non li chiamai. In qualche modo, sentivo che sarebbe stata la cosa sbagliata da fare.

Quando misi piede sul pianerottolo, il cuore mi rimbombava nelle orecchie.

Girandomi con esagerata lentezza, mi avviai verso la camera da letto principale, trascinando i piedi sulla moquette come se avessi le caviglie incatenate.

La porta era socchiusa.

Strinsi la maniglia, presi un debole respiro e spalancai la porta.

Donovan alzò lo sguardo quando notò la mia presenza.

Era vicino al divano, con le spalle alla finestra centrale, seduto sul davanzale dietro di sé.

Un lungo e terribile momento di attesa.

«Dov'è Bethany?»

# 32

## Sam

«Devi fare del tuo meglio per fare un passo indietro e analizzare la situazione in cui ti trovi», disse Sam al Pugile. «Devi cercare di mantenere la calma, se puoi. Fare respiri profondi. Quello aiuta sempre. Poi devi guardare i fatti di fronte a te. Non quello che *pensi* di vedere o che *credi* di sapere, ma quello che *vedi* e *sai* veramente. Puoi confrontare le tue paure coi fatti. Sono razionali? Può esserci un'altra spiegazione?»

«Però spesso non è quello che *non vedi* e che *non sai* che ti spaventa? Per me è così», replicò l'Artista.

«Vale anche per me», concordò la Ragazza Smarrita.

L'Atleta annuì. «La paura dell'ignoto.»

«O di non notare qualcosa che dovresti notare.» L'Artista rabbrividì. «Almeno, è quello che spaventa me.»

Donovan non rispose alla mia domanda.

«Dov'è?» ripetei.

Inclinò la testa di lato e mi guardò, come se non ne avesse idea o non gli importasse di cosa stessi parlando.

«Era quassù con te. Si è lamentata o ha urlato o... non lo so. E ho sentito un tonfo o un botto, e poi pochi secondi dopo c'è stato un altro tonfo e...»

Stavolta fece spallucce e fece sporgere il labbro inferiore.

«Di' qualcosa.»

«Ti sei davvero superata con questa camera da letto, Lucy. Più tempo ci passo, più mi piace.»

Un sordo tintinnio di panico.

Qualcosa mi s'incastrò in gola. Una bolla d'aria che non scoppiava né spariva.

«È proprio... spaziosa.»

Non feci un passo indietro.

Rimasi dov'ero.

C'era una distanza ragionevole tra noi. Quasi l'intera stanza. Cinque o sei metri.

Ed ero vicina alla porta, se necessario.

«Bethany?» L'urlo venne fuori più basso di quanto volessi. Strinsi ancora più forte il cellulare.

Azzardai un'occhiata a Donovan e notai quanto apparisse contenuto e composto, come se non volesse fare nessuno sforzo per venire verso di me o ridurre lo spazio tra noi. Come sembrasse contento di stare appollaiato vicino alla finestra a osservare.

Mi voltai rapidamente, guardai il pianerottolo dietro di me, poi mi girai di scatto.

Nelle mie vene scorrevano confusione e sospetto.

Forse era una situazione del tutto innocua. Forse Bethany era semplicemente in un'altra stanza.

Venni di nuovo assalita dal pensiero che poteva trattarsi di uno scherzo spiacevole che Donovan e Bethany avevano architettato insieme. Forse credevano che avessi esagerato col seminterrato e volevano darmi una lezione.

O forse c'era qualcos'altro sotto. Un'altra dinamica che finora mi era sfuggita. Forse Bethany e Donovan si conoscevano molto meglio di quanto non avessero lasciato intendere.

Non si era ancora mosso.

«Bethany, puoi dire qualcosa? Dove sei?»

Come poteva il silenzio essere così assordante?

La testa mi pulsava mentre restavo in ascolto di una risposta che non arrivava.

Fissavo Donovan, ma ero perfettamente consapevole di ciò che mi stava intorno, e ascoltavo con attenzione in attesa di eventuali rumori alle mie spalle.

Nonostante le dimensioni generose, la camera da letto aveva pochi mobili. C'erano il letto e i comodini, il divanetto bianco accanto a Donovan, un tappeto di pelliccia sintetica, le persiane, il camino e la cabina armadio.

Ci riflettei.

Un ronzio alle tempie.

La cabina armadio si trovava alla mia sinistra, ma non riuscivo a vederne l'interno da dove mi trovavo.

«Perché mi fai questo?»

«Sono qui solo per visitare la casa, Lucy.»

«Potrei chiederti di andartene.»

«Allora chiedimelo. Fai pure.» Si alzò e con disinvoltura s'infilò le mani in tasca.

Ma ovviamente c'era un problema. Perché per andarsene sarebbe dovuto passarmi accanto. O mi sarei dovuta allontanare dalla porta.

«Rimani dove sei.»

«Mi stai mandando segnali contrastanti, Lucy. Pensavo volessi vendermi la casa. Prima ti sei comportata in modo strano riguardo al seminterrato. Ora questo.»

Alzai il telefono e lo voltai verso di lui, mostrandogli lo schermo. L'avevo sbloccato col pollice. La mano mi tremava. «Devo chiamare la polizia?»

«Perché dovresti chiamare la polizia?»

«Dov'è Bethany?»

Scosse leggermente la testa, come se mi stessi rendendo ridicola.

«Potrei urlare.»

«Davvero? Non ti sembra una reazione esagerata?»

«Ci sono i vicini nei paraggi.»

«Lo spero proprio. È un bel quartiere. Molto piacevole. Ecco perché sono qui, ricordi?»

Digitai 9 sul cellulare. Seguito da un altro 9.

«Domanda veloce. Se chiami la polizia, cosa dirai? Sono qui per vedere la tua casa.»

«No che non lo sei.»

«Okay. Allora permettimi un'altra domanda. Quanto tempo pensi che ci vorrà prima che arrivino?»

Lo disse come se fosse una cosa da nulla – appena una

considerazione – ma colsi il vero significato. Mi stava dicendo che poteva arrivare a me prima della polizia. «Mi stai spaventando.»

«Ti stai spaventando da sola, Lucy. Come col seminterrato. In fin dei conti, cosa ho mai fatto?»

Scossi la testa, anche se un leggero e sgradito dubbio si era insinuato dentro di me.

Forse stavo esagerando.

Forse la mia immaginazione mi stava sfuggendo di mano.

I miei *pensieri*.

Digitai un ultimo 9, assicurandomi che mi vedesse. Poi posai il pollice sul pulsante di chiamata e indicai la cabina armadio.

«Ora vado a dare un'occhiata lì dentro.»

«È casa tua, fai come ti pare.»

Mi avvicinai a poco a poco, facendo avanzare il piede sinistro sulla moquette, seguito con attenzione dal destro, tenendo lo sguardo fisso su di lui per tutto il tempo e le spalle alla parete.

Se fossi stata veloce, sarei riuscita a tornare alla porta della camera da letto e a uscire sul pianerottolo prima che lui potesse raggiungermi.

*Se* avesse cercato di farlo.

E, se fossi riuscita ad arrivare al pianerottolo, potevo raggiungere le scale e scendere fino alla porta d'ingresso e uscire, uscire, uscire e...

«Fai con calma, Lucy. Non vado da nessuna parte.»

Un altro passo lento.

*Ora o mai più.*

Mossi velocemente la testa. Un'occhiata rapida che mi permise di vedere che la cabina armadio era vuota.

Non si era ancora mosso.

Lo fissai col pollice a un millimetro dal pulsante di chiamata. «Non capisco cosa succede. Dov'è Bethany?» Girai di scatto la testa verso destra e la mia pelle sembrò contrarsi e tirarsi sulle ossa.

Fu allora che lo percepii. Il richiamo.

L'inevitabilità cosmica.

*Un altro bagno.*

Ma non il bagno principale dietro di me.

*Quello della camera da letto.*

«Ti sposterai?» gli chiesi.

«Dimmelo tu.»

Lo fissai, sempre col telefono in mano. «Se ti muovi, chiamo la polizia.»

«Okay.»

«Non muoverti.»

Con un dito disegnò lentamente una croce immaginaria sul suo cuore.

Lanciai un'occhiata verso il bagno della camera da letto. Brividi d'inquietudine mi percorrevano le spalle e la schiena.

*Ci sono due vie di fuga,* mi ricordai. *Se lui passa da una parte, puoi andartene dall'altra. Puoi ancora uscire. Non ci sono porte.*

Lo osservai ancora una volta, cercando di capire quali fossero le sue vere intenzioni, e poi corsi lungo il lato destro del letto e m'infilai nel varco tra il muro e la parete divisoria.

Non appena passai dalla moquette alle piastrelle marmorizzate del bagno, mi voltai a sinistra e guardai il bagno col fiato sospeso.

Le piastrelle lucidate brillavano.

Vidi il box doccia, il water a parete, la vasca in rame e i due lavandini.

Vidi la finestra – con la persiana chiusa per la privacy –

in fondo alla stanza, gli asciugamani di cotone bianco sul portasciugamani e le vestaglie appese ai ganci sulla parete.

Bethany non c'era.

Non aveva senso.

L'avevo vista salire con Donovan. Li avevo sentiti parlare e ridacchiare e poi camminare insieme lungo il pianerottolo verso la camera da letto principale. Avevo sentito il lamento di Bethany, seguito dai tonfi.

Quanto tempo dopo ero salita?

Non molto.

Un brulichio frenetico nelle vene. Una confusione che mi faceva girare la testa. Mi si contrassero le dita.

C'era qualcos'altro.

Qualcosa di sfasato, o in qualche modo sbagliato, che non riuscivo a identificare.

Salii sul tappetino davanti al box doccia e guardai meglio.

Qualunque cosa avessi notato era sparita in un batter d'occhio. Era qualcosa che vedevo, oppure no, o forse non era niente, ma in qualche modo mi sembrava sbagliato e...

*Vattene.*

Un brivido di paura nella pancia.

Mi girai troppo in fretta e lo vidi alle mie spalle, alto e massiccio, silenzioso e incombente. Strillai e arretrai proprio mentre il tappetino del bagno mi scivolava da sotto i piedi, e poi caddi. Alzai le braccia, incarcai la schiena; il soffitto ruotò sopra di me e il pavimento s'inclinò ad accogliermi, poi sbattei la nuca contro qualcosa di solido. Un suono vuoto, e la mia testa venne inondata da un impulso di luce incandescente.

# 3 5

*Sam*

Qualcosa tremò nel petto di Sam. Una contrazione inaspettata nei muscoli intorno al cuore. Avvertì la pelle d'oca e una sensazione fredda.

Strano.

Qualcuno che non fosse Sam – qualcuno più suscettibile alle reazioni emotive o più incline alla superstizione – forse avrebbe pensato che qualcuno aveva camminato sulla sua tomba.

Il che non aveva senso. Perché la seduta stava andando bene. Il gruppo stava legando e interagendo. Sì, contestavano le sue idee, ma non si poteva negare che stessero partecipando, che volessero saperne di più.

Be', a parte il Bibliotecario, forse. Sarebbe stato un bene se Sam fosse riuscito a coinvolgerlo di più.

Fu allora che Sam si voltò verso di lui e, con uno spasmo di nausea, capì finalmente che, dopotutto, avrebbe dovuto dare retta al suo istinto.

Gemetti, cercai di aprire gli occhi. Ero sdraiata su un fianco.
Passi.

Sempre più vicini.

Mi rigirai con difficoltà sulla schiena.

Fu un errore.

Gemetti più forte, mentre un'ondata di dolore mi sciabordava nella testa, infrangendosi sulle tempie e dandomi la nausea.

Donovan si accovacciò accanto a me. La sua sagoma
era incorniciata da una luce abbagliante.

« Cos'è successo? » borbottai. Avevo la bocca impastata.

« Il lavandino. Hai sbattuto la testa. » Mi sfiorò la nuca
e sentii una scarica di dolore. « Qui. » Mi portò una mano
sotto il collo e un attimo dopo mi posò la testa su qualcosa di morbido che immaginai fosse un asciugamano.

Mi sembrava di sprofondare nel pavimento.

Di sciogliermi.

« Quante dita vedi? » La sua voce era fredda e rimbombava.

« Due? »

« Come pensavo. »

Dal tono, immaginai che mi fossi sbagliata.

Mi prese la mano sinistra e mi arrotolò la manica. Un
graffio all'interno del gomito, e pochi secondi dopo s'infilò nella tasca interna del cappotto qualcosa che brillò

per un attimo. Poi si tolse un guanto, mi prese il polso e mi controllò il battito, osservando l'orologio.

*È una specie di medico*, ricordai.

Venni investita da un'ondata di calore. Ero madida di sudore, tremavo, ero spossata. Avevo la vista annebbiata, i lineamenti di Donovan erano sfocati e indistinti, e poi, in preda al panico, lo vidi trasformarsi di nuovo in un altro uomo in un altro bagno.

*No.*

Cercai di sollevarmi, ma il dolore mi trafisse le tempie e sprofondai di nuovo a terra mentre lui premeva con forza sulla mia spalla.

Pian piano i suoi lineamenti si riassettarono, si fusero. La sua espressione era sobria. Uno sguardo preoccupato e pensoso. «Non cercare di alzarti.»

Persi di nuovo i sensi per un attimo.

Un momento di oscurità vorticosa.

Quando mi svegliai di soprassalto – forse un secondo dopo, o giù di lì –, Donovan mi lasciò il polso e si strofinò il pollice contro le labbra, assorto nei pensieri.

Un altro momento perso.

Un altro momento di oscurità.

Il tempo doveva essersi fermato per un secondo – un'incomprensibile interruzione –, perché subito dopo mi accorsi che si era alzato e si guardava alle spalle, teso e attento come se avesse sentito qualcosa dal piano di sotto.

«Resta qui», mi disse.

«Cosa...? Dove vai?»

Un rombo di rumore bianco mi riempì la testa.

Gemetti di nuovo quando Donovan si sporse in avanti, incombendo su di me, col viso che diventava una macchia rosa. « Aspetta e basta. » E poi se ne andò.

# 37

## *Sam*

Il Bibliotecario era piegato sulla sedia con le braccia incrociate sullo stomaco e si strofinava le mani sulle braccia, come se avesse i brividi. Mormorava tra sé. Sussurrava. Agitato.

Sam lanciò un'occhiata fulminea al resto del gruppo. L'Artista sembrava preoccupata. La Ragazza Smarrita scosse la testa e spinse indietro la sedia. Il Pugile e l'Atleta si scambiavano sguardi, come se si chiedessero se dovessero alzarsi e intervenire.

«Va tutto bene.» Sam alzò con calma una mano.

Il Bibliotecario piagnucolò e si passò le unghie sul maglione, artigliando la lana. La sua bocca s'incurvò.

«Sei al sicuro, qui. Non hai nulla da temere.»

Ma il Bibliotecario si limitò a gemere e scosse la testa con aria angosciata, come se a Sam sfuggisse qualcosa di fondamentale. Poi allungò una mano sotto la manica del maglione ed estrasse lentamente un paio di forbici.

Rimasi sola, con uno strano rombo e un sibilo sempre più forti e vicini.

Non aveva nessun senso.

Nulla aveva senso.

Era come se avessi la testa in cortocircuito. Nessuno dei miei pensieri riusciva a concludersi.

Chiusi gli occhi quando sentii un'altra fitta di dolore alla nuca, e ringraziai il morbido asciugamano sotto di me.

Mi sentivo intontita. Lenta.

*Sei caduta*, pensai.

Poi aprii gli occhi e ricordai qualcos'altro. Donovan era dietro di me. *Esattamente* dietro di me. E...

Il dolore divampò di nuovo.

Rimasi lì, immobile, mentre la confusione ruggiva e sibilava. Finché non sentii un altro suono.

Un rintocco lontano.

Due note.

*Il campanello.*

Cercai di ripensare a come aveva reagito Donovan prima, ma faticavo a concentrarmi. Era in piedi sopra di me. L'avevo visto guardarsi alle spalle, teso, come se avesse sentito qualcosa.

Forse era stato il campanello?

Provai a sollevarmi sul gomito.

La stanza s'inclinò e ondeggiò, ma questa volta il dolore alla testa non fu così forte. Il debole fischio nelle mie orecchie iniziò a placarsi.

Mi girai su un fianco e fissai l'asciugamano bianco sotto di me, mentre la mia vista tornava gradualmente a fuoco. Era macchiato di sangue.

Mi si strinse il cuore quando, con dita tremanti, mi toccai la nuca e sentii una chiazza di umidità appiccicosa tra i capelli.

Un'improvvisa vibrazione attraversò le assi del pavimento sotto di me. Era familiare.

*Ha aperto la porta d'ingresso.*

Mi sforzai di sentire cosa stava succedendo. Era difficile distinguere qualcosa oltre il rombo sibilante nella stanza, ma mi sembrava di sentire delle voci soffocate.

Erano pacate e amichevoli, modulate e educate.

Non riuscivo a capire cosa dicevano.

E, tra l'altro, *cos'era* quel sibilo?

Mi girai con la massima attenzione.

Vapore.

Fluttuava fuori dal box doccia, si espandeva sul soffitto, riversandosi infine sul pavimento in nuvole appannate.

La doccia era aperta.

Perché la doccia era aperta?

Presi l'asciugamano e lo premetti dietro la testa. «Ahi, cazzo!»

In ginocchio, allungai la mano sul lavandino su cui dovevo aver battuto la testa – c'era una leggera macchia di sangue – e mi tirai su per guardarmi allo specchio.

Il vapore si era condensato sul vetro, però riuscivo a distinguere la mia sagoma annebbiata. I capelli erano aggrovigliati e in disordine. Gli occhi sembravano lucidi e stralunati. Ma almeno non mi sentivo come se fossi sul punto di svenire ancora.

Un'altra nuvola di vapore mi passò davanti e diedi una rapida occhiata al riflesso del box doccia alla mia sinistra. Forse Donovan voleva far scaldare l'acqua. Con molta probabilità aveva intenzione di bagnare un asciugamano per pulirmi la ferita. Poi il campanello aveva suonato e lui era andato a rispondere.

*Aveva chiamato un'ambulanza?*

Mi guardai intorno alla ricerca del cellulare, rendendomi conto che potevo controllare l'applicazione del campanello, vedere chi c'era di sotto e...

Fu allora che mi tornò in mente.

*Bethany.*

Stavo cercando Bethany.

Dov'era *finita*?

E dov'era il mio cellulare?

Ce l'avevo in mano quand'ero caduta. Ne sentivo ancora la forma e il peso. Ma non c'era più.

Senz'altro mi era caduto quando avevo sbattuto la testa sul lavandino. Con molta probabilità era scivolato sul pavimento e...

Guardai verso il water e il pavimento piastrellato, scrutando la base della vasca di rame.

Niente cellulare.

Non lo vedevo.

Quindi forse Donovan l'aveva usato. Aveva senso.

E sì, ora che ci pensavo, avevo già inserito il 999, quindi avrebbe dovuto solo far partire la chiamata. Avevo digitato il 999 perché avevo avuto paura perché...

Una mano invisibile s'insinuò nel mio petto e mi agguantò il cuore.

*Avevi paura a causa sua.*

*E ti era venuto alle spalle quando non avrebbe dovuto. Ti aveva promesso che non si sarebbe avvicinato.*

Girai di scatto la testa in direzione del pianerottolo. La stanza s'inclinò bruscamente, la doccia sibilava nelle mie orecchie.

Cercai di ascoltare quello che si dicevano al piano di sotto, ma non riuscivo a distinguere molto oltre il tamburellare dell'acqua.

Poi ebbi un'epifania.

L'aveva fatto apposta? Aveva aperto la doccia perché non voleva che li sentissi?

*Oppure non vuole che* qualcuno *senta* te.

Avevo bisogno di sapere chi c'era di sotto.

Lasciai il lavandino, feci due passi verso la finestra e mi fermai.

*Cavolo.*

Il dolore nauseabondo sulla nuca s'intensificò come un dente marcio, poi gradualmente si stabilizzò e si attenuò un po'.

Le assi del pavimento tremarono di nuovo sotto di me.

*Ha chiuso la porta.*

Questa volta avanzai con più attenzione fino a raggiungere la finestra di fronte a me, scostai le lamelle della persiana e guardai fuori.

L'oscurità che si addensava all'esterno era macchiata di giallo acido dai lampioni.

Non riuscivo a vedere l'ambulanza, ma un anziano era accanto al cancelletto aperto.

Il nostro vicino, John.

Aveva una busta di plastica vuota della spesa che pendeva floscia in mano. Non mi piaceva la sua espressione. Aveva la bocca incurvata, con un pizzico di dubbio o di confusione che gli solcava la fronte.

Rimase lì solo per un brevissimo istante, mezzo girato, con lo sguardo rivolto alla porta d'ingresso. Poi si voltò e cominciò ad allontanarsi, la testa calva e le ciocche di capelli bianchi ai lati che s'intravedevano oltre la cima della nostra siepe.

Attraversò la strada e proseguì in direzione della vicina sfilza di negozi in Upper Richmond Road.

Era passato per chiedere se avevamo bisogno di qualcosa, come a volte faceva?

Se era così, Donovan aveva detto qualcosa per sbarazzarsi di lui, qualcosa che non lo aveva convinto appieno che tutto fosse normale e che spiegava perché stesse guardando casa nostra con un'espressione così combattuta sul viso?

O forse aveva quella faccia perché aveva visto Donovan far entrare qualcun *altro* in casa nostra?

John continuò a camminare oltre le auto parcheggiate e i platani. Non si voltò indietro.

Non c'era nessun altro in giro.

I miei occhi si posarono sul cartello VENDESI davanti al nostro cortile e qualcosa dentro di me si strinse e si tese.

Poi mi guardai il braccio per un secondo. Quello con la manica arrotolata, che esponeva la familiare cicatrice irregolare, che correva come un cavo dal polso all'incavo del gomito.

Provai un brivido di paura, un liquido ghiacciato che mi penetrava nello stomaco.

Mi presi il polso e alzai il braccio, fissando con incredulità l'interno del gomito.

No, non l'avevo immaginato.

Un puntino di sangue.

Ci premetti un'unghia, ricordando il graffio e la sensazione di bruciore, il modo in cui Donovan si era infilato qualcosa in tasca in seguito e...

*Merda.*

Nel mio stato di stordimento avevo pensato che mi stesse aiutando, e se invece non fosse stato così?

*Forse ti ha iniettato qualcosa.*

Mi ricordai di quello che mi aveva detto quand'ero sdraiata sul pavimento.

« *Aspetta e basta.* »

Perché? Come si aspettava di trovarmi quando sarebbe tornato quassù e cosa aveva intenzione di farmi?

Fissai il bagno dietro di me, senza osare respirare, mentre ascoltavo il sibilo e gli schizzi esasperanti della doccia e, oltre a quelli... nulla.

Tranne un ronzio teso e sommesso. Una nota silenziosa di puro terrore.

Fu allora che venni assalita da un nuovo pensiero.

*Muoviti.*

Corsi verso il varco alla mia destra, uscii e mi aggrappai al letto.

Affondando le dita nel copriletto, mi sporsi e fissai il corridoio.

Nessun segno di Donovan.

Il sudore mi colava sulla fronte e mi pizzicava gli occhi. Ero accaldata e rabbrividivo allo stesso tempo.

Il mio riflesso mi fissava dallo specchio a figura intera di fronte a me. Era come se stessi guardando la vittima di un incidente stradale. Sembravo stordita e frastornata.

Poi abbassai lo sguardo sul braccio e vidi di nuovo il segno dell'ago all'interno del gomito, e venni travolta ancora da un senso d'orrore.

Mi lanciai in avanti, uscendo dalla camera da letto e aggrappandomi alla ringhiera che dava sulle scale, col sudore che mi gocciolava negli occhi.

Il rumore della doccia dietro di me si era un po' attenuato. Da sotto non arrivava nessun suono, nessuna conversazione, nessun rumore da Donovan o Bethany o da chiunque fosse stato il misterioso visitatore.

Riflettei se optare per la porta d'ingresso.

Immaginai di precipitarmi al piano di sotto, afferrare la maniglia e barcollare fuori.

Ma sapevo che Donovan era laggiù *da qualche parte* e che Bethany poteva essere ovunque.

Erano davvero una minaccia per me o ero paranoica?

Mi leccai le labbra. Sapevano di sale e olio. Un dolore lancinante mi penetrò di nuovo nella nuca.

Alla fine del corridoio c'erano il bagno e l'altra camera da letto. Non sopportavo la vista del bagno davanti a me. Sembrava emanare un pericolo indescrivibile.

Karma negativo. Brutti ricordi.

Come se non fossi già abbastanza spaventata.

Ci fu un movimento alla mia sinistra.

Girai la testa di scatto, guardando oltre la ringhiera.

Sulla parete c'era l'ombra di qualcuno che saliva le scale.

Solo pochi secondi prima che mi vedesse.

Forse anche meno.

Ebbi un tuffo al cuore.

Cosa fare?

Feci un passo indietro verso la camera da letto.

Ma la camera da letto era dove si aspettavano che mi rifugiassi.

Allora girai la testa e guardai in alto.

Alle scale che conducevano alla mansarda.

# 41

## Sam

«Oh, mio Dio!» L'Artista sussultò e si mise le mani sulla bocca.

L'Atleta scattò in piedi. «Devo chiamare qualcuno? Chi devo chiamare?»

«No, non farlo», ordinò Sam. «Restate tutti dove siete.»

Guardò le forbici che adesso erano puntate verso di lui. Era un paio relativamente piccolo. Manici in plastica traslucida. Lame lunghe forse cinque centimetri.

Il Bibliotecario le faceva oscillare come un forsennato. Aveva il labbro superiore umido di sudore, gli occhi sgranati. Aveva iniziato a piangere.

«Tranquillo», gli disse Sam. «Stai calmo, va tutto bene.»

«Mi dispiace. Mi dispiace tanto», piagnucolò lui.

«No, va tutto bene. Andrà tutto bene.» Sam parlò lentamente e con precisione.

La Ragazza Smarrita si voltò verso il Pugile e gli mise una mano sulla spalla, evitando di guardare il Bibliotecario. L'Artista era impallidita e scuoteva la testa in maniera appena percettibile, mentre l'Atleta si era alzato in punta di piedi e guardava attraverso la parete divisoria vetrata della sala seminari, sperando di attirare l'attenzione di qualcuno di passaggio.

Sam mantenne la sua attenzione sul Bibliotecario, senza mostrare nessun segno di turbamento. «Capisco che sia molto da digerire, quello che hai sentito oggi. Fai alcuni respiri profondi, tutto qui. Ascolta la mia voce. Prenditi tutto il tempo che ti serve. »

« Non avvicinarti! » Il Bibliotecario sferzò le forbici nell'aria.

La Ragazza Smarrita strillò.

« State tutti calmi », ribadì Sam.

« Non lo so », mormorò il Pugile. « Non mi sembra una situazione normale. »

Ancora una volta, Sam mantenne la concentrazione sul Bibliotecario, bloccando tutto il resto. Si sentiva stranamente calmo.

*È un'opportunità per dimostrare tutto ciò che hai detto al gruppo. È così che ti assicurerai la sua fiducia.*

Il Bibliotecario aveva il respiro corto e bolle di saliva che schiumavano agli angoli della bocca.

« Non farai del male a nessuno. Non è questo che vuoi. Ascoltami. Concentrati sulla mia voce. Sono solo brutti pensieri. I tuoi pensieri non sono reali. Sei tu a controllare le tue azioni. Ora ti porgerò lentamente la mano e, quando lo farò, voglio che tu mi dia le forbici. »

Salii in mansarda con le mani davanti a me, le dita sulla moquette, una spalla che sfiorava il muro.

Una sensazione terribile.

Di nuovo quei formicolii lungo la schiena. La sensazione di qualcuno che incombeva dietro di me.

Raggiunsi il pianerottolo superiore e mi voltai a guardare.

Ma le scale alle mie spalle erano vuote.

E sapevo di avere una scelta.

Due camere.

*Fai la scelta giusta.*

Entrai nello studio di Sam accovacciata, mi appoggiai al telaio della porta e avanzai fino alla sedia della scrivania.

Passi al piano di sotto.

Qualcuno si stava affrettando lungo il pianerottolo. Con sicurezza. E velocità. Mi avvicinai di soppiatto alle portefinestre che davano sul balcone, mi aggrappai alle maniglie e feci per girare la chiave.

*Un attimo.*

Un brivido.

La chiave non c'era. Era sparita.

*Deve averla presa lui.*

La mia mente tornò al momento in cui Donovan era rientrato dal balcone, prima. Mi dava le spalle quando aveva chiuso le porte dietro di sé. Non avevo prestato

molta attenzione alle sue mani perché ero troppo occupa-
ta a pensare a cosa fare e dire dopo.

*Oddio.*

Tirai le due maniglie, però non fecero altro che confer-
mare ciò che già sapevo.

*Ti ha chiuso dentro.*

*Aveva pianificato tutto in anticipo.*

Bethany era sua complice? Ma a che *scopo*?

La paura mi soffocava.

Scrutai la moquette ai miei piedi, dicendomi che la
chiave poteva essere semplicemente caduta. Il dolore alla
nuca si acuì per qualche istante mentre guardavo in basso, però, se la chiave era finita a terra, io non riuscivo a
vederla.

Tra le vertigini e il cuore che mi batteva all'impazzata,
fissai la cima delle scale. Avrei voluto non trovarmi in
questa situazione, essere altrove.

Fu allora che sentii l'acqua della doccia smettere di
scorrere.

Il cigolio di un rubinetto che veniva chiuso. Un mormorio seguito da uno spruzzo irregolare e poi il silenzio.

Ascoltai il più attentamente possibile.

Sotto i miei piedi m'immaginavo Donovan o Bethany
fermi ad aspettare che facessi il minimo rumore.

Non mi mossi. Il mio corpo era di pietra.

Avrei voluto gridare o chiedere aiuto, ma ero terrorizzata all'idea di rivelare dove mi trovassi.

I secondi passavano lunghi come minuti.

Quando, a poco a poco, girai la testa con dolorosa lentezza, ispezionai lo studio di Sam alla ricerca di qualcosa
che potessi usare per scappare.

Ma vedevo solo penne e quaderni, fogli e testi.
Poi sentii di nuovo del movimento.
Di sotto.
Passi.
Sul pianerottolo.
Che correvano verso di me.

*Stanno controllando la camera da letto principale*, pensai. *Il bagno.*

Premetti le mani contro le portefinestre. Le mie dita lasciarono un'impronta sul vetro.

*Prendi una decisione.*

*Pensa.*

Mi voltai e attraversai di nuovo la stanza, urtando la sedia di Sam e facendola cadere.

Sul pianerottolo, mi soffermai a guardare di nuovo le scale.

Un momento di vertigini.

Di terrore.

Ma chiunque fosse laggiù non si fece vedere e non mi notò.

Feci un grande passo avanti ed entrai nella camera da letto della mansarda.

Feci vagare lo sguardo sui lucernari, sul lettino, sulla sedia a dondolo e sulle librerie. Sudavo così tanto che il maglione mi si attaccava alla pelle.

Mi avventurai verso il mobiletto sotto lo spiovente dove avevo riposto l'aspirapolvere. Il soffitto era inclinato così tanto che dovetti abbassarmi.

Il mobiletto era incassato e verniciato dello stesso bianco sporco del resto della stanza. Aveva cardini nascosti.

Non c'era una maniglia. Se non sapevi della sua presenza, era molto facile lasciarselo sfuggire.

Non potevo nascondermi lì dentro.

Assolutamente no. Impossibile.

Non con la mia claustrofobia.

Ma all'interno del mobiletto, a destra dell'aspirapolvere, a portata di mano, c'era una piccola cassetta degli attrezzi.

Io e Sam la tenevamo lì nel caso in cui avessi avuto bisogno di un cacciavite o di un paio di pinze quando Sam era fuori casa, perché ovviamente non potevo scendere nel seminterrato a prendere il resto degli attrezzi.

Nella cassetta c'era anche un metro a nastro. Scalpelli. Ganci e viti.

E sul coperchio c'era il martello che avevo usato per appendere il poster incorniciato di X-Files di Sam.

Avrei potuto usare gli attrezzi per forzare le portefinestre. Oppure avrei potuto rompere il vetro col martello, alla peggio. Difendermi se ce ne fosse stato bisogno.

Lo sportello del mobiletto era fissato da una chiusura a pressione. Sapevo che i cardini cigolavano.

*Avrei dovuto oliarli.*

Tornai a guardare verso la soglia. Non erano ancora saliti, ma il cuore mi rimbombava così forte nelle orecchie che avevo rinunciato a sentire qualsiasi altro rumore.

E, una volta aperto lo sportello, avrei avuto il martello. E col martello...

Premetti.

L'anta cigolò, aprendosi solo leggermente.

Poi lo sportello si spalancò di colpo, come di sua iniziativa.

E fu allora che urlai.

# 44

## Sam

Sam allungò piano la mano verso il Bibliotecario. Si sentiva ancora calmo e con la situazione sotto controllo, ma, nonostante ciò, aveva dei dubbi. Come poteva essere altrimenti? Era come se la sua mente gli stesse giocando brutti scherzi.

Sapeva perché, ovviamente. I processi emotivi e logici che stavano avvenendo gli erano familiari.

Per esempio, una parte del suo cervello era già proiettata al futuro e anticipava possibili esiti.

Esiti tremendi.

Come il Bibliotecario che lo pugnalava alla mano, o che gli si scagliava addosso e gli conficcava le lame delle forbici nel collo.

«Mi dispiace», farfugliò di nuovo il Bibliotecario.

Sam concentrò la sua attenzione su di lui e cercò d'ignorare i propri dubbi. «Va tutto bene. Non hai niente di cui scusarti. Non hai fatto nulla di male.»

Per il momento.

Sam fece un respiro profondo e allungò di più il braccio.

In un'altra parte del suo cervello si riaffacciò un vecchio ricordo d'infanzia. Aveva otto anni e stava visitando uno zoo durante una gita scolastica. Ricordava di aver teso la mano lentamente, molto lentamente, verso un terrario dov'era annidato un pitone delle rocce africano.

Il serpente era arrotolato, immobile, all'apparenza del tutto disinteressato alla classe di Sam, ma nonostante lo spesso vetro frapposto tra loro una parte di Sam credeva comunque che *in un modo o nell'altro* il rettile potesse srotolarsi, colpire, affondare le zanne nel suo polso.

Il potere dei pensieri.

L'irrazionalità della paura.

Molto lentamente, Sam ruotò il polso, rivolgendo il palmo verso l'alto. «Va tutto bene. Guardami e ascolta la mia voce. Conterò fino a tre e poi mi passerai le forbici. Hai capito?»

Il Bibliotecario emise un mugolio in fondo alla gola, un suono simile a quello di un trapano da dentista.

«Uno.»

«Non penso di riuscirci.»

«Due.»

Con molta attenzione, Sam lanciò una rapida occhiata all'Artista. Lo guardava col volto corrucciato, come se si stesse preparando a qualcosa di terribile.

*Fidati di me.* «Pronto?» chiese al Bibliotecario.

«No, no, non...»

Sam espirò di nuovo, con la mano ferma, pensando ancora a quel grosso serpente dietro la teca di vetro, domandandosi se le zanne gli stessero per trafiggere la pelle tutti quegli anni dopo.

«Tre.»

## 45

Mi sfuggì un urlo violento e roco, tagliente come una lama alla gola.

Mi zittii subito, mettendomi una mano sulla bocca, e nel silenzio che seguì c'era solo Bethany.

Bethany, che era caduta fuori dal mobiletto dove non avrebbe dovuto essere.

Bethany, i cui occhi erano chiusi e il cui corpo era floscio e i cui polsi erano stati legati insieme con la sciarpa.

Non si mosse dopo che il suo corpo colpì il pavimento.

Era completamente andata.

Mi morsi il labbro con tanta forza da rompere la pelle. Un caldo schizzo di sangue mi finì in bocca.

Un altro urlo m'infuriava nella testa, sempre più forte e disperato. Mi misi anche l'altra mano sulla bocca, premendo le labbra contro le gengive. Tutto il corpo mi tremava per lo sforzo di trattenerlo.

Ma era troppo tardi.

Passi sulle scale della mansarda, pesanti e veloci.

«Bethany.» Le presi le spalle e la scossi. «Bethany, ti prego.»

Mi voltai verso la porta quando Donovan si precipitò dentro la stanza.

Si fermò bruscamente, mi guardò con attenzione, poi si girò verso l'anta aperta del mobiletto, spostando lo sguardo tra me e Bethany, soppesando la situazione. «Non dovevi vedere tutto questo.»

*Non dovevo vedere* lei, volevo urlare. Invece mi chinai a controllare che le vie respiratorie di Bethany fossero libere, le scostai i capelli dal viso e portai la guancia sulla sua bocca.

Respirava a fatica. Il petto si alzava e si abbassava. Gli occhi guizzavano rapidamente dietro le palpebre.

«Che cosa le hai fatto?»

Non mi rispose. Le tastai il cuoio capelluto, inclinandole la testa da un lato all'altro.

«L'hai colpita?»

«Allontanati da lei.»

«Dobbiamo cercare aiuto. Dobbiamo...»

«*Allontanati.*» Avanzò verso di me così velocemente che lasciai andare Bethany e strisciai all'indietro finché non andai a sbattere con la schiena e le scapole contro la struttura metallica del divano letto, trascinando il sedere sul pavimento, con le dita contratte nella moquette. «Non ti avvicinare.»

Mi guardò senza dire nulla per qualche secondo. Aveva un impacco di ghiaccio in mano. Doveva averlo preso dal nostro congelatore. Ne avevo fatto scorta dopo che Sam aveva subito l'ennesimo incidente di fai-da-te. «Non gridare più. Non urlare. Non sarò responsabile di ciò che accadrà se lo fai.»

Trasalii e fissai Bethany sul pavimento di fronte a lui. Non si vedevano lividi né abrasioni. Non c'era sangue. Né gonfiore.

Doveva averla drogata, pensai, e poi mi guardai di

nuovo il braccio, la macchia di sangue all'interno del gomito.

Venni percorsa da un brivido.

«Respira. Calmati.» Si abbassò bruscamente, mise da parte l'impacco di ghiaccio e infilò le mani sotto le ascelle di Bethany.

«Cosa fai?»

Mise Bethany seduta, grugnendo e ansimando mentre faceva scivolare di nuovo il corpo all'interno del mobiletto. Notai la sua borsetta. Dentro c'era il cellulare. Mi resi conto troppo tardi che avrei dovuto provare a prendere il martello quando ne avevo avuto la possibilità.

«Smettila.»

Mi ignorò, ripiegando le gambe di Bethany, facendo sbattere l'anta del mobiletto contro i suoi piedi, chiudendola a forza.

Notai che si era rimesso entrambi i guanti, e avevo un brutto presentimento. Guanti significava niente impronte digitali, niente prove scientifiche.

Stavo ancora riflettendo sulle implicazioni quando si raddrizzò. Mi sovrastava.

*Troppo alto. Troppo vicino.*

Non alzai lo sguardo oltre le sue scarpe e le sue gambe. Mi feci ancora più piccola.

Chissà se c'era qualcuno in strada. Mi avevano sentito urlare?

Non lo sapevo, ma sapevo che le case vicine al momento erano vuote. I Taylor erano in vacanza. Avevo visto John allontanarsi.

E io ero nella mansarda sul retro. *Noi* eravamo nella

mansarda. Dove il suono non si propagava. Dove probabilmente il mio urlo era stato contenuto e intrappolato.

*Come me.*

Rabbrividii e abbassai di nuovo lo sguardo sul braccio, sulla macchia di sangue all'interno del gomito.

Mi aveva iniettato la stessa droga di Bethany o qualcosa di diverso? Forse mi aveva dato una dose minore; ecco perché ero ancora cosciente.

Si accovacciò davanti a me, prese l'impacco di ghiaccio e lo gettò sul pavimento tra di noi. « Tieni. Mettitelo sulla nuca. »

Il ghiaccio all'interno scricchiolò. Era lo stesso rumore che avevo sentito al piano di sotto.

Significava che Bethany era svenuta subito o aveva cercato di reagire?

« Si risveglierà tra qualche ora. A patto che tu collabori. Non voglio fare del male a nessuna delle due. »

Come se non fosse una sua scelta. Come se farci del male fosse in qualche modo colpa *mia*.

Nei meandri della mia mente sentivo l'acqua scrosciare e gorgogliare in lontananza. Sentivo mani veloci che mi afferravano la gola, spingendomi a terra.

*Sta succedendo di nuovo.*

*Sta succedendo ora.*

« Lucy? »

Mi ritrassi ancora di più. Un fiotto di calore partì dalla cicatrice che mi correva lungo il braccio. Ero preoccupata di cosa potesse significare la puntura, di cosa sarebbe successo dopo.

Continuavo a guardare l'anta del mobiletto, pensando a Bethany rinchiusa, chiedendomi se presto non sarei stata al suo posto, se saremmo uscite vive da quella situazione.

«Concentrati.»

Ma mettere in ordine i miei pensieri era impossibile. Avevo la mente in subbuglio. I ricordi confusi si sovrapponevano al presente, si duplicavano, si confondevano, si mischiavano.

Il rivolo di sangue caldo che mi fuoriusciva dal labbro mi fece quasi soffocare. «Perché?» sussurrai.

«Ci arriveremo. Ti spiegherò tutto quanto.»

*Tutto quanto.*

Come se ci fosse qualcosa di più di quello che aveva fatto a Bethany, del mio terrore, della mia confusione.

«Mettiti il ghiaccio sulla nuca. Mi servi lucida. Ti aiuterà.»

In che modo poteva aiutarmi?

Non a uscire da quella situazione assurda, o a scoprire chi fosse davvero Donovan.

E, comunque, il dolore alla testa era una cosa. Una piccolezza. Mentre Bethany e la sua sopravvivenza erano tutto.

«Potrebbe soffocare. Vomitare o smettere di respirare o...»

«Non succederà.» Sembrava così controllato. Così sicuro.

«Non puoi lasciarla chiusa lì dentro. Lascia che l'aiuti. Devi...»

«Perché non smetti di preoccuparti di Bethany e inizi a concentrarti su te stessa?»

*Oddio.*

«Hai delle domande. Lo capisco. E va bene così, perché anch'io ne ho. Ci sono molte cose di cui dobbiamo discutere.»

*Sam*

Il Bibliotecario chiuse gli occhi, sussultò e poi, con molta delicatezza, posò le forbici sulla mano aperta di Sam. Sam sentì un tuffo al cuore. La mano era stranamente insensibile, le forbici pesanti.

Il Bibliotecario spalancò gli occhi e lo fissò stupito, poi ansimò e ritirò velocemente la mano, portandosela al petto.

«Grazie a Dio», mormorò il Pugile.

«Va tutto bene.» Sam diede una pacca sul braccio al Bibliotecario. «Sei stato bravissimo.»

Il Bibliotecario aprì più volte la bocca, ma senza riuscire a dire nulla. Annuì ripetutamente. Poi il suo volto si rabbuiò, chinò la testa e cominciò a singhiozzare. Fu scosso da un pianto straziante che gli faceva tremare le spalle e il petto.

«Va tutto bene.» Sam si abbassò per mettere le forbici al sicuro sul pavimento dietro la sua sedia, poi si sporse e mise una mano sulla schiena del Bibliotecario. «Fai con calma. È tutto a posto.» Lo accarezzò tra le scapole prominenti e guardò i presenti.

Sembrarono tutti tirare un sospiro di sollievo collettivo. Alcuni scossero la testa. Altri si limitarono a sbattere le palpebre. Sam notò che l'Artista aveva appoggiato una mano sul braccio dell'Atleta. Il Pugile si strofinava la testa calva. La Ragazza Smarrita si rosicchiava l'unghia del pollice.

«Che ne dite se voialtri uscite e ci lasciate qualche minuto?» suggerì Sam.

L'Artista si agitò. «Non possiamo andarcene e basta?»

«No, non ancora. C'è un ultimo esercizio che vorrei facessimo prima della prossima seduta. Ma, se prendete il mio zaino sulla cattedra e aprite la tasca superiore, troverete dei gettoni per il distributore automatico in fondo al corridoio. Approfittatene pure e poi tornate, okay?» Quando nessuno si mosse, Sam strofinò di nuovo la schiena del Bibliotecario e si rivolse a lui. «Vuoi un po' d'acqua?»

«Ecco... sì, credo di sì.» Guardò con cautela gli altri presenti nella stanza. «Per favore...»

L'Artista fece una smorfia e lanciò un'occhiata agli altri, poi si strinse nelle spalle. «Va bene, allora.»

«Prendo io i gettoni.» L'Atleta attraversò la stanza senza perdere di vista il Bibliotecario, poi prese lo zaino di Sam. «È già aperto.»

«Come, scusa?»

«Lo zaino. Ma...» Infilò la mano e tirò fuori una manciata di gettoni di plastica. «Non fa niente, li ho trovati. Sicuro di non volere che uno di noi resti con te?»

Sam pensava con una certa perplessità al suo zaino. Non ricordava di averlo lasciato aperto, ma d'altra parte non ci aveva fatto caso da quando l'aveva riposto nell'armadietto prima delle lezioni. Aveva chiuso il lucchetto dell'armadietto? Non se lo ricordava. «Sì, non ce n'è davvero bisogno. È meglio se ci date qualche minuto per parlare.»

## 47

Mi si gelò il sangue.

«*Ci sono molte cose di cui dobbiamo discutere.*»

Come se fosse venuto per un motivo.

*Come se riguardasse solo me.*

Scossi di nuovo la testa. Un rifiuto esplicito. Un'espressione di sgomento e disgusto.

Mi dicevo che voleva solo disorientarmi, che mi manipolava, che voleva continuare a spaventarmi e prendermi alla sprovvista.

Stava funzionando, ovviamente, perché avevo il cuore in gola.

Ero terrorizzata.

Mi osservava da vicino. Il respiro era calmo. A quanto pareva, non era per niente turbato da ciò che stava accadendo e da ciò che aveva fatto.

Aveva aggredito Bethany. Era lì dentro, nel mobiletto accanto a me. Non solo: lo aveva fatto in modo rapido ed efficiente. Era stato brutale e spietato, e stranamente calmo.

Avevo sentito solo un lamento interrotto e i due rapidi tonfi, e poi nient'altro. Una donna era stata aggredita in casa mia, in una via del centro di Londra, e l'uomo davanti a me l'aveva sopraffatta, rinchiusa in un mobiletto e aveva fatto ritorno nella mia camera da letto in meno tempo di quanto ne fosse servito a me per salire le scale.

Non sembrava scosso o innervosito. Non si vergognava, non provava né preoccupazione né rimorso. Non aveva avuto *nessuna* esitazione.

E non era tutto. Evidentemente, quando gli avevo fatto visitare la casa, aveva prestato molta più attenzione di quanto sospettassi. Non gli avevo fatto vedere il mobiletto sotto lo spiovente, ma lui l'aveva notato e l'aveva usato subito dopo.

Cos'altro aveva visto?

Fu allora che un nuovo orrore mi assalì.

Il seminterrato.

Era per questo che aveva passato così tanto tempo laggiù, perché non mi aveva risposto quando l'avevo chiamato? Stava facendo, come dire... dei preparativi?

*No.*

Mi travolse un terrore più profondo e primordiale.

Gli avevo parlato della mia claustrofobia. Avevo condiviso la mia paura più terribile.

Il solo pensiero mi schiacciava. Mura invisibili mi soffocavano. Come se fossi intrappolata in una scatola di plexiglas che crollava, senza via d'uscita, senza aria.

«Lucy, ho bisogno che tu sia sincera con me. Ora è la cosa più importante. Hai capito?»

L'aria mi sibilava nei polmoni. Mi sentivo come se stessi inspirando da una cannuccia. *Come tu sei stato sincero con me? O con Bethany?*

E poi un nuovo pensiero. Un vago barlume di speranza.

Chissà quanto tempo sarebbe passato prima che qualcuno notasse l'assenza di Bethany.

Nel messaggio vocale aveva detto di avere avuto una giornata «assurda», quindi forse quella non era nemmeno l'ultima visita che aveva in programma. Sapevo per certo che in passato aveva mostrato la nostra casa a potenziali acquirenti di sera. Quindi forse la stavano aspettando altrove, o addirittura nel suo ufficio. E, se non si fosse fatta vedere, forse i suoi clienti o i suoi colleghi si sarebbero preoccupati. Forse avrebbero tentato di contattarla. Si sarebbero chiesti se stava bene, senz'altro. L'agenzia per cui lavorava probabilmente aveva dei protocolli, soprattutto quando le agenti donne mostravano immobili a uomini single.

Sapevano che aveva un incontro con Donovan. Sapevano *dove* si trovava.

Tutto questo mi passò per la testa in una frazione di secondo.

Guardai di nuovo l'anta del mobiletto, ricordai che il suo cellulare era nella borsetta, e mi conficcai le unghie nella coscia. Cercai di bloccare la paura e la confusione e di *riflettere*.

Da quanto tempo Donovan era qui? Quarantacinque minuti? Di più?

Mi aveva detto che voleva parlare. E parlare richiedeva tempo, in teoria. Potevo *tirarla per le lunghe*.

Forse.

Dipendeva tutto da ciò di cui voleva discutere.

In più c'era Sam da considerare. I suoi gruppi di sostegno di solito duravano un'ora, più o meno. Non era sicuro al cento per cento, le cose potevano cambiare, e a volte rimaneva fino a tardi – a parlare con gli studenti, a incontrare i colleghi del suo dipartimento, a compilare scartoffie –, ma, se rimaneva fino a tardi, di solito mi mandava un messaggio. Altrimenti sarebbe tornato a casa nel giro di un'ora.

*Un'ora.*

I miei occhi guizzarono al cappotto di Donovan, alla ricerca di eventuali rigonfiamenti o protuberanze che rivelassero dove aveva nascosto il mio cellulare. Se Sam mi avesse mandato un messaggio, l'avrei sentito. Non avevo impostato il telefono su silenzioso, a meno che non ci avesse pensato Donovan.

*O forse riuscirò a prendere il mio telefono o il suo o quello di Bethany.*

*Forse posso chiedere aiuto.*

Dovevo tenere duro.

Per quanto volessi solo che tutto questo finisse, avevo bisogno di più tempo.

*Continua a farlo parlare.*

«Che cosa mi hai iniettato?»

## 48

Donovan mi guardò come se avessi detto qualcosa di assurdo.

«Mi hai iniettato qualcosa. L'ho sentito.»

«Te lo stai immaginando, Lucy. Probabilmente è stata la botta in testa.»

Allungai il braccio, mostrandogli il segno della puntura. «Guarda. Che cos'era? Un sedativo?»

«Pensi che ti abbia drogato? Perché dovrei drogarti?»

Non lo sapevo.

Non *volevo* saperlo.

Ma sentivo *qualcosa*.

Un calore corrosivo mi sfrigolava sotto la pelle. Mi contaminava l'organismo. Si diffondeva da una cellula all'altra.

«Hai drogato Bethany.»

«Ho dovuto improvvisare. Non doveva essere qui. Avevo fatto in modo che non ce la facesse a venire.»

*Improvvisare* rispetto a cosa, esattamente? E cos'altro aveva organizzato?

Avevo così caldo che mi sentivo anche gli occhi sudati. Ciocche umidicce mi pendevano sulla faccia. Avevo la gola riarsa e la pelle mi prudeva, coperta di macchie.

*Pensa.*

Aveva ammesso di aver drogato Bethany. Era venuto a casa mia con tutto il necessario. Quindi forse aveva commesso un errore. Forse aveva usato su Bethany una quantità eccessiva di ciò che aveva programmato di usare su di me. «Dimmelo. Voglio sapere cosa mi hai fatto.»

«Non capisco. Vuoi che m'inventi qualcosa, o...?»

«Voglio sapere cosa succede!»

Si alzò, gettò indietro le falde del cappotto e infilò le mani nelle tasche dei pantaloni. La sua espressione era mesta, contemplativa, ma percepivo qualcosa di più oscuro che si nascondeva al di sotto. Una rabbia concentrata che pulsava sotto la superficie. Ero inorridita al pensiero che si stesse contenendo. «Ci arriveremo, però prima c'è qualcosa che voglio mostrarti.» Estrasse la mano destra dalla tasca e la tenne davanti ai miei occhi. Strinse il pugno, come se stesse per eseguire un gioco di prestigio. Mi osservava attentamente, con occhi sempre vigili.

«Cos'è?»

«Una motivazione in più.»

«Per cosa?»

«Perché tu segua le mie istruzioni e faccia esattamente quello che ti dico quando ti dico di farlo. Niente urla o grida, ricordi?»

Aspettai.

Una parte di me si domandava se in effetti avesse in mano qualcosa. Se non fosse solo un bluff.

Poi aprì due dita e, in un barlume di luce riflessa, qualcosa penzolò dalla sua presa, sospeso tra il pollice e l'indice.

Un mazzo di chiavi.

Due chiavi d'ottone. Una d'argento. Una di metallo scuro e opaco.

Tutte quante attaccate a un semplice portachiavi in pelle.

Una delle chiavi di ottone era opaca e ossidata, l'altra era lucida e nuova. Quella d'argento luccicava. Quella di metallo scuro era sottile e leggera.

Guardai meglio e qualcosa esplose dentro di me, come se un palloncino pieno di cristalli ghiacciati mi fosse scoppiato nello stomaco.

Un minuscolo personaggio di Lego era attaccato al portachiavi. Era composto da piccoli componenti di plastica bianca e marrone e da una spada laser blu, e ritraeva Luke Skywalker.

Sam aveva un mazzo di chiavi esattamente come quello. Era un fan di *Star Wars* fin da bambino. L'anno prima gli avevo regalato il portachiavi di Luke Skywalker ordinato su internet.

Indietreggiai contro il divano letto con tanta forza da farlo sbattere sulla parete dietro di me.

«Esatto. Queste sono le chiavi di Sam. Il campanello che hai sentito prima era un corriere in bicicletta. Per me. Consegna a domicilio.»

Il pavimento sparì da sotto di me, come un ascensore coi cavi spezzati. Guardai di nuovo il mobiletto sotto lo spiovente, immaginando Bethany al suo interno e domandandomi quanto potesse ancora peggiorare la situazione. «Hai fatto qualcosa a Sam? Che cosa hai fatto?»

«Nulla. Non ancora.» Alzò le chiavi alla luce e le studiò con calma. «Sam non si è nemmeno accorto di non averle più.» Le lasciò cadere sul pavimento di fronte a me, vicino all'impacco del ghiaccio.

D'istinto le presi e me le portai davanti al viso.

Non sapevo di preciso cosa sperassi. Forse cercavo una prova del fatto che mi stesse mentendo. Ma nel momento in cui le tenni in mano il mio cuore s'incrinò, collassò e si fece polvere.

Erano davvero le chiavi di Sam.

La chiavetta di metallo era per il lucchetto dell'armadietto all'LSE. La vecchia chiave d'ottone era quella di scorta per la casa di John. La chiave di ottone nuova s'infilava nella porta d'ingresso al piano inferiore. Avevamo rifatto la serratura dopo che avevo scelto e installato nuovi mobili in ottone. La chiave d'argento lucido era per la porta che dalla cucina dava sul giardino.

Il metallo della chiave d'argento era immacolato; non credevo che Sam l'avesse mai usata. Non c'era una via d'accesso al giardino dal retro della casa, quindi non aveva mai avuto motivo di entrare da quella parte.

Sapevo che Sam aveva portato con sé il mazzo la mattina, perché l'avevo sentito chiudere a chiave la porta d'ingresso quand'era uscito. Lo aveva infilato nella tasca anteriore dello zaino, come faceva sempre.

«Come le hai ottenute?»

«Oh, non sono stato io», replicò con noncuranza. «Le ha prese oggi qualcuno che mi sta aiutando. Qualcuno che è con Sam in questo momento. Strano, vero, questo aspetto del gruppo di sostegno? Può entrare chiunque.»

# 49

## Sam

Sam era col Bibliotecario vicino alle finestre che si affacciavano sul condotto dell'aria quando la porta dell'aula seminari si aprì e il resto del gruppo rientrò. Aveva spalancato la finestra per far prendere aria al Bibliotecario. Gli aveva parlato finché non si era calmato. Gli aveva assicurato che non era la prima volta che accadeva una cosa del genere.

Anche se non era del tutto vero.

Perché, a dire la verità, le forbici non erano piaciute a Sam.

Aveva rischiato grosso.

Sapeva che, se avesse seguito le regole alla lettera, avrebbe dovuto ordinare a tutti di uscire e chiedere loro di contattare la sicurezza nel momento in cui la situazione si era creata.

Probabilmente gli altri ne avevano discusso tra di loro, a giudicare da com'erano piombati in un immediato, imbarazzato silenzio non appena erano entrati, tutti con l'aria un po' sospettosa, un po' impacciata. L'Atleta e l'Artista camminavano così vicini che quasi si urtavano.

Il Bibliotecario si vergognava. «Mi dispiace tanto. Non so cosa mi sia preso prima.» Socchiuse gli occhi, fece strisciare i piedi sul pavimento e lanciò un'occhiata verso Sam, in cerca di rassicurazione. Quest'ultimo fece un cenno d'intesa e gli strinse il braccio.

Passarono alcuni lunghi secondi prima che il Pugile prendesse atto della sua scusa con un grugnito.

La Ragazza Smarrita batté un'unghia sulla lattina di Coca-Cola light che teneva in mano.

L'Atleta teneva aperta la porta con un braccio teso sopra la testa dell'Artista, che lo guardò.

«In realtà, credo che tutti noi capiamo un po' quello che stai passando», disse l'Atleta. «Tieni.» E attraversò la stanza per offrire al Bibliotecario una bottiglietta d'acqua fresca. Gli diede una pacca sul braccio mentre l'altro gli rivolgeva un'espressione di gratitudine e sollievo, poi si guardò intorno. «Per come la vedo io, oggi siamo venuti tutti qui per chiedere aiuto, giusto? Tutti abbiamo dei momenti difficili.» Fece spallucce. «Che facciamo ora? Vuoi che ci rimettiamo a sedere?»

## 50

Mi sentii come se Donovan mi avesse spinto in una vasca piena di ghiaccio. Ero stordita. «C'è qualcuno con Sam?»

«C'erano cinque persone con Sam, l'ultima volta che ho sentito il mio contatto.» Si accarezzò la tasca del cappotto in cui prima l'avevo visto mettere il telefono. «È utile tenersi aggiornati.»

«Ti aggiorna?»

«Be', non sarebbe una grande minaccia se non lo fosse, no?»

Una minaccia.

Per Sam.

«Chi è? Cosa farà?»

«Fidati, non dovresti concentrarti su questo, ora come ora.»

«Sam lo sa?»

«Non te lo so dire. Gli sta confessando le sue fobie. Che ne pensi? È la sua prima seduta. Sam sarà in grado di capire che uno di loro sta fingendo?»

Mi toccai il labbro con la lingua. Il taglio insanguinato pizzicava come una scossetta elettrica.

Il cortisolo mi riempì le vene.

Ebbi il desiderio improvviso di scagliarmi verso di lui, di spingerlo via, di cercare di uscire e di contattare Sam, ma allo stesso tempo sapevo di dovermi concentrare.

Se era una bugia, era molto plausibile. E, se non lo era...

«Farà del male a Sam?»

«Non è più in pericolo di quanto non lo sia tu.»

Non era una buona risposta.

E nemmeno rassicurante.

Lanciai un'altra occhiata all'anta del mobiletto, inorridita dal fatto che al di là ci fosse Bethany, sopraffatta da Donovan.

Poi mi balenò l'immagine di Sam in una stanza con cinque perfetti sconosciuti. Non avrebbe avuto motivo di sospettare che uno di loro fosse lì con una scusa o che potessero rappresentare un pericolo per lui.

E Donovan non aveva tutti i torti. Sapevo che Sam gestiva un gruppo aperto. Era quello il punto. Chiunque poteva entrare e partecipare.

Sam aveva condiviso con me alcune storie preoccupanti in passato. Sapevo che a volte interagiva con persone profondamente turbate, non solo nei suoi gruppi di sostegno, ma anche per molti dei suoi progetti di ricerca privati. Gli piaceva spacciarlo per interesse accademico, mi diceva che gli piaceva interagire con persone con turbe insolite o disturbi della personalità, sforzarsi di comprenderle, però sapevo che lo diceva solo per non farmi preoccupare.

Sapevo pure che era portato ad aiutare le persone e a cercare di risolvere i loro problemi, soprattutto se erano complessi e radicati.

Come i miei.

Mi piaceva questo aspetto di lui, ma lo rendeva anche vulnerabile. Perché Sam non avrebbe previsto nessun tipo di minaccia e, se fosse arrivata, non sarebbe stato in grado di difendersi.

Era alto e allampanato, un metro e ottantacinque. Magro, non muscoloso. In salute, ma non in forma. Non andava in palestra né sollevava pesi. Per quanto ne sapevo, non aveva mai fatto a botte in vita sua.

Era un topo di biblioteca. Premuroso. Gentile.

Aveva avuto una pazienza incredibile con me. Era stato così comprensivo. Avevo fatto tanto affidamento su di lui.

E ora, al solo pensiero di perderlo...

Sentii il battito cardiaco accelerare. La gola stringersi.

«Voglio parlare con Sam. Devo sapere che sta bene.»

«È su questo che conto.»

«Non puoi fargli del male.»

«Allora non costringermi.»

Mi sentivo stordita. Sentivo l'amaro in bocca.

Ma, anche mentre le preoccupazioni mi si accumulavano nel petto, mi venne in mente che forse il pericolo per Sam non era così immediato come Donovan stava facendo credere. Dubitavo che chiunque stesse sorvegliando Sam avrebbe rischiato di minacciarlo di fronte ad altri quattro estranei, no?

Fissai le chiavi di Sam, cercando di capire le implicazioni di ciò che Donovan mi stava dicendo e di ciò che non mi stava dicendo.

Mi sentivo spiazzata. Non c'era nulla nella mia vita, o nella vita di Sam, che avrebbe dovuto attirare un uomo come Donovan. Non eravamo il tipo di persone cui capitava una cosa del genere.

*O forse sì?*

*Ti sono già capitate brutte cose.*

Osservai la cicatrice all'interno del braccio fino a fermarmi sulla puntura nell'incavo del gomito.

Non riuscivo proprio a capire cosa significasse.

Donovan aveva detto di non avermi drogato. Non avevo motivo di fidarmi di lui, ma erano passati più o meno venti minuti da quando l'ago era stato inserito e io rimanevo cosciente e sempre più lucida.

La nuca era ancora dolorante. Avvertivo una lieve e lenta fitta alla testa. Però la vista e l'equilibrio erano di nuovo normali e la nausea era per lo più svanita. E le altre sensazioni fisiche che avevo provato – il respiro corto, l'accelerazione del battito cardiaco, le vampate di calore e la sudorazione – potevano essere tutte spiegate dall'adrenalina, dal panico e dalla paura.

Eppure...

Quella puntura.

Avvicinai l'incavo del braccio al viso, studiando la pelle. Non mi faceva molto male. C'era un leggero livido violaceo che s'irradiava verso l'esterno. Un alone rossastro intorno al puntino di sangue al centro.

*Un attimo...*

Una sensazione di vuoto, come se fossi sospesa a un filo che sta per spezzarsi.

«Il mio spazzolino», mi sentii dire.

«Come, scusa?»

Chiusi gli occhi per un secondo, concentrandomi. «Ho capito che c'era qualcosa che non andava quando sono entrata nel bagno della camera da letto per cercare Bethany. Era qualcosa che non riuscivo a definire con precisione, ma adesso ho capito. Il mio spazzolino non c'era più.» Aprii gli occhi. «Perché hai preso il mio spazzolino?»

Qualcosa mi sussultò nel petto e s'irradiò verso l'esterno, un improvviso assalto di spilli e aghi che faceva presagire qualcosa di peggio.

E poi un altro pensiero s'infranse su di me. Logico, ma disorientante.

Aveva più o meno senso, però non del tipo che volevo affrontare.

«Non mi hai iniettato niente.»

«Te l'ho già detto.»

«Ma ho sentito l'ago. L'ho sentito penetrare.»

Questa volta non disse nulla e capii che avevo ragione.

«Perché non mi hai iniettato niente. Stavi estraendo qualcosa. Hai preso il mio sangue.»

Nelle mie orecchie c'era un rumore distorto. Il mio campanello d'allarme personale.

Avevo la bocca secca, il battito accelerato e irregolare. Non volevo chiederlo, ma alla fine lo feci. «Perché hai preso il mio sangue?»

«Oh, ti prego. Sappiamo tutti e due la risposta.»

Invece no. Non la sapevo davvero.

O era una bugia che stavo raccontando a me stessa? Forse la verità era che non volevo affrontare qualcosa di orribile?

Guardai di nuovo l'anta del mobiletto e il vortice nella mia testa divenne più forte, più stridente.

Aveva prelevato del sangue anche a Bethany? Il mio sangue e il mio spazzolino erano... cosa? *Trofei*, per lui?

La paura che mi pervadeva si fece raggelante.

Strinsi il pugno intorno alle chiavi, sentii il metallo dentellato conficcarsi nella carne, mentre un rosso vibrante mi baluginava davanti agli occhi in sincrono col campanello d'allarme.

Donovan allargò le braccia come per placarmi, anche se in maniera derisoria. «Non ce li ho più, se può essere d'aiuto.»

«Non...? Cosa hai...?» Poi mi zittii. Perché ebbi un'altra illuminazione. «Il corriere. Li hai dati al corriere.»

Perché il corriere era l'unica persona che era passata da

casa nostra. Aveva dato a Donovan le chiavi di Sam. E Donovan aveva preso il mio sangue e il mio spazzolino da denti non molto tempo prima.

Significava che Donovan aveva chiamato il corriere, o che era stato tutto preordinato, pianificato?

Non ero sicura di quale fosse l'opzione peggiore.

«Hai dato il mio sangue e il mio spazzolino al corriere», ripetei. Mi guardai intorno, come se la risposta a ciò che mi stava accadendo fosse nascosta da qualche parte nella stanza. «Ecco perché sei rimasto di sotto così a lungo.»

Donovan mi osservava mentre mi sforzavo di mettere ordine ai miei pensieri, poi sembrò spazientirsi, si voltò e inarcò le sopracciglia, guardandosi intorno. «Volete un sacco di soldi per questa casa, giusto?»

«*Cosa?*»

«Ho detto che volete un sacco di soldi per questa casa.»

«È di questo che si tratta? La *casa*?»

«No, non mi stai ascoltando. Sto facendo un'analogia. Ti sto illustrando la situazione.» Toccò il soffitto inclinato sopra di lui. «Mi hai detto che avete fatto voi quasi tutti i lavori di ristrutturazione, giusto?»

«Esatto», sussurrai, confusa.

«Bene. E diciamo che volessi comprare questa casa. Immaginiamo *per un attimo* che questo sia il vero motivo per cui oggi sono venuto qui. Non voglio deluderti, ma devo dirtelo. Una casa a Londra. In questo quartiere. Wow, è proprio un grosso investimento. Quindi, anche se mi piacesse e facessi un'offerta che tu e Sam potreste accettare – e, mettiamo le carte in tavola, mi piace molto quello che avete fatto qui, tu e Sam –, vorrei comunque fare delle verifiche prima che i miei avvocati siano pronti a concludere la trattativa. Capisci?»

«No.»

«Mi riferisco a un'ispezione. Approfondita. Vorrei che il mio geometra controllasse le fondamenta, alla ricerca di cedimenti, umidità, marciume.» Batté i piedi sul pavimento. «Vorrei che mi parlassero di tutto ciò che dovrebbe preoccuparmi. E, se il geometra desse l'okay, allora vorrei che il mio avvocato facesse ulteriori ricerche. Vorrei che controllassero gli atti di proprietà. Vorrei essere certo di comprare davvero quello che penso di comprare.» Scrollò le spalle e mi guardò di nuovo, come se ormai dovessi aver capito tutto. «Uomo avvisato, mezzo salvato. È solo prudenza, giusto? E tu non avresti problemi. Sei la venditrice. È quello che ti aspetteresti. Be', per me è lo stesso. Neanch'io voglio commettere errori. Voglio essere assolutamente certo di ottenere ciò per cui sono venuto qui oggi. Voglio che la mia ispezione sia esaustiva. Ecco perché lo spazzolino. Ecco perché il sangue. Voglio un riscontro esatto del DNA.»

# 5 2

## Sam

Il gruppo prese gli stessi posti che aveva occupato in precedenza.

Si misero a sedere e aspettarono senza parlare.

Ma, anche se nessuno diceva nulla, Sam capì che qualcosa era cambiato.

Aveva perso la loro fiducia?

Forse.

Forse l'incidente con le forbici li aveva scossi troppo.

Forse non avrebbe mai dovuto spezzare il ritmo, mandarli fuori dalla stanza, dare loro l'opportunità di legare senza di lui.

Eppure, per quanto fosse inquietante e sconcertante ammetterlo, si sentiva stranamente scosso mentre guardava ciascuno di loro.

Il Bibliotecario.

L'Atleta.

L'Artista.

Il Pugile.

La Ragazza Smarrita.

Che cos'era?

Cosa c'era di così... fuori posto?

Non era come se qualcuno di loro lo guardasse in modo strano o sospetto.

Erano tutti seduti in attesa; anche il Bibliotecario, che si strofinava le mani sulle gambe dei pantaloni, sembrava in qualche modo sollevato ora che il peggio era passato.

Quindi Sam non riusciva a spiegarselo. Non c'era nulla di tangibile per razionalizzare il motivo per cui improvvisamente aveva la bocca impastata, le ascelle umide e un coagulo di muco invisibile che saliva e gli s'incastrava in gola.

Ma c'era.

Un'atmosfera negativa.

Una minaccia latente.

Quasi come se una delle cinque persone sedute intorno a lui, o forse *più* di una, non dovesse trovarsi lì.

« È assurdo. Niente di quello che dici ha senso. »

« Sono certo che il tuo DNA dimostrerà il contrario. »

Mi aggrappai al telaio del divano letto e mi sollevai.

« Non mi stai ascoltando. »

« Sì, invece! Sei tu che non ascolti *me*. Sappiamo tutti e due che non si tratta di un errore. »

Mi premetti una mano sulla fronte mentre un peso invisibile mi schiacciava. Era qualcosa di diverso dalla botta in testa o dalla paura. Avevo cominciato a percepire lo sconforto nella nostra interazione. L'inutilità di provare a parlargli.

Perché, qualsiasi cosa ci fosse sotto, qualsiasi errore di calcolo o confusione avesse fatto, non avevo dubbi che ci credesse sino in fondo.

Mentre ci riflettevo, prese forma un nuovo pensiero, molto più inquietante.

*Sappiamo tutti e due che non si tratta di un errore.*

Ma non lo sapevo. Non ne avevo la benché minima idea.

Però, se lui ci credeva...

« Conosci Sam? Hai lavorato con lui? »

Sbuffò e mi squadrò con sdegno. « Oh, buona questa. Questo sì che è un insulto. »

« Allora? »

Si raddrizzò, come per valutarmi da una nuova prospettiva, poi emise un sospiro rauco, come se la pazienza cui si era aggrappato si stesse pericolosamente esaurendo. «Mi stai chiedendo se ho lavorato con lui all'LSE? Cioè, come collega? Un docente?»

«Forse.»

«O stai insinuando che io sia uno dei suoi soggetti di ricerca? È qui che vuoi andare a parare? Uno dei suoi... 'progetti speciali'?» Fece il gesto delle virgolette. «Perché so cosa fa Sam, Lucy. Ho letto il suo lavoro. I suoi articoli. Le sue aree di competenza. È tutto molto d'impatto, anche se inquietante. Ci sono i gruppi di sostegno, ovviamente, ma è solo robetta. In realtà, ha accesso a persone parecchio disturbate. Gli piace studiarle a tu per tu. Quindi ora stai insinuando che pensi che io sia una di quelle persone, è così?» Di colpo agitò le mani, come se avesse una crisi epilettica; i suoi occhi si spalancarono e poi si oscurarono con un impeto di rabbia. Si avvicinò a me. «E Bethany? Pensi che l'abbia messa lì dentro perché ho dimenticato di prendere le medicine? Ma andiamo. So esattamente cosa sto facendo.» Esitò. Quando riprese a parlare, percepii una leggera vibrazione nella sua voce, come se stesse lottando per mantenere la calma. «Basta, okay? Vuoi che te lo spieghi per filo e per segno? Bene, ecco qua: ti ho trovato. Ti ho cercato e ti ho trovato, né più né meno.»

«Non mi sono mai persa.»

«No», replicò, con un tono così pacato da sembrare ancora più pericoloso di prima. «Però ti sei nascosta. Ti nascondi da moltissimo tempo.»

Sentii la mia fronte aggrottarsi.

Prima che potessi dire altro, Donovan tirò fuori il cellulare dal cappotto. «Ho inviato questo messaggio prima.» Toccò e scorse lo schermo con aggressività, poi girò il telefono verso di me. «La persona con Sam ti ha riconosciuto.»

Qualcosa dentro di me si agitò.

Mi stava mostrando la fotografia che aveva scattato della camera da letto principale. Io ero al centro dell'inquadratura. Intorno a me la stanza non si distingueva molto. Era come se avesse puntato lo zoom sul mio viso e sulla parte superiore del corpo. O forse l'aveva modificata in un secondo momento. L'aveva ritagliata.

La messa a fuoco era precisa. I miei lineamenti erano nitidi.

Mi resi conto allora che non era affatto interessato a fotografare la nostra casa. Era tutto incentrato su quella foto.

«Ma non basterà, vero? Non dopo due anni.» D'un tratto nei suoi occhi si affacciò un barlume minaccioso. Una fame predatoria.

Due anni.

Mi sentivo vacillare.

«Esatto, Lucy, la festa. Abbiamo tempo. Perché non mi racconti cos'è successo? *Fammi capire.*»

La festa.

Da qualche parte nella mia testa sentivo di nuovo la musica. Il rapido *unz-unz-unz*. La gente che rideva e gridava. I drink che venivano serviti. Le luci che pulsavano e turbinavano.

E poi la porta del bagno che si chiudeva.

*Clic...*

Lo spintone violento e la tenda della doccia che si aggrovigliava intorno a me mentre cadevo nella vasca da bagno e la figura sfocata che mi aveva messo all'angolo, immobilizzato, tenuto sotto l'acqua che usciva dal rubinetto.

Era successo tutto così in fretta. E senza nessun motivo.

Ma, mentre fissavo Donovan, era come se l'acqua mi riempisse di nuovo la gola e fuoriuscisse dalla bocca.

Strinsi le palpebre finché il suo volto non diventò sfocato e indistinto.

*Oddio.*

Per poco non vomitai.

Sapevo quanto velocemente aveva sopraffatto Bethany.

«No.» Provai a fare un passo indietro, ma non c'era spazio. Sentii il bordo del divano letto premere contro le gambe e la schiena. Rischiavo di caderci sopra.

«No, non vuoi parlarne? O no, non lo farai?»

Alzai una mano per coprirmi la gola e strinsi a pugno l'altra dietro di me.

Nella mia testa, una parte di me era di nuovo sotto il rubinetto della vasca da bagno, avvolta nella tenda della doccia, l'acqua che scendeva a fiotti, mani forti sulle spalle che mi bloccavano. «Sei stato tu?»

«Sono stato io a fare cosa?»

Alzai la voce. «SEI. STATO. TU?»

Inclinò la testa da un lato. Un'espressione minacciosa apparve sul suo volto mentre agitava lentamente il telefono. «Ti ho detto di abbassare il volume, Lucy. Sono più che sicuro di averti spiegato che la vita di Sam dipende da questo.»

«Non ti avvicinare.» Rabbrividii. Tremavo. Sentivo un rombo nelle mie orecchie. Il pugno si strinse ancora di più, le unghie mi affondarono nella pelle.

«Perché non inizi raccontandomi del tetto?»

«Non capisco...»

«Il tetto. Inizia da lì.»

Scossi di nuovo la testa, stavolta più forte. «Non so di cosa parli.»

«Il tetto, Lucy. Basta stronzate.»

Guardai in alto, cercando la cosa giusta da dire. «Te l'ho già detto. L'abbiamo fatto sostituire. Abbiamo...»

«Non *questo* tetto. Alla festa. Raccontami cos'è successo quand'eri sul tetto.»

«Non c'era nessun tetto.» Lo fissai.

Il gorgoglio si attenuò, sostituito da un'unica nota discordante, un tasto premuto su un pianoforte non accordato.

«Dimmi solo cos'è successo.»

«Smettila di prendermi per il culo!»

Mi lanciò un'occhiataccia e alzò un dito, scuotendo la testa per ricordarmi che dovevo fare silenzio. Notai che la sua postura era cambiata: gambe divaricate, un piede dietro di sé e uno davanti a sé, cappotto aperto.

Il piede più avanti era a un paio di metri da me. La punta del mocassino sfiorava quasi l'impacco del ghiaccio che si trovava sul pavimento.

Lo guardai, pensai a come me l'avesse gettato davanti, e poi i suoi occhi seguirono i miei e guardò anche lui; la pelle intorno ai suoi occhi si contrasse per una frazione di secondo, e in quel momento intuii che stava ricordando qualcos'altro e che, se non agivo subito, allora...

Mi lanciai in avanti.

Agendo d'impulso.

D'istinto.

E per disperazione.

Usando la struttura del divano letto come leva, mi scagliai in avanti e mi tuffai verso di lui con un balzo veloce ed esplosivo, con le chiavi di casa di Sam strette in pugno, la nuova chiave d'ottone posizionata con cura in modo che le sue dentature seghettate spuntassero tra le dita.

Come un pugnale dentellato.

Una lama.

Che gli affondai nella coscia e...

*No.*

Mi mossi inspiegabilmente di lato, girai su me stessa e la stanza girò con me.

Era stato così veloce che mi ci volle un attimo per capire che aveva intuito la mia mossa, l'aveva anticipata con facilità e mi aveva bloccato prima che potessi pugnalarlo, deviando il mio braccio, afferrandomi il polso, sfruttando il mio stesso slancio per farmi girare e attirarmi contro il suo petto con destrezza.

Come un passo di danza.

Un tango.

Però duro e intransigente.

Una trappola.

Mi teneva ferma con un braccio, stritolandomi il polso. Strinse più forte. Sempre più forte. Inesorabile.

« Lascia le chiavi. » Il suo respiro era caldo sul mio viso.

Non obbedii.

Aumentò la pressione.

Gemetti.

Se prima pensavo che la sua presa fosse salda, adesso era molto peggio. Sentivo i tendini che si comprimevano, le ossa che si frantumavano.

« Lasciale, ho detto. »

Continuai a resistere.

Strinse ancora più forte, esercitando una forza impossibile, intrappolandomi la mano in una morsa. Le dita pulsavano. Nel frattempo mi premette il ginocchio sulla schiena. Con la mano che ancora stringeva il cellulare mi prese una spalla, mi fece indietreggiare e perdere l'equilibrio.

Mi dimenai e mi alzai in punta di piedi.

Chissà se era la stessa cosa che aveva fatto a Bethany. Ecco perché si era lamentata.

Ma comunque non lasciai le chiavi.

Da un certo punto di vista, capivo che ormai erano inutili. Mi teneva il polso con una tale forza e il torso a un'angolazione così scomoda che non avevo nessuna possibilità di pugnalarlo.

Non cedetti lo stesso.

Ero testarda.

Dopo quello che mi era successo in quel bagno, avevo giurato a me stessa che non avrei mai più permesso a nessun altro uomo di farmi del male.

«Mi darai delle risposte. Una spiegazione. Ti ho detto che non voglio farti del male ed ero serio. Ma non provocarmi, perché sarebbe un grosso errore.»

Gridai quando mi strinse ancora più forte il polso.

Il guanto mi torceva la pelle fino a farla bruciare. Le ossa mi facevano male come se fossero riscaldate dall'interno.

Poi strinse *ancora più forte* e, prima di accorgermi di cosa stavo facendo, lasciai le chiavi.

Caddero sul pavimento.

Ma non allentò la presa. Accostò le labbra al mio orecchio. «Quando ti ficcherai in testa che per te è finita? Ti ho trovato. Ho giurato che ti avrei trovato e l'ho fatto.»

«Lasciami andare.» Gli calpestai il piede. Gli diedi un calcio sullo stinco col tallone.

Non fece nessuna differenza.

«Ho detto...»

E fu allora che suonò il campanello.

L'amichevole melodia a due note.

Che proveniva dal piano di sotto.

## Sam

Sam si schiarì la gola. Non era da lui essere inquieto o nervoso. «Ci restano cinque minuti. Abbiamo fatto molti progressi, oggi. E poi abbiamo avuto uno o due momenti inaspettati, lo so.» La sua voce era insolitamente roca. Guardò il Bibliotecario e azzardò un sorriso, ma in qualche modo anche quella semplice espressione gli sembrò falsa, forzata.

Nella stanza regnava un silenzio imbarazzato.

Un colpo di tosse.

Sam guardò i volti di fronte a lui e sentì un brivido di malessere nel torace.

Durò solo un paio di secondi, ma il momento gli sembrò molto più lungo. Immaginò di sentire un leggero sibilo, il suono della sua autorità che si disperdeva come aria da un palloncino.

Che giornata strana.

«C'è solo un'ultima cosa che vorrei provare con voi prima che ve ne andiate.»

Il Pugile si grattò l'orecchio. La Ragazza Smarrita si mangiucchiò le unghie.

«È un esercizio semplice, davvero. Anche se forse lo riterrete un po' sciocco.» *Fantastico. Sei bravissimo a sminuirti, Sam.* «Ma ha già funzionato in passato, ve lo assicuro. Mi piace che i miei gruppi lo facciano alla fine di ogni seduta.»

Chi voleva convincere?

Non l'Atleta, a quanto pareva, che stropicciò il naso e gli guardò le scarpe, come se Sam avesse calpestato qualcosa di sgradevole.

E non l'Artista, che stava controllando di nascosto l'orologio, come se si stesse chiedendo se potesse uscire prima.

«Vorrei che ripeteste qualcosa dopo di me.»

Un silenzio incerto.

Piedi strascicati a disagio.

Nemmeno avesse chiesto a tutti di spogliarsi.

«È una specie di mantra che voglio che condividiamo mentre andiamo avanti come gruppo. Perché spero proprio che torniate tutti la prossima settimana. Spero che possiate sostenervi a vicenda mentre affrontate le vostre fobie e le superate insieme.»

Nessuna risposta.

«Allora... Vado prima io e poi mi seguite tutti. Okay?»

Nessuno reagì.

«In realtà, funziona meglio se ci teniamo tutti per mano.» Ora lo guardavano come se fosse pazzo.

Alla fine fu l'Atleta a scrollare le spalle, a spostarsi sul bordo della sedia e a porgere la mano al Bibliotecario e all'Artista.

Lentamente – troppo lentamente – gli altri si unirono, lasciando a Sam il compito di completare il cerchio prendendo le mani del Bibliotecario e della Ragazza Smarrita, il cui palmo era fresco.

«Okay, allora iniziamo. Ripetete tutti dopo di me.» Si schiarì la gola. «Sono qui per te. Sei qui per me.»

E poi aspettò, attanagliato dalla straziante e aliena certezza di essere completamente solo.

Ci immobilizzammo.

Sentivo l'alito di Donovan sulla guancia. Era teso.

*Non se lo aspettava.*

«Non una parola.» Poi mi lasciò andare le spalle, ma non il polso. Si mise il cellulare in tasca e si abbassò per prendere le chiavi di Sam. Si alzò di nuovo e mi sollevò per il polso, facendomi voltare e guidandomi fino ai gradini.

Mi tenne sospesa sopra le scale. Mi voltai a guardare il mobiletto dov'era intrappolata Bethany. Il polso e il braccio erano rigidi e doloranti, i capelli mi penzolavano davanti al viso. Magari era Sam alla porta? Non credevo. A meno che il suo gruppo di sostegno non fosse finito prima per qualche motivo.

«Giù.»

Ero inclinata così in avanti che sarei caduta se Donovan non mi avesse tenuto. La stretta sul polso era implacabile. Avevo paura di rompermi il braccio se fossi inciampata. Scesi goffamente le scale, contorcendomi per vedere i gradini mentre la nuca mi pulsava di un dolore sordo.

In fondo alle scale usò la stessa tecnica per guidarmi attraverso la camera da letto verso la finestra centrale più vicina al divano, dove finalmente mi liberò il polso e mi premette contro il muro con una mano sul braccio. Con l'altra, scostò le lamelle della persiana.

Mi strofinai la pelle dolorante del polso mentre lui guardava in basso.

Avevo una strana sensazione al braccio: mi sembrava leggero, intorpidito, le ossa deboli.

« Aspetti qualcuno? » mi chiese a bassa voce.

Non dissi nulla.

« Rispondimi. » Mi spinse più forte contro la parete.

« No. »

« No, non aspetti nessuno? »

« È quello che ho detto. »

Si alzò in punta di piedi per vedere meglio.

Il campanello suonò una seconda volta.

Mi aspettavo di sentire il suono dell'applicazione del campanello sul mio cellulare provenire dal suo cappotto, ma non accadde.

Aggiustò la presa, tirandomi di lato finché non vidi cosa stava guardando. « Chi è? »

Vedevo John, o meglio la sommità della sua testa e le spalle spigolose, simili a quelle di un uccello, l'impermeabile marroncino e la luna pallida del suo cranio dove i capelli si erano diradati. Nella busta della spesa c'era qualcosa. La plastica opaca era allungata e appesantita.

« È il nostro vicino, John. »

« Cosa vuole? »

« Non lo so. Forse mi ha sentito urlare? »

« No, non è quello. L'ho visto prima. Era fuori quand'è arrivato il corriere. »

Non lo degnai di una risposta. Ovviamente anch'io avevo visto John. Avevo anche visto la confusione e la preoccupazione che gli avevano attraversato il volto.

« A volte, quando va a fare la spesa, ci chiede se abbiamo bisogno di qualcosa... »

« Ha già una busta della spesa. » Donovan mi si avvicinò per avere un'angolazione migliore su John.

Chissà se il cellulare di Sam era ancora spento. Perché aveva la mia stessa app per il campanello. Forse avrebbe notato il telefono suonare e avrebbe iniziato a chiedersi perché non rispondevo alla porta.

« Non se ne va », mormorò Donovan.

Deglutii con qualche difficoltà. « Le luci sono accese. Sa che sono a casa. » Esitai. « È un ex poliziotto. »

Donovan si ritrasse dalla finestra e mi guardò di traverso.

« È vero », aggiunsi alla svelta. « John lavorava per la Metropolitan Police prima di andare in pensione. »

« Be', perfetto, allora. »

Il campanello suonò per la terza volta.

« Non si arrenderà. John, dico. Non è il tipo. »

Donovan ringhiò e mi fece girare, poi mi spinse verso il pianerottolo. Nel frattempo tirò fuori dalla tasca il suo telefono. Iniziò a digitare frenetico e se lo portò all'orecchio. « Dai », mormorò. « Dai... »

Qualcuno rispose e Donovan cominciò subito a parlare con voce sommessa.

« Sei ancora nella stanza con lui? »

Passarono diversi secondi prima che sentissi una risposta ovattata. « *Sono qui per te. Sei qui per me.* »

La voce era strana e ci misi un po' di tempo a capire che in realtà stavo sentendo parlare più di una persona. E c'era anche qualcosa d'insolito nella risposta. La cadenza e il tono piatto e forzato. Sembrava che le persone del gruppo di sostegno di Sam stessero ripetendo un mantra.

«Continua ad ascoltare», disse Donovan. «Non riagganciamo. Abbiamo compagnia. Se senti qualcosa che non ti piace, sai cosa fare.»

«Sam?» strillai. «Sam, mi senti?»

Donovan imprecò e allontanò il telefono, sbattendomi contro il muro.

Una fitta di dolore mi trafisse il fianco.

Mi mancava il respiro.

«Non può sentirti.» Le sue pupille erano due buchi neri che assorbivano la luce. «La persona all'altro capo indossa un auricolare nascosto. Sam non sa nemmeno che ha risposto alla mia chiamata. Ma quella persona ci sta ascoltando con molta attenzione. Hai capito?»

Un brivido di freddo mi pervase il busto.

Annuii.

Avevo capito.

Avevo anche la sensazione di avere raggiunto il limite della pazienza di Donovan.

«Bene. Allora andiamo ad aprire la porta insieme. E non provare a fare qualcosa di stupido, perché ti garantisco che non sarà solo Sam a soffrire. Ricorda, c'è un sacco di spazio al piano di sopra, in quel mobiletto, accanto a Bethany, anche per il tuo vicino.»

Mi trascinò giù per le scale tenendomi per il maglione. Sullo schermo del suo telefono vedevo il numero che aveva chiamato, però non il nome.

Ascoltai con attenzione, nella speranza di riuscire a sentire qualcosa, di sentire Sam, di pensare a un modo per avvertirlo.

Ma non percepivo niente.

Solo il silenzio, il debole crepitio del microfono e il palpitare del mio cuore affaticato.

Poi sentii di nuovo la cantilena. Stavolta più forte, più decisa. «*Sono qui per te. Sei qui per me.*»

Desiderai quasi che fosse qualsiasi altra cosa.

Raggiungemmo il fondo delle scale. La porta d'ingresso era davanti a noi, lo specchio dell'atrio alla mia destra.

Volevo scagliarmi verso la porta, spalancarla, schizzare fuori, fuggire.

Ma un'occhiata fugace allo specchio – lo choc e l'orrore sul mio volto e la determinazione e l'intensità su quello di Donovan – represse quell'istinto nel profondo.

Gli credevo, quando parlava del pericolo che correva Sam.

Credevo alla sua minaccia nei confronti di John.

Avevo visto cosa aveva fatto a Bethany.

«Ascoltami. Aprirai la porta e ti sbarazzerai di lui. Falla semplice. E breve. Perché ti assicuro che, se entra, quello che succede dopo è colpa tua.» Mi squadrò per valutare l'impatto delle sue parole, poi mi spinse in avanti e fece diversi passi alla mia sinistra, mettendosi appena dentro la soglia del soggiorno, invisibile dal bovindo, e si portò il cellulare alla bocca. «Sta aprendo la porta», disse alla persona sconosciuta che sorvegliava Sam.

Mi guardai di nuovo allo specchio e mi sistemai il maglione. Mi lisciai i capelli e raddrizzai le spalle, trasalendo un po' quando i capelli toccarono il taglio alla nuca.

Ero ancora un disastro. Era inutile fingere il contrario.

«Non so cosa dire.»

«Inventati qualcosa. Improvvisa. Comportati in modo normale.»

*Come?* volevo chiedergli.

Perché nulla di quella situazione era normale. Non c'era nulla di normale in quello che mi stava accadendo.

Avevo già provato così tanta paura, una volta. Ma l'episodio del bagno, anche se i miei ricordi erano confusi e frammentati, si era concluso nel giro di pochi secondi. Era stato orribile, umiliante, inspiegabile. E, sì, il suo impatto aveva perdurato e mi aveva perseguitato, però non era stato così. Niente paura costante, né minacce aperte. Nessun altro aveva corso un rischio.

E non era successo in casa mia.

Era quello che mi spaventava più di tutto. Avevo invitato questo pericolo a entrare.

*E ora ti obbliga a tenerlo dentro con te.*

Movimento all'esterno.

John si era spostato alla sua sinistra, come se cercasse di sbirciare attraverso il pannello di vetro smerigliato a lato della porta d'ingresso, illuminato di giallo dai lampioni della via.

« Apri quella stupida porta. »

Feci tre passi, allungai una mano che sembrava appartenere a qualcun altro e toccai il chiavistello.

Al mio fianco, Donovan si ritirò di un altro passo, alzando il cellulare verso di me nella mano guantata, mentre la chiamata continuava senza sosta.

Una parte di me quasi desiderava che John se ne andasse e basta. Avevo paura che venisse ferito. Paura che potesse peggiorare le cose.

Ma soprattutto mi faceva stare male il pensiero di essere così vicina a una via d'uscita e sapere che non ne avrei approfittato. Non ero sicura di avere così tanto coraggio.

Aprii il chiavistello e socchiusi la porta.

Un lieve sussulto.

Un filo di brezza.

Poi la spalancai.

Aprii la bocca.

E non dissi nulla.

*Sam*

Sam batté le mani e le sfregò. «Grazie a tutti. A meno che qualcuno non abbia qualcosa da aggiungere, credo che per oggi abbiamo finito.»

Tutti si lasciarono le mani e si scambiarono fugaci sorrisi imbarazzati. Abbassarono lo sguardo per raccogliere borse o zaini, si alzarono, si tastarono le tasche per assicurarsi di non avere dimenticato chissà cosa, ma nessuno di loro guardava Sam. Lo ignoravano: erano chiaramente a disagio, impacciati e insicuri riguardo alla seduta e a come si era conclusa.

Forse avrebbe dovuto lasciar perdere il mantra.

O forse era solo una giornata storta.

Stava perdendo colpi?

E poi un'altra preoccupazione, più sismica.

Qualcuno di loro avrebbe riferito all'università quello che era successo col Bibliotecario?

Era l'ultima cosa di cui Sam aveva bisogno, perché era convinto che ci fosse una campagna diffamatoria contro di lui nel dipartimento. Sapeva per certo che diversi colleghi avevano espresso preoccupazioni sui suoi gruppi di sostegno e su alcuni dei suoi oggetti di ricerca. L'incidente col Bibliotecario e con le forbici poteva dare ai suoi detrattori un'arma per rendergli la vita davvero difficile.

Mormorii nella stanza. Un colpo di tosse esitante.

Il Bibliotecario borbottava qualcosa accanto a lui,

un'altra scusa piagnucolante per il suo comportamento. Era ingobbito, spostava il peso da un piede all'altro come se gli scappasse la pipì, ma l'attenzione di Sam venne attirata dall'Atleta e dall'Artista, dal modo in cui chiacchieravano con le teste vicine mentre si mettevano le borse sulle spalle e si avviavano verso la porta.

«Ehm, professore?»

Qualcuno lo tirò per la manica.

«Ha un minuto? C'è qualcosa di cui vorrei parlarle.»

John mi scrutò con occhi stralunati e appannati. Contorse le labbra. Spalancò la bocca.

Poi fece un passo indietro. «Questa non è casa mia.»

Ebbi un tuffo al cuore. Soppressi un gemito.

Da vicino, i polsini e le falde dell'impermeabile erano strappati e macchiati. Sotto i pantaloni eleganti indossava vecchie scarpe da tennis scolorite. La dozzinale busta della spesa di plastica frusciava nel vento. Non si era rasato. O comunque non come si deve. Ciuffi biancastri sporgevano dalle guance e dalle orecchie.

«Questa non è casa mia.» Il tono fu più burbero stavolta, tendente al bellicoso, come se il suo errore fosse in qualche modo colpa mia.

Scossi la testa mentre le lacrime mi pizzicavano gli occhi. Guardai John e rimpiansi che fosse una delle sue giornate no. Avrei voluto che non si fosse presentato così, disorientato e smarrito. «No. Hai ragione, John, non è casa tua.»

«Dov'è casa mia? Cosa ci hai fatto?»

Non gli risposi. Mi limitai a rimanere in silenzio, immobile, fin troppo consapevole dell'attenzione di Donovan su di me. Uscì lentamente dal suo nascondiglio, la testa inclinata con fare interrogativo, e si mise accanto a me. Mi venne la pelle d'oca ovunque. Teneva ancora il cellulare alzato, continuava a trasmettere la nostra conversazione al suo complice.

Ci fu un lungo, terribile momento in cui scrutò John. Fece con calma, come per assorbire e valutare la situazione. Poi si avvicinò – fin troppo – al mio orecchio. «Ex poliziotto?»

«È vero.»

Ma era passato molto tempo.

«Quindi...» Donovan esitò. «Cosa suggerisci di fare adesso?»

Non gli risposi.

Non sapevo cosa dire.

Mi sentivo smarrita e alla deriva proprio come John.

Era assurdo.

Tutta quella situazione era assurda.

Ero sulla soglia di casa mia, legata a doppio filo a un estraneo incaricato di sorvegliare Sam e di fargli del male se avessi fatto una mossa sbagliata.

La via in cui vivevo era proprio di fronte a me.

Se mi fossi sporta e avessi guardato a destra, avrei visto i muratori che lavoravano alla ristrutturazione della casa dall'altra parte della strada. Sentivo lo stereo che tenevano a tutto volume sull'impalcatura.

Avrei visto il profilo scuro della bicicletta olandese con rimorchio che un papà che abitava dall'altra parte della strada usava per portare i figli a scuola.

Era tutto così familiare, così tangibile e reale, ma al momento mi sembrava distorto e falso, come una messinscena.

Sbirciai il cellulare di Donovan. Lo schermo era ancora acceso, la chiamata ancora attiva.

«Che ne pensi?» Donovan parlava a bassa voce. «Devo invitarlo a entrare?»

John ci fissava turbato, strascicando i piedi sul vialetto, con la busta della spesa di plastica che oscillava.

Volevo tanto che tornasse ad avere un momento di lucidità. Volevo che percepisse quanto tutto questo fosse sbagliato. «No.»

«Sicura?»

«John. John, la tua casa è qui accanto.» Avvertivo la disperazione nella mia voce.

Aspettai che si muovesse, ma non lo fece. Mi guardò come se non mi avesse nemmeno sentito.

«John, ti prego.»

Ancora nulla.

Guardai alle sue spalle verso le finestre delle case di fronte, alcune illuminate, altre no, nel tentativo di capire se qualcun altro stesse guardando, se qualcuno ci vedesse.

La gente del quartiere conosceva John. Forse non bene come me e Sam, ma se fossero stati attenti ne avrebbero probabilmente saputo abbastanza da preoccuparsi se lo avessero visto aggirarsi senza meta, furioso, sconvolto.

Donovan interruppe i miei pensieri. «Facciamo così. Credo sia meglio aiutare il signore a tornare a casa, no? Da buoni vicini.»

## 60

La sua voce era strana. Aveva qualcosa che non mi piaceva.
Mi girai di scatto verso di lui. «Non puoi fargli del male.»
«Io? Sei stata tu a coinvolgerlo. Avevi detto che non se ne sarebbe andato.»
Abbassai la voce. «L'hai visto. Hai visto com'è.»
«E lui mi ha visto dentro casa tua. Questo non cambia.»
Mi voltai per guardare John.
Il tempo sembrò fermarsi.
John sbatté le palpebre. Aveva le labbra e le sopracciglia contratte, la bocca aperta, le pupille spente, impantanate nella sua tragica spirale mentale.
Mi dispiaceva per lui.
Non era la prima volta che si presentava così. A volte era peggio. Era agitato, arrabbiato o spaventato. A volte ero io ad aiutarlo a tornare a casa, ma di solito ci pensava Sam.
A Sam veniva naturale occuparsi di John. Era paziente e comprensivo, mai condiscendente. La sua esperienza accademica non era nel campo della demenza, però si era documentato sulla diagnosi di John e aveva imparato abbastanza per aiutarlo.
*Devi capire che c'è qualcosa che non va*, pensai, fissando John con sguardo implorante. *Devi capire che Sam non c'è e che c'è qualcun altro. Non vedi in che stato sono?*

Ma nulla indicava che l'avesse percepito. Con ogni probabilità era rinchiuso nella sua sconcertante angoscia. «Fuori. Non allontanarti.» Donovan mi spinse sul vialetto umido.

Sul mondo sembrava regnare un silenzio inquietante. Era quasi calata la notte, e con essa la temperatura.

Un forte rumore mi fece sobbalzare e guardai alla mia destra: uno dei muratori aveva gettato una borsa degli attrezzi sul retro del furgone, poi aveva sbattuto lo sportello. Si stavano avvicinando alla fine della giornata lavorativa e presto sarebbero partiti.

«È meglio che chiuda a chiave», disse Donovan. «Non si è mai troppo prudenti di questi tempi.» Cercò nella tasca del cappotto le chiavi di Sam e le infilò nella serratura della porta d'ingresso.

I cilindri scattarono. La chiusura s'inserì.

*Clic...*

Il suono sembrò scatenare qualcosa dentro di me. Non dissi nulla mentre Donovan si allontanava dalla porta, si metteva in tasca le chiavi di Sam e mi mostrava di nuovo il cellulare. La chiamata era ancora attiva. Andava avanti da più di quattro minuti.

*Qualcuno è sicuramente in ascolto.*

*Sta prestando grande attenzione.*

«Stesse regole di prima. Niente urla. Niente fughe. Niente stronzate. Niente trucchi.»

Con la lingua stuzzicai il taglio sul labbro. Il sudore sulla fronte si era asciugato e si raffreddava sulla mia pelle.

«Infrangi le regole e altri ne pagheranno le conseguenze.» Diede un'occhiata eloquente a John, poi avvicinò il cellulare alla bocca. «Siamo fuori. Non perderlo di vista.»

Cercai di nascondere il brivido che mi attraversò, senza riuscirci.

Poi sobbalzai.

Gli sportelli anteriori del furgone della ditta edile sbatterono con un rumore simile a uno sparo. Pochi secondi dopo si udì lo scoppiettio di un motore diesel. Il furgone si allontanò dal marciapiedi e se ne andò.

Cercai di non lasciarmi turbare. Cercai di non sentirmi abbandonata e sola.

Presto altre persone sarebbero tornate a casa, mi dissi. Ma in realtà sapevo che non era vero. Molte delle persone che vivevano lì avevano lavori impegnativi a Londra che spesso richiedevano di restare in ufficio fino a tardi.

«Sai dov'è casa mia?» mi chiese John.

«È la porta accanto, John. Sono Lucy. La tua vicina. Vivo con Sam, ricordi?»

Mi fissò con sguardo assente.

«È proprio qui accanto», ripetei. «Ti faccio vedere.»

Gli presi le spalle, impacciata, e lo guidai verso il cancelletto alla fine del nostro viale. Sotto le mie mani le sue ossa erano fragili. La sua andatura era barcollante. La busta di plastica sbatteva contro le sue gambe malferme.

Anche se non potevo scappare o gridare aiuto, ero consapevole che ogni mio passo veniva registrato dalla telecamera del campanello. Mentre Donovan mi seguiva lungo il vialetto, mi domandai se anche lui lo sapesse.

In qualche modo, il cancelletto di metallo sembrò bruciarmi la mano mentre lo spingevo, e poi ci ritrovammo insieme sul marciapiedi.

«Aspetta...» Donovan mi fece segno di non muovermi, mentre eseguiva una rapida perlustrazione della strada.

Nel frattempo diedi un'occhiata al marciapiedi al mio fianco.

E mi fermai.

«Niente crepe», mi sentii dire.

Mi guardò come se fossi pazza.

«Niente crepe.» Indicai. «Nemmeno lastre irregolari. Non ci sono radici che spuntano.»

«Di cosa parli?»

Ma non risposi.

Stavo riflettendo. Ricordando. Paragonando ciò che avevo visto prima a ciò che ora sapevo.

Pensai a come piangeva la bambina caduta dal monopattino quand'ero uscita e l'avevo trovata con Donovan inginocchiato accanto a lei. Come singhiozzava con gli occhi pieni di lacrime quando aveva liberato il polso dalla presa di Donovan. Pensavo che la stesse aiutando, ma...

«Aveva paura di te.» Lo capii chiaramente per la prima volta. «La bambina sul monopattino. Pensavo che piangesse perché era caduta e si era fatta male, ma non era così, vero?»

Perché non avevo assistito all'incidente di persona, no? Avevo visto il prima e il dopo.

Avevo notato sulla telecamera del campanello la ragazzina che scorrazzava con la madre che la seguiva, l'attenzione rivolta al cellulare. E poi, quand'ero uscita, avevo visto Donovan che si occupava di lei.

Ma avevo sentito solo il suo urlo. Non l'avevo vista cadere.

«L'hai spinta.»

«Ah, sì?»

«Perché l'hai...?» Mi fermai, perché conoscevo la risposta a quella domanda.

Quand'ero uscita, avevo visto esattamente ciò che voleva che vedessi. L'avevo visto prendersi cura di una bambina indifesa.

Avevo subito pensato che fosse gentile e premuroso. Mi ero quasi convinta che fosse un medico. Qualcuno che non avrebbe rappresentato una minaccia se lo avessi invitato a entrare.

Aveva recitato la parte con molta attenzione, con molta abilità.

Quando gli avevo detto che Bethany era in ritardo, mi aveva fatto credere che era disposto ad aspettarla. Ma poi aveva fatto intendere che doveva andare da un'altra parte e che non aveva molto tempo.

Il che era ovviamente una bugia.

Quasi tutto era una bugia.

Mi sentii mancare la terra sotto i piedi. «E se ti avessi visto?»

«Visto?» Fece una smorfia e guardò il campanello. «Vuoi sapere qual è la cosa buffa delle telecamere? Una volta che sai che ci sono, vedranno solo ciò che vuoi che vedano. Un consiglio: tu e Sam dovreste fare molta più attenzione alle vostre password.»

Mentre lo osservavo, passò dalla chiamata in corso a un'app che mostrava il contenuto in diretta della telecamera del nostro campanello. Era la stessa app che avevo sul mio cellulare. Potevo vedere le riprese in tempo reale di me, Donovan e John alla fine del vialetto. Doveva essersi collegato al nostro sistema usando il nostro nome utente e la nostra password.

«È incredibile quanto sia semplice cancellare le registrazioni.» Donovan selezionò un'opzione del menu ed eliminò tutti i filmati delle due ore precedenti. «Forse è meglio che lo spenga, per ora, non credi?»

Rabbrividii, cercando di assorbire il colpo che aveva sferrato.

«Ti ha visto. La ragazzina. E la madre. Si ricorderanno di te. Possono dare la tua descrizione.»

«Magari non m'importa. Mi sembra che fossimo ancora qui per strada quando se ne sono andate, no?»

«C'è anche Bethany.»

«Per ora.» S'incamminò lungo il marciapiedi, lasciandomi con lo sguardo rivolto all'esterno della nostra casa.

Mi sentivo intorpidita, impotente.

Le luci interne brillavano da dietro le persiane e attraverso la lunetta a ventaglio sopra la porta d'ingresso. Raggi di un giallo caldo risplendevano dalla portafinestra dello studio di Sam in mansarda, evidenziando il profilo delle piante sul balcone.

A un estraneo doveva sembrare una casa normale, senza niente di particolare.

«Lucy?» Donovan aprì il cancelletto che conduceva alla proprietà di John. «Andiamo?»

# 61

## Sam

La Ragazza Smarrita rimase con Sam dopo che gli altri avevano lasciato la stanza. Mentre la guardava, Sam percepì una strana tensione provenire da lei. E, ora che erano rimasti solo loro due, notò che era qualche anno più grande di quanto avesse pensato. Sui ventitré o ventiquattro, forse.

Chissà quali eventi del suo passato l'avevano spinta a rimandare l'università. Forse avevano a che fare con la sua fobia del sonno?

«Come posso aiutarti?»

«Ecco.» Un sospiro. «Il fatto è che...» Si stropicciò il viso e si morse il labbro, aggiustando con le unghie viola la cinghia della pesante borsa che portava a tracolla.

Sam notò per la prima volta un piccolo tatuaggio sul polso. «Sì?»

«Mi chiedevo, siccome non dormo e tutto il resto...» Abbassò la testa e lui colse un luccichio all'orecchio, sotto i capelli. Un altro piercing, immaginò. «Essere sempre stanca ha sicuramente un impatto sui miei studi. E ho questo saggio da consegnare la prossima settimana, ma non sono sicura di riuscirci, con tutta questa stanchezza. Così mi chiedevo, pensi che potresti scrivere un'e-mail al mio tutor per conto mio? Ho pensato che potrebbe sembrare più credibile, se arrivasse da te.»

Le chiavi di John erano nella tasca del cappotto. Donovan mi osservò mentre le infilavo nella serratura e varcavo la soglia. La posta del giorno era ammucchiata ai miei piedi. Il corridoio odorava di polvere e muffa e del calore dei termosifoni. John aveva l'abitudine d'impostare il termostato troppo alto. Quando accesi le luci del corridoio, dall'oscurità spuntarono un vecchio tappeto a motivi geometrici e una carta da parati sbiadita.

Mi feci da parte quando John mi passò accanto, e notai un po' di tensione sparire dal suo corpo con l'ambiente circostante che gli tornava familiare.

Ma, non appena feci per andarmene, Donovan fece un passo avanti e mi bloccò la strada, entrando dietro di me e chiudendo la porta. «Oh, credo che dovremmo assicurarci che John si sia sistemato a dovere, non credi? Puoi iniziare aiutandolo con la spesa.»

Serrai la mascella e scossi la testa.

Donovan mi guardò sorpreso, avvicinando il cellulare alla bocca e inarcando un sopracciglio. «Sicura di volermi dire di no?»

Lo fissai ancora con rabbia, sentendo la furia ribollire. Mi voltai, raggiunsi John e gli presi delicatamente la busta della spesa, il cui contenuto sbatté con un rumore attutito. John girò il viso verso di me con sguardo perso e indagatore.

« Va tutto bene », gli dissi in tono pacato. « Mi prenderò cura di te. »

« Ci penseremo noi a lei », aggiunse Donovan. Aspettò che lo guardassi di nuovo, poi parlò al cellulare con ostentazione. « Adesso riattacco. » Era chiaro che parlava per me e per chiunque fosse il suo complice. « Puoi lasciarlo andare, ma seguilo fino a casa. Mandami un messaggio quando sei nelle vicinanze. » Spostò l'indice sull'icona per terminare la chiamata. Quando la premette, il telefono emise un *bip* attutito.

Mi sentivo svuotata.

Il che era sciocco, forse, perché avrei dovuto essere sollevata che la minaccia immediata per Sam fosse svanita, però avevo anche la sensazione che il legame che mi teneva ancorata a lui fosse stato bruscamente interrotto.

Ero di nuovo da sola, almeno fino all'arrivo di Sam. Donovan lo stava aspettando, ora lo capivo.

Chissà perché. Cosa aveva in mente per entrambi?

Di solito Sam ci metteva circa tre quarti d'ora per tornare a casa. A dire il vero non sapevo, in quel momento, se sarebbe stato un bene o un male se fosse arrivato prima o dopo.

« Sai, se continui a fissarmi in quel modo comincerò a pensare che non ti sto molto simpatico. »

« Va' al diavolo. »

Si mise in tasca il telefono, poi si avvicinò a John e gli tolse il cappotto. « John, perché non si siede? Si metta comodo. Ci pensiamo noi a mettere via queste cose. »

John mi fissò di nuovo con lo stesso sguardo annebbiato e vacuo. Gli strinsi il braccio, facendogli cenno di fare come suggeriva Donovan. Sentii una fitta mentre si voltava senza protestare e andava in salotto strascicando i piedi.

Una volta che John fu andato via, Donovan frugò subito nelle tasche del suo cappotto, togliendo un portafoglio che aprì e ispezionò – sembrava solo interessato al documento d'identità di John – e soffermandosi su un cellulare Nokia squadrato. Lo smontò, rimuovendo la scheda SIM e la batteria con abile efficienza. Rimise il telefono inutilizzabile nel cappotto di John, che sistemò sulla ringhiera in fondo alle scale. Buttò la scheda SIM e la batteria in un portaombrelli vicino alla porta.

Mi sentivo orribile. Prima di tutto per via di John, che non aveva idea di quanto fosse pericoloso Donovan. Poi di Sam, che non sapeva cosa stesse accadendo e cosa avrebbe dovuto affrontare al suo ritorno a casa. E infine di Bethany. Mi resi conto che stavo tremando di nuovo. Sembravo incapace di controllarmi.

«Seguilo.» Donovan indicò la stanza in cui era entrato John.

«No, voglio andarmene.» Lo fissai, tenendo duro.

Donovan non sembrò colpito o turbato. Invece guardò su per le scale verso il pianerottolo.

«Hai detto che vive qui da solo?»

«Sì.»

«Non mi stai mentendo di nuovo, vero?»

Sentii le narici pizzicarmi. Una pulsazione fastidiosa alla nuca. Resistetti all'impulso di toccare il taglio sul cuoio capelluto. «Te l'ho già detto. Non c'è nessun altro. Meglio andare.»

«No. Non ancora.»

Poi mi afferrò per il gomito e mi trascinò via.

# 63

## *Sam*

Sam uscì dall'atrio dell'edificio principale dell'università, e la Ragazza Smarrita si affrettò a seguirlo.

Fuori era buio, si era alzato un vento vorticoso e la temperatura era abbastanza bassa da portarlo a chiudersi la giacca.

«Grazie ancora», disse la Ragazza Smarrita. «Per tutto.»

Chissà perché lo stava ancora seguendo. Sam cominciava persino a chiedersi se non gli stesse intorno per altri motivi. Dubitava che avesse una cotta per lui. Magari era una di quelle studentesse che volevano fargli *credere* di avere una cotta per lui, ma, se era così, non capiva dove volesse andare a parare. Il collega cui aveva chiesto di mandare un'e-mail era del dipartimento di Geografia, non del suo. Forse gli avrebbe chiesto altre e-mail più avanti.

«Non c'è di che.» Sam era distratto, sia dal cellulare – disattivò la modalità aereo e controllò il traffico che già cominciava a rallentare e a congestionarsi sulle strade intorno a loro –, sia perché lei vedesse e comprendesse che lui era distratto, aveva altre priorità, motivi per andare avanti con la sua giornata.

Doveva stare attento a quest'aspetto. Non voleva turbarla, non quand'era vulnerabile.

«Comincio a chiedermi se stanotte riuscirò davvero a dormire, grazie a te.»

«Fantastico. Davvero.»

Mentre scrutava la piazza di fronte a lui, fu sorpreso di scoprire che anche il resto del gruppo era schierato intorno a lui.

Il Bibliotecario era al telefono su una panchina di pietra alla sua sinistra e prendeva boccate aggressive dalla sigaretta elettronica.

Vicino a un chioschetto del caffè che stava per chiudere, l'Atleta e l'Artista erano impegnati in una conversazione informale, lui coi piedi divaricati e con le grandi braccia conserte, lei che giocherellava con la cinghia della borsa come se si stesse preparando ad andarsene, ma senza farlo davvero.

Dietro di loro c'era il posteggio dei taxi, dove il Pugile posava le mani sul tetto di un veicolo nero, parlando attraverso il finestrino aperto con un autista che sembrava conoscere. Notando Sam, la sua espressione divenne guardinga e riportò l'attenzione su ciò che l'autista gli stava dicendo, in apparenza preoccupato che Sam potesse avvicinarsi e rivelare il suo oscuro segreto.

«Tu hai qualche fobia?» chiese la Ragazza Smarrita. «Mi è venuto in mente che hai sentito le nostre, quindi pensavo...»

«Mi dispiace.» Sam fece una smorfia contrita e indicò alle sue spalle, per poi avviarsi in direzione della stazione di Temple. «Devo proprio scappare a prendere la metro. La mia ragazza mi aspetta. Devo tornare a casa.»

## 64

Donovan mi lasciò andare quando entrammo nel soggiorno. Mi allontanai da lui, con la busta della spesa di John che mi sbatteva contro il fianco.

John era già seduto sulla sua poltrona preferita, con le mani ossute aggrappate ai braccioli e lo sguardo fisso davanti a sé. Sembrava solo vagamente consapevole della nostra presenza e non fece caso a Donovan quando attraversò la stanza e tirò le pesanti tende. Gli anelli di ottone tintinnarono forte; tutto si fece fioco e indistinto finché non accese una lampada da terra.

Uno strano secondo di scombussolamento.

Per certi versi, fu come tornare a casa nostra due anni prima. C'erano molti mobili marrone scuro e la moquette. Un sofà e due poltrone logori e tende di tessuto a tutta lunghezza. Un televisore squadrato nell'angolo e un tavolino basso con sopra giornali, tazze sporche e la lente d'ingrandimento di John.

Avvolsi i manici della busta di plastica intorno alle dita, sentendomi sempre più a disagio. «Basta. Ho fatto tutto quello che mi hai chiesto. Andiamo.»

Ma Donovan non rispose. Era troppo occupato a fare un rapido sopralluogo della stanza, facendo scorrere gli occhi e i polpastrelli sul caminetto e su una vetrinetta, allungando il collo per sbirciare dietro una poltrona, inclinando una libreria bassa lontano dal battiscopa come se fosse una spia alla ricerca di cimici o di una telecamera in miniatura.

Non sapevo cosa stesse cercando, né perché, ed ero quasi certa di non volerlo sapere.

«Cosa c'è nella busta?» mi chiese senza guardarmi.

Lo ignorai, cosa che lo spinse a sbuffare, come se stessi esaurendo la sua pazienza.

«Sam prende la linea District, giusto? Quei treni arrivano molto velocemente. Capisci che posso richiamare il mio contatto ogni volta che voglio?»

«Questo dovrebbe spaventarmi?»

«Infatti ti spaventa. E parecchio. Quindi dimmi cosa c'è nella busta.»

La busta era abbastanza pesante. Esitai ancora un attimo, poi la aprii e guardai.

Non che ne avessi bisogno, perché sapevo già cosa avrei trovato.

«Allora?» Donovan era passato a scostare le tende dal muro e a scrutare il battiscopa sotto il bovindo.

«Cibo per gatti. Due lattine.»

Rifletté per un attimo, poi lasciò che le tende si chiudessero e si diresse verso John, accovacciandosi di fronte a lui e scrutandolo in viso. «Dov'è il suo gatto, John?» Gli agitò una mano guantata davanti agli occhi vitrei. «Dov'è il suo gatto?»

«Barnaby?» La voce di John tremò. «Oh, tornerà presto. Barnaby ha sempre fame.»

Donovan si voltò, prese il telecomando e accese la TV.

Il volume era alto. Un quiz in prima serata. I presentatori e i concorrenti erano troppo felici e compiaciuti, i colori troppo vivaci.

Donovan gettò da parte il telecomando. «Da questa parte. Porta con te la busta.» Uscì nel corridoio senza aspettare la mia risposta.

Dopo aver dato un'ultima occhiata a John, lo seguii, osservandolo entrare nell'ex sala da pranzo che adesso era la camera da letto, e trovare un interruttore sulla parete. Entrai dopo di lui e lo vidi eseguire una routine simile a quella che aveva svolto in salotto. Per prima cosa, si abbassò dietro il vecchio letto d'ospedale che Sam aveva acquistato per John, con le sbarre di metallo verniciato e graffiato e il semplice pannello di controllo elettrico che gli permetteva di alzare e abbassare il letto. Poi chiuse le tende, facendo quasi cadere il tavolino con una fotografia incorniciata e alcune delle medicine di John mentre completava la sua ispezione della stanza, prestando ancora una volta attenzione ai battiscopa e all'area dietro la porta, ignorando il quadro incorniciato di una partita di cricket sulla parete. Dopodiché mi tolse la busta della spesa di mano e si diresse verso la cucina.

L'aprì e tirò su una delle lattine. «Cristo!» esclamò subito dopo, e alzò il piede destro in aria; per poco non calpestò una ciotola di cibo per gatti a terra. All'interno c'era un miscuglio rappreso di cibo umido e crocchette. «Che puzza, qui dentro.» Si guardò intorno finché non vide il telefono fisso attaccato alla parete più lontana, vicino al frigorifero ingiallito.

In base alla sua reazione, intuii che fosse ciò che stava cercando nelle altre stanze che aveva ispezionato, e lo osservai con un profondo senso di trepidazione mentre posava la busta della spesa sul pianale in formica per poi dirigersi verso l'apparecchio e afferrare la cornetta attaccata al muro. Dopodiché si guardò intorno e vide un vaso di utensili da cucina, da cui estrasse un paio di forbici che usò per tagliare il cavo a spirale della cornetta e poi la linea telefonica.

Lì vicino c'era un cestino a pedale che aprì con un piede. Vi fece cadere dentro il ricevitore e, dopo averci pensato un attimo, anche le forbici.

Tolse il piede dal pedale e il coperchio si chiuse, ma qualcos'altro aveva già attirato la sua attenzione. Osservava incuriosito le molte scatole di cibo per gatti impilate sul piano di lavoro della cucina dall'altra parte della stanza. Dovevano essere venti o venticinque lattine in tutto.

Donovan si diresse verso di loro, poi aprì gli sportelli di una credenza sopra il bancone.

Si ritrasse.

Era piena di altro cibo per gatti.

«Ci va tutti i giorni», spiegai. «È la sua routine.»

Donovan annuì lentamente e riprese la busta della spesa, togliendo le due nuove lattine che John aveva appena acquistato e impilandole sul bancone insieme con le altre. Poi appallottolò il sacchetto vuoto, passandolo tra le mani come se fosse uno strumento di riflessione. «Dimmi il resto della sua routine.»

Se la realtà della demenza di John lo aveva colpito, non lo diede a vedere.

«Non capisco.»

«Dove altro va? Chi altro vede?»

«Nessuno.»

Aggrottò le sopracciglia, poco convinto.

«Nessuno tranne Sam. E me, a volte.»

«Non ha una donna delle pulizie? O una badante?»

Esitai.

«Non mentirmi di nuovo.»

«Facciamo venire un'agenzia di pulizie», gli dissi con cautela. «Circa una volta al mese.»

«Quando devono venire?»

Guardai il calendario appeso alla parete dietro di lui. Sam aveva cerchiato in rosso una data a un paio di settimane di distanza. Non mi piacevano queste domande. Non osavo immaginare dove volesse andare a parare.

«Tra due settimane.»

«Medico?»

Abbassai la voce. «John non ci va da un po'.»

«Figli? Altri parenti?»

«No.»

«La moglie è morta?»

Lo fissai. Una sensazione fredda mi percorse le braccia e le gambe.

«Ci sono delle fotografie che li ritraggono insieme», spiegò. «In soggiorno. Sul tavolino accanto al letto ospedaliero. Sul frigorifero. Pensavi che non me ne sarei accorto?»

Lanciai un'occhiata alla foto sul frigorifero. Era un'immagine scattata decenni prima di John nel fiore degli anni, in uniforme da poliziotto, col petto gonfio e con Mary al suo fianco, raggiante.

«Inoltre, prima mi hai detto che era in pensione e viveva da solo, non c'è traccia di oggetti femminili nel soggiorno, e dalla condizione dei suoi vestiti e di questo posto in generale...» Non finì la frase, ma era chiaro che non si era perso molto.

Il che mi preoccupava. Perché aveva anche studiato le

foto di me e Sam a casa nostra. Chissà cosa ne aveva dedotto. Quali conclusioni aveva tratto?

«Quand'è morta?»

«Circa un anno e mezzo fa.» Mi guardai alle spalle. Ma non dovevo preoccuparmi che John ci sentisse. In quel momento era immerso nei suoi pensieri. E la TV era troppo alta. Sentivo il presentatore del quiz che scherzava col suo co-conduttore. «È caduta dalle scale. Si è rotta l'anca. Ci sono state complicanze in ospedale. Non è mai tornata a casa.»

«Allora chi si prende cura di lui?»

«Noi. Io e Sam.»

Ma soprattutto Sam.

I nonni di Sam erano stati buoni amici di John e Mary. Erano stati vicini di casa per la maggior parte della loro vita. E John e Mary, forse perché non avevano mai avuto figli propri, avevano preso in simpatia Sam. Gli mandavano biglietti d'auguri e regali di Natale. E a sua volta Sam si era affezionato a loro.

Per Sam era stata dura quando aveva perso i nonni. I suoi genitori erano rimasti uccisi in un incidente d'auto quando lui era solo un adolescente e così, alla morte del nonno e poi della nonna, si era sentito per la prima volta un orfano.

Come me.

Capii che quello era uno dei legami che ci univano, ma era anche il motivo per cui Sam passava così tanto tempo a prendersi cura di John. Chiamava quasi tutte le mattine prima del lavoro e tutte le sere per assicurarsi che fosse tutto a posto, motivo per cui aveva la sua chiave di casa.

Io avevo preso l'abitudine di cucinargli i pasti e anche di portarglieli.

Amavo Sam per quello che faceva. Mi piaceva che fosse così gentile. Però anche lui doveva rendersi conto che si stava avvicinando il momento in cui John avrebbe avuto bisogno di più sostegno di quello che potevamo dargli noi. L'avevo accennato a Sam diverse volte, nel modo più premuroso possibile. Aveva annuito cupo e mi aveva detto che probabilmente avevo ragione, ma non aveva ancora agito.

Capivo che era parte del motivo per cui mettere la casa sul mercato lo stressava tanto. Una volta che avessimo avuto un acquirente e la prospettiva di vendere fosse diventata reale, i nostri rapporti con John sarebbero finiti. Sospettavo che Sam si sentisse molto in colpa per questo.

«Ora possiamo andare?» chiesi.

Donovan si passò ancora un po' la busta tra le mani, inclinando la testa da un lato all'altro come se stesse valutando i pro e i contro della mia proposta. Serrò le labbra e fece un verso, come se avesse preso una decisione. Poi srotolò la busta e la fece schioccare in modo che si gonfiasse e si espandesse. «Dopo.»

«Dopo cosa?»

Invece di rispondermi, uscì dalla stanza con la busta.

«Ehi!»

Donovan m'ignorò.

Mi precipitai in corridoio dietro di lui. «Ehi!»

Non rallentò. Anzi, andò più veloce.

Il suo linguaggio del corpo – la fretta, i movimenti determinati, lo sguardo fisso davanti a sé – mi spaventava.

Una scossa elettrica di orrore si diramò dalla mia testa per attraversarmi il torso. «Cosa fai?»

Con uno scatto del polso strinse forte una maniglia della busta di plastica.

«No!»

Fece scattare anche l'altro polso. Tirò la busta tra le mani. Poi, senza voltarsi, avanzò verso il salotto.

Corsi lungo il corridoio e varcai la porta dopo di lui.

E mi fermai di colpo.

La paura mi attanagliava lo stomaco.

Da dietro la poltrona, Donovan alzò gli occhi su di me. Teneva la busta sopra la testa di John.

L'attenzione di John era concentrata sul televisore. La luce gli illuminava il volto tranquillo.

«No», bisbigliai.

Donovan mi osservava.

Un occhio gli si contrasse leggermente, come se stesse valutando la mia reazione.

Poi abbassò le mani.

Scattai in avanti, sbattendo lo stinco contro il bordo del tavolino, e mi lanciai contro di lui.

Cercai di afferrargli il braccio. O il mento.

Gli sfiorai l'ombra di barba sulla mascella.

Ma, prima che potessi afferrarlo, si ritrasse e abbassò il mento, poi si voltò e mi fece cadere a terra verso il caminetto.

Urtai violentemente la parete.

Il dolore mi si propagò nei gomiti, nelle ginocchia e nel mento.

Riuscii ad allungare le mani prima di schiantarmi contro il camino.

Appena in tempo.

Poi mi voltai.

Donovan mi fissava con un'espressione pensierosa, analitica.

Dietro di lui, John era scattato in piedi, anche se Donovan sembrava non preoccuparsene.

L'anziano corse da una parte e poi dall'altra, agitato, gli occhi sgranati e spaventati mentre guardava prima me e poi Donovan.

Non avevo idea se ci vedesse davvero o se guardasse una scena confusa che per lui non aveva nessun senso.

Si grattò il collo. «Devo dare da mangiare a Barnaby», mormorò. «Barnaby. Devo dargli da mangiare.»

Mentre usciva incespicando dalla stanza e scompariva in corridoio, Donovan continuò a fissarmi.

«Non ha un gatto.»

«Come, scusa?»

Mi girai su un fianco e appoggiai la schiena alla mensola di marmo del caminetto: avevo bisogno che capisse.

«Barnaby è morto. Gli abbiamo fatto l'eutanasia due mesi fa.»

Donovan mi studiò, coi lineamenti distorti dal sospetto. «Non se lo ricorda. Va al supermercato tutti i giorni. *Perché è la sua routine.* Ma non si ricorda del gatto. Non si ricorderà di te. Non si ricorderà che siamo stati qui. Non si ricorderà di aver suonato il campanello, di averti visto in casa, di essere andato a fare la spesa o di non aver visto il gatto tornare a casa stasera. Non si ricorderà nulla.»

Donovan si voltò. «Be', è un vero peccato.»

«Se ce ne andiamo ora, ti parlerò. Ti dirò quello che vuoi sapere.»

Si immobilizzò. «Lo farai comunque.»

«Non se uccidi John. Ti giuro che non aprirò bocca.» Sembrò rifletterci.

«Dico sul serio. Andiamo via ora, lascia in pace John, e ti dirò tutto. Tutto quanto. Ma, se non lo fai, non collaborerò. Non volontariamente. Non m'interessa quello che farai a me, a Sam o a Bethany.»

Rimase immobile ancora per un secondo, poi uscì dalla stanza senza voltarsi.

Mi staccai dalla parete e gli corsi dietro fino alla cucina, però lui tese un braccio per fermarmi.

John era seduto al tavolo e fissava con espressione sconcertata la lattina di cibo per gatti e l'apriscatole davanti a sé. A poco a poco, alzò gli occhi e li rivolse a Donovan in una tacita richiesta d'aiuto.

Osservai con orrore crescente Donovan avvicinarsi a lui con la busta in mano. «Se provi...»

«Rilassati.» Posò la busta sul tavolo, prese l'apriscatole da John e lo posizionò sulla lattina. La girò con risolutezza, lo sguardo fisso su di me. «Ho due condizioni.»

«Qualsiasi cosa.»

«La prima è che John rimane in questa casa.»

«È normale. John non andrà da nessuna parte fino a domani, non è vero, John?»

Donovan finì di aprire la lattina e la posò sul tavolo, poi appoggiò una mano sulla spalla di John prima di allontanarsi e prendere la ciotola del gatto. Dopo aver scelto una forchetta dal cassetto delle posate, mise un piede sul cestino a pedale e raschiò il cibo per gatti rappreso nella ciotola. Lo sentivo cadere sul sacchetto di plastica e sopra il telefono fisso che aveva gettato dentro prima.

«Se passa qualcuno, o se la porta d'ingresso si apre...»

«Non succederà.»

Posò la ciotola del gatto sul tavolo e ci rovesciò dentro il contenuto della lattina. Poi ne staccò un grumo, lo schiacciò con la forchetta e spinse la ciotola davanti a John.

Aveva ancora la forchetta in mano e questa volta, quando Donovan mise la mano sulla spalla di John e inclinò i rebbi della forchetta verso il suo collo, mi fu chiaro che si trattava di un altro avvertimento.

«Capisci che posso tornare qui quando mi pare e piace?»

«Sì.»

«Non dev'essere per forza oggi.»

«Ho detto che ho capito.»

Punzecchiò la busta di plastica con la forchetta. «Capisci cosa succederà se torno qui?»

Annuii.

Capivo cosa sarebbe successo.

Capivo pure che la vita di Bethany era in pericolo.

Sapevo che aveva incaricato qualcuno di pedinare Sam.

«Bene. Allora chiedimi qual è la seconda condizione.»

Lanciai un'occhiata a John. Sembrava che non capisse nulla di quanto stava succedendo. Sembrava per lo più sollevato dal fatto che il cibo per gatti fosse dove voleva che fosse.

«Qual è la seconda condizione?»

«Mi parlerai del tetto. Mi dirai tutto quello che ricordi. Ogni singolo dettaglio di ciò che è accaduto quella notte e di ciò che l'ha preceduta.»

Fissai Donovan mentre un'esuberanza nauseante mi scorreva nelle vene. «Posso farlo.»

«Bene.» Gettò la forchetta sul tavolo, poi si pulì i guanti. «Allora meglio tornare a casa tua. Sam arriverà da un momento all'altro.»

Donovan mi fece andare in corridoio, si fermò dietro la porta d'ingresso e tirò fuori il cellulare. «La sai una cosa sulla linea District? In tutte le stazioni c'è campo o prende il Wi-Fi.» Premette un pulsante e mise la chiamata in vivavoce.

Dopo alcuni brevi crepitii, risuonò un leggero sibilo e poi un messaggio automatico con una voce maschile. «*Il numero da lei chiamato non è al momento raggiungibile. Si prega di lasciare un messaggio e...*»

Riattaccò e mi studiò. «Il tempo medio di sosta di un treno in una stazione della linea District è di cinquantotto secondi. Quindi ecco cosa succederà. Quando questa chiamata si collegherà, usciremo insieme. E poi entreremo in casa tua il più velocemente possibile. Hai trenta secondi per arrivare alla porta di casa o Sam non scenderà mai da quel treno.»

Chiamò di nuovo, digitando con forza sul telefono.

Sentii le stesse cose di prima.

Gli stessi crepitii seguiti dallo stesso lieve sibilo e lo stesso messaggio standard. «*Il numero da lei chiamato non è al momento...*»

«Una volta che saremo dall'altra parte di questa porta, non parlare, non gridare, non pensare nemmeno di provare a scappare. Sono stato chiaro?»

Mi limitai a guardarlo. Mi sentivo in trappola. Una nuova forma di claustrofobia.

«Sono stato chiaro?» ripeté.

«Sì», sussurrai.

Compose il numero una terza volta.

Come prima, sentii gli stessi brevi crepitii e lo stesso lieve sibilo, ma questa volta furono seguiti da un ronzio più lungo e sonnolento, alcuni scatti statici e poi un altro messaggio registrato, standardizzato, solo che la voce era diversa. Femminile. Educata. Rimbombante.

«... *prossima stazione: Sloane Square.*»

«Stiamo uscendo.» Donovan parlava in fretta, concentrato e teso. «Aspetta una mia conferma. Se non ce l'hai prima di lasciare la stazione, vai all'attacco.» Aprì di scatto la porta d'ingresso, mi prese per mano e mi condusse fuori. Chiuse rapidamente la porta dietro di sé, tolse le chiavi di John e le gettò in un angolo buio del cortile.

Attraverso l'altoparlante del telefono di Donovan si sentiva un forte trambusto.

Il fragore dell'aria in movimento.

Uno stridore metallico.

I rumori di chissà quanti corpi ammassati insieme.

«*Sloane Square. Si prega di fare attenzione allo spazio fra il treno e la banchina.*»

«Trenta secondi», mi ricordò Donovan. Avanzò e mi trascinò con sé.

La mia attenzione era tutta rivolta al ronzio che proveniva dall'altoparlante del suo cellulare, seguito dal sibilo dell'aria compressa mentre le porte del treno si aprivano.

Ma erano intervallati da qualcos'altro.

Passi veloci alla mia sinistra.

Girai la testa e vidi due donne che si dirigevano verso di noi. Donovan mi bloccò.

Le donne chiacchieravano. Indossavano giacche di jeans e sciarpe, e i tacchi battevano sul marciapiedi in una rapida percussione.

Un tremore caldo e nervoso si fece strada lungo le mie gambe. Sentivo i rumori di sottofondo provenienti dal cellulare di Donovan. I passeggeri che si rimescolavano e si spostavano per scendere.

La persona che pedinava Sam non disse nulla, ma non dubitavo che stesse ascoltando attentamente quanto me.

Le donne si avvicinarono.

Donovan mi strinse la mano. Un segnale e un avvertimento.

Oltrepassarono la fine del vialetto e una di loro mi lanciò un'occhiata, breve e neutra, troppo veloce perché potessi pensare a come reagire o farle un cenno.

Mi si contorse lo stomaco.

L'altoparlante del telefono crepitò.

Le donne proseguirono senza voltarsi.

«Muoviti», disse Donovan sottovoce, e mi tirò di nuovo in avanti.

Le gambe erano sul punto di cedermi. Inciampai e guardai le passanti. Ormai c'ignoravano. Non avevano percepito nulla di sbagliato o di anomalo. Erano totalmente prese dalla loro conversazione.

«Voglio parlare con Sam.»

«Ci parlerai quando arriverà.»

«Prima. Devo sapere che è al sicuro.»

«Non lo è.» Mi guidò attraverso il cancelletto di John, mi strattonò a sinistra e poi di nuovo a sinistra, facendosi strada verso il nostro vialetto e verso la luce che brillava da casa nostra.

«*Linea District, direzione Wimbledon. Prossima stazione: South Kensington.*»

«Più veloce», mi spronò Donovan.

Il terrore mi attanagliò. Incespicai di nuovo.

Non mi aveva spinto dentro una vasca da bagno.

Non si era chiuso la porta alle spalle, non mi aveva preso per i capelli, non mi aveva afferrato per la gola.

Ma mi sentivo comunque soffocare.

Il vialetto che portava alla nostra porta d'ingresso era solo una stretta striscia d'asfalto, lunga forse tre o quattro metri, con un quadrato di ghiaia a destra e una fascia più stretta sempre di ghiaia a sinistra.

L'avevo percorso innumerevoli volte in passato senza pensarci più di tanto.

Adesso era diverso.

Avanzavo di corsa, respirando a fatica, ma allo stesso tempo mi sembrava di muovermi con infinita lentezza, con infinito dolore.

Il cartello VENDESI alla mia sinistra mi passò accanto come al rallentatore. Ripensai al rappresentante dell'agenzia immobiliare che si era presentato per installarlo: l'aveva legato con un cavo alla ringhiera dopo averlo conficcato nella ghiaia con un martello.

*Clang.*

*Clang.*

*Clang.*

In quel momento di orrore sentivo quasi i colpi vibrare nel terreno sotto di me.

«*Attenzione: apertura porte.*»

Donovan mi spinse in avanti, poi frugò nella tasca del cappotto per cercare le chiavi di Sam.

Vedevo puntini di luce che scintillavano attraverso le persiane dietro il bovindo alla mia destra, ma non vedevo in casa.

*E nessun altro ci riuscirà.*

Al telefono si udì un risucchio: erano le porte del treno che si chiudevano.

Dopodiché uno stridio metallico.

Un basso rumore di passi strascicati.

Donovan prese le chiavi di Sam e le ficcò nella serratura. Scivolarono dentro e una frazione di secondo dopo la linea telefonica cadde. Silenzio.

Un momento sospeso.

Donovan mi guardò.

Io guardai lui.

Sembrava che il mio cervello stesse elaborando un milione di pensieri tutti insieme.

Poi mi sporsi di lato, fissai le due passanti e mi preparai a urlare.

Donovan mi premette la mano sulla bocca prima che potessi emettere qualsiasi suono. I denti si conficcarono sul labbro spaccato. Strinse più forte e mi sbatté la nuca contro la muratura dietro di me.

Feci un verso di dolore.

Provai a urlare, ma era inutile. Non potevo inspirare né espirare. Sentivo solo il sapore del cuoio del suo guanto.

I secondi si protrassero.

Mi osservò con distacco.

Lo guardai con occhi terrorizzati, in preda al panico.

Ero atterrita da ciò che poteva accadere a Sam, volevo disperatamente gridare aiuto.

Donovan si diede una rapida occhiata alle spalle.

Le passanti non avevano sentito nulla. Non si erano nemmeno fermate.

Con la mano libera girò la chiave di Sam nella serratura, aprì la porta, poi la tirò fuori, mi fece andare avanti e mi spinse dentro, chiudendo la porta alle sue spalle.

La serratura automatica si chiuse.

*Clic...*

Rimasi senza fiato. Ero sudata. Mi misi una mano sul petto e presi un respiro lento e faticoso, mentre le luci del corridoio sembravano diventare più brillanti sopra di me.

Tutto era strano.

Casa nostra, che prima era confortante e accogliente, adesso mi sembrava posticcia come una messinscena.

Sentivo il profumo dei gigli che avevo sistemato nel vaso sul tavolino, ma era stucchevole, artificioso.

Solo la minaccia di Donovan era reale. Era immediata e tangibile come il dolore ai polmoni.

Il cellulare gli squillò.

Non appena aveva chiuso la porta aveva composto di nuovo il numero, ma non c'era più campo. Ci aveva riprovato subito.

Ora mi stava fissando con una specie di rabbia, col telefono vicino alla bocca.

La mia mente era piena di pensieri su Sam. Donovan aveva detto al suo complice d'intervenire se non avesse dato il via libera prima di perdere il segnale.

Non sopportavo il sottinteso delle sue parole. Mi aveva detto che Sam non era al sicuro.

Mi immaginai un assassino avvicinarsi a Sam in una carrozza affollata della metro, armato di una lama o di un ombrello avvelenato o di un centinaio di altre cose cui non volevo assolutamente pensare.

La chiamata si connesse.

Un silenzio vorticoso, teso.

« *South Kensington. Cambiare qui per la linea Piccadilly...* »

Donovan mi fissò intensamente. « Siamo in casa. Dammi il punto della situazione. »

Silenzio.

Un crepitio.

Un sibilo elettronico.

Avevo bisogno di respirare, ma non lo feci.

Poi una voce, flebile e alterata digitalmente. Né maschile né femminile. Né giovane né vecchia.

«*C'erano troppe persone. Non riuscivo ad avvicinarmi a lui, ma ora ci sono. Dimmi cosa vuoi che faccia.*»

Donovan sostenne il mio sguardo con espressione vacua.

L'attimo si allungò e si distese.

«Non fare nulla.» Interruppe la chiamata e continuò a fissarmi. «Okay. Ora parliamo.»

Non mi sentii sollevata. In realtà, non sapevo *come* sentirmi.

Sam era vivo, per il momento, ma stava tornando a casa, da Donovan, dall'orrore e dalla violenza che avevano invaso il nostro rifugio.

L'annuncio della stazione diceva che il suo treno era a South Kensington. Quindi quanto gli restava ancora, venti minuti in metro? Una camminata di cinque minuti dopo? E poi Sam sarebbe arrivato.

Sapevo di dover fare qualcosa, ma non sapevo cosa.

Ero prostrata, mi facevano male i denti, il labbro pizzicava, il cranio pulsava ed ero così in ansia che mi sentivo come se mi avessero calpestato il petto.

Però ero concentrata come non mai. Cercavo disperatamente una via di fuga.

Fu in quel momento che Donovan mi superò ed entrò nella zona giorno. Infilò le chiavi di Sam nella tasca destra dei pantaloni.

Non prometteva bene.

Al suo ritorno, Sam non sarebbe stato in grado di entrare da solo. Avrebbe dovuto suonare il campanello, come aveva fatto John, e Donovan sarebbe stato pronto per lui.

Immaginavo che fosse la sua intenzione.

Fissai la porta: chissà se l'inseguitore di Sam sarebbe entrato e si sarebbe unito a Donovan. Poi alzai lo sguardo verso il pianerottolo. Bethany era lassù, in mansarda. Da sola. Stava bene? Sarebbe sopravvissuta?

«Siediti, Lucy.»

«Voglio prima vedere come sta Bethany.»

«No. Basta rimandare. Siediti.» Si mise davanti al divano, di fronte al tavolino, e indicò la poltrona a sinistra del caminetto, vicino a un filodendro.

Era in contrasto col resto della stanza, rivestita di tessuto bouclé color crema. Io e Sam l'avevamo scelta insieme in un negozio di arredamento di Tottenham Court Road, vicino a quello dove lavoravo quando ci eravamo conosciuti. Sam non era sicuro del colore. Pensava che si sarebbe macchiato troppo facilmente.

Immaginai il sangue rappreso sulla nuca mescolarsi al tessuto color crema, e fui attanagliata da una sensazione di freddo.

Guardai un'ultima volta verso il pianerottolo. Non mi piaceva l'idea di lasciare Bethany lassù da sola, però mi voltai ed entrai nella zona giorno a passo rigido, evitando la poltrona suggerita da Donovan per sedermi invece sul bracciolo di quella più vicina al bovindo.

Donovan mi fissò in modo distaccato, come se la mia piccola ribellione non lo avesse sorpreso o infastidito più di tanto. «Allora, la festa. Dimmi del tetto. I dettagli. Tutto quello che ricordi.»

*Tutto quello che ricordavo.*

Feci un altro respiro e passai la lingua sui denti doloranti, con un'improvvisa, vertiginosa leggerezza che mi turbinava in testa come a volte mi capitava se saltavo il pranzo.

Per un po' avevo cercato di non pensare a quella notte. Avevo fatto tutto il possibile per superarla.

Fu allora che si sentì un *ping*.

M'irrigidii quando Donovan guardò lo schermo del cellulare.

«Cos'è?» sussurrai. «È un messaggio su Sam?»

«Il laboratorio cui ho inviato il tuo DNA ha confermato la ricezione. Faranno un test rapido.»

Lo fissai.

Sentivo il sangue defluire dalle estremità e accumularsi intorno al cuore.

Per un attimo mi esplose il mal di testa, come quando l'avevo sbattuta sul lavandino.

«Perché ci fai questo?»

Si sedette sul divano di velluto verde di fronte a me. «Parla. La festa. Comincia subito o io e te faremo una passeggiatina alla porta accanto per rivedere John prima che Sam torni a casa, e stavolta non sarò così civile.»

Esitai ancora un momento prima di parlare. Non solo perché era difficile discuterne, ma perché stavo cercando di capire tutto quello che aveva appena detto e che cosa poteva significare. «Ti riferisci alla festa a Farringdon?»

«Certo.»

«C'è... molto che non ricordo.»

*Che non volevo ricordare.*

«Dimmi quello che ti ricordi.»

Lo guardai interdetta, consapevole di avere il fiato corto, accelerato.

Non era così semplice.

E non solo perché rifiutavo di accettare quello che mi era capitato o perché ripensare a quella notte era doloroso per me, ma perché c'erano così tante cose che davvero non ricordavo.

Sapevo di dover dire *qualcosa* a Donovan. La minaccia che sarebbe tornato da John e gli avrebbe fatto del male se non l'avessi assecondato era credibile.

Però era difficile.

«Ho tanti vuoti.»

«Allora riempili.»

«Non posso. Non è così semplice come la metti tu.»

Avrei potuto dirgli alcune delle cose che mi aveva detto Sam. Di come il cervello sia programmato per l'auto-conservazione. Di come non stavo, di per sé, bloccando i ricordi, ma piuttosto erano stati assorbiti, immagazzinati finché non fossi stata pronta a elaborarli del tutto.

Sapevo che era possibile che col passare del tempo, a mano a mano che guarivo, il quadro completo mi sarebbe tornato in mente, magari anche di punto in bianco, come se fosse scattato un interruttore, ma fino a quel momento non c'era nulla che potessi fare per forzare la situazione e accedere ai miei ricordi.

Non era mia intenzione cancellarli. Non era ciò che volevo davvero. Per certi versi sarebbe stato molto più facile se avessi potuto ricordare meglio l'aggressione e il mio assalitore, perché così avrei avuto la possibilità di capire ciò che mi era successo e il motivo. Forse avrei anche potuto metterci una pietra sopra.

Ed era quella la parte più difficile. Non le cose che *non riuscivo* a ricordare, ma i frammenti che erano rimasti, e il modo in cui erano fuori sequenza e incoerenti. Non riuscivo a dargli un senso. Ogni volta che provavo a metterli insieme – e ci avevo provato – era come se la mia mente si annebbiasse, come un televisore guasto.

«Era il compleanno di qualcuno», mi sentii dire.

Donovan sussultò. Fu una reazione quasi impercettibile, ma la notai comunque.

«O almeno penso.» Mi strinsi il braccio, posando le dita sulla cicatrice sotto la manica: ero stata segnata, marchiata da quello che mi era successo. Guardai dietro di me verso la finestra, pensando a Sam che tornava a casa. Sentivo il traffico fuori. Sentivo il vento che agitava le foglie degli alberi. «Non era nessuno che conoscevo. Non so come sia stata invitata o perché fossi lì. C'era moltissima gente.»

«Gente che conoscevi?»

«No. Non credo.»

Non sembrava convinto. «Dovevi pur conoscere qualcuno.»

Scossi la testa. La frustrazione crebbe e mi rosicchiò le viscere. «Non so come spiegarlo. Ricordo la musica e il fumo e credo di aver bevuto – devo aver bevuto –, perché anche i ricordi che ho sono sfocati. Ma non bevo così, solo per ubriacarmi, almeno di solito.» Abbassai di nuovo lo sguardo sulla mano chiusa intorno all'avambraccio.

Ero quasi certa che la cicatrice fosse una conseguenza del momento in cui ero stata spinta nella vasca. Forse mi ero tagliata il braccio su qualcosa. Forse era stato qualcosa di affilato che il mio aggressore aveva in mano.

Ma anche in quel caso non ricordavo con certezza. Sapevo solo che non avevo mai avuto cicatrici prima di quella notte. «Credo di aver avuto un incontro con un potenziale cliente non troppo lontano dal luogo della festa. Ci siamo visti in un bar da qualche parte vicino a Farringdon. Ma non riesco a ricordare quale bar, o chi fosse il cliente, o come mi abbia contattato. Da allora ci sono ritornata, in quel quartiere. Mi sembra tutto sbagliato. Le cose stavano andando male, all'epoca. La mia attività era in difficoltà. Devo aver ordinato un drink. Un paio di drink. Ma, dopo...»

Aggrottò di nuovo la fronte, come se quello che gli stavo dicendo non corrispondesse a niente che si fosse immaginato. «Stai dicendo che pensi di aver incontrato al bar qualcuno che stava andando alla festa?»

«Forse. O forse c'era qualcosa nel mio drink.»

Esitò. Sembrava che stesse rivalutando le sue ipotesi, che quello che gli dicevo lo preoccupasse.

«Ci starebbe. Con quello che è successo dopo.»

«Cos'è successo dopo?»

«Ecco...» Trasalii e mi portai una mano alla testa.

Di nuovo dolore, anche se questa volta non aveva nulla a che fare col colpo alla nuca.

Questo dolore era più antico, più radicato, localizzato a sinistra del mio lobo frontale. Era una sensazione che avevo già provato quando ripensavo a quella notte, soprattutto se cercavo di forzare i ricordi, di attraversare il bagliore accecante. Era un altro motivo per cui non mi piaceva ripensarci.

Sentii Donovan spostarsi sui cuscini del divano al mio fianco. Si era messo sul bordo, con i gomiti sulle ginocchia e le mani giunte con disinvoltura.

C'era preoccupazione sul suo volto?

Osservai il suo sguardo diventare distante e pensieroso. Girò la testa e guardò verso la cucina, il seminterrato.

*Oddio.*

Il mio cuore iniziò a galoppare.

*No.*

La porta del seminterrato era ancora aperta.

Stava forse pensando di trascinarmi laggiù e di spaventarmi finché non gli avessi detto quello che voleva sapere? Magari tenendomi lì fino all'arrivo di Sam?

«Sono andata in bagno», dissi di getto, provando un pizzico di sollievo quando Donovan riportò la sua attenzione su di me.

«Vai avanti.»

Deglutii. Mi sentivo come se avessi un nocciolo di pesca conficcato in gola.

Avrei voluto portare via il vaso di gigli tra di noi. Il loro profumo mi pungeva il naso. Mi strofinai la tempia dolorante, ma non servì a lenire o alleviare il mio disagio. Nulla avrebbe potuto.

Non erano serviti gli esercizi di meditazione, né gli ansiolitici che mi aveva prescritto il medico di base, né le sedute di terapia che Sam aveva condotto con me.

Sam mi aveva detto chiaramente che non era un terapeuta qualificato. Mi aveva suggerito di rivolgermi a dei suoi amici. Però io avevo resistito. Il trauma mi era stato inflitto da un estraneo. Ero riluttante a riviverlo con un altro.

«Detesto davvero parlarne.»

«Peccato, perché devo sentire questa storia.»

«Ti prego.»

«Dimmi il resto. Subito.»

Guardai la porta, immaginando Sam che tornava a casa, immaginando Donovan che lo tirava dentro, che lo aggrediva... «Qualcuno mi ha seguito.» Il dolore nella tempia si riaccese, nauseante e acuto.

«Okay, qualcuno ti ha seguito in bagno. Come si collega al tetto?»

«Non c'era nessun tetto. Te l'ho già detto. C'era...» M'interruppi di nuovo, feci una smorfia e mi strinsi la testa tra le mani. «Ha chiuso la porta dietro di sé.»

*Clic...*

«Chi?»

E poi mi fermai. Mi paralizzai.

Perché un nuovo pensiero mi aveva assalito. Un'idea terribile. «È lui il tuo complice?»

«Cosa?»

«Chiunque sia stato a farmi questo. Quello che mi ha aggredito. È lui che hai chiamato? Quello che tiene d'occhio Sam?»

Perché forse temeva che reagissi, che andassi alla polizia o che – non so – vendessi la mia storia alla stampa o cercassi di far loro causa.

Cercai di concentrarmi, di *pensare*.

Magari il mio aggressore era ricco o di alto profilo? Forse aveva paura di uno scandalo? Una vendetta del movimento #MeToo?

Ma perché ora?

Tra le dita, guardai di nuovo Donovan.

Sentivo gli occhi doloranti e gonfi.

Mi fissava interdetto, pensieroso, la testa un po' inclinata di lato, la bocca aperta come se avessi finalmente detto qualcosa di sensato per lui. Si spostò più in avanti sul divano. «Aspetta, fammi capire bene.»

Mi piegai sotto una nuova ondata di dolore. Era difficile prestare attenzione a ciò che diceva, perché il mio disagio era troppo implacabile, il trauma troppo radicato.

«È che... Ascoltami, okay? Quello che hai fatto... non puoi farla franca. È il motivo per cui sono qui.»

«Quello che *io* ho fatto? Non ho fatto nulla. Questa è una cosa che *mi è stata fatta*.»

Si appoggiò allo schienale, confuso, con lo sguardo distante. Aveva la faccia di qualcuno che non riusciva a capire se fosse stato ingannato o no.

« E quello che ha fatto *lui*? » insistetti. « Quello che hai fatto tu? Quello che... »

Sibilai e digrignai i denti.

La vista mi si offuscò.

Il mal di testa era travolgente.

Accecante.

« Ehi. Ehi, guardami. » Batté le mani, come se volesse farmi riprendere, ma era ormai troppo tardi. « Concentrati. Parlami. Il bagno. Qualcuno ti ha seguito, ha chiuso la porta e... »

*Clic*...

Ed ero di nuovo lì, nella mia mente.

Ero sempre lì, in una parte della mia mente. Non me ne sarei mai liberata.

La porta che si chiudeva e l'estraneo che si avvicinava e io che cadevo e la tenda della doccia che mi avvolgeva e il dolore che s'irradiava dal mio braccio e...

« Smettila. » Misi le mani alle tempie, stringendo la testa, rabbrividendo. « Smettila. Smettila, ti prego. »

«Ehi. Ehi.»

Avevo perso la cognizione del tempo.

Mi era già capitato.

Lacune durante le mie giornate.

Vuoti in cui ero precipitata.

«Ehi.»

Ne ero terrorizzata.

Sapevo che non dovevo abbassare la guardia. Dovevo essere presente. Proteggermi.

Ero sul pavimento. Mi ero raggomitolata su me stessa. «Ehi.» Mi agitò una mano davanti al viso. Prima era seduto di fronte a me col tavolino tra noi. Ma adesso era in ginocchio.

Non ero sicura di quanto tempo fosse passato. Potevano essere trascorsi cinque secondi o cinque minuti.

Mi scosse delicatamente la spalla. «Ehi. Dove sei andata? Cosa ti è successo?»

Tremavo.

Di colpo mi tornò in mente la bambina caduta sul marciapiedi. Donovan mi parlava con lo stesso tono confortante e premuroso con cui si era rivolto a lei.

Mi faceva accapponare la pelle.

«Ehi.»

La fronte e la nuca mi bruciavano. La testa mi faceva male come se qualcuno mi tirasse i capelli.

Tenni il viso abbassato. Mi fissai le mani contratte.

Avevo gli occhi annebbiati. Ci vedevo doppio.

«Ascoltami. Concentrati sulla mia voce.»

Rabbrividii. Era la cosa sbagliata da dire.

Sapevo cosa stava cercando di fare. Sapevo che stava cercando di farmi superare l'attacco di panico.

Ma l'ultima cosa di cui avevo bisogno in quel momento era ascoltare la voce di Donovan. Perché portava con sé la *sua*, di voce. La persona in bagno. L'uomo che mi aveva aggredito.

«*Ti stavo osservando.*»

«No.» Chiusi gli occhi e li strizzai. Un'ondata di dolore nella tempia.

Sentii Donovan indietreggiare un po', ma la sua mano rimase sulla mia spalla e io non la volevo. Non volevo essere toccata.

«Lasciami andare.»

Ritrasse le dita, ma me le sentivo ancora addosso, come una piaga.

«È ora di alzarti.»

Non risposi.

«Dai, ti aiuto a sederti su questa poltrona e poi...» Allungò di nuovo la mano verso di me.

Questa volta però balzai in piedi e mi allontanai.

Troppo veloce.

Troppo instabile.

Il pavimento oscillò e sprofondò.

Mi sporsi verso la poltrona, ma la mancai, e nel frattempo lui mi afferrò l'altro polso, tenendomi in piedi.

La cicatrice bruciava ferocemente sotto la sua presa. Era incandescente.

Sentivo il resto del mio corpo bagnato e flaccido, come se fossi stata inzuppata da un temporale.

*Aspetta.*

«Per la cronaca, per qualche secondo hai perso del tutto conoscenza. Cioè, eri proprio tramortita.»

Strattonai via il braccio e questa volta me lo lasciò fare.

«Come se te ne fregasse qualcosa.»

«Forse me ne frega. Ora... Davvero non ti ricordi del tetto?»

«Te l'ho detto: non ero su nessun tetto.»

«Ascolta...»

«Smettila! Non vuoi aiutarmi. Hai drogato Bethany. Stavi per strozzare John. Hai messo qualcuno a pedinare Sam.» Alzai una mano per respingerlo. Sudavo copiosamente. La saliva era calda e oleosa. Forse stavo per svenire di nuovo.

«Senti. Sam arriverà presto.»

*Sam.*

L'ansia m'invase.

Non poteva trovarsi in questa situazione.

Non volevo metterlo in pericolo. Non volevo che si facesse male.

«Ti prego, lascialo fuori da questa storia», lo implorai.

«Dai... siediti un attimo, va bene? Vado a prenderti un po' d'acqua. Ti lascio riprendere fiato.»

Donovan si voltò e si allontanò da me, ma io non feci come mi aveva suggerito e non mi sedetti.

Non avrei fatto *nulla* di ciò che voleva.

Non di nuovo.

Non questa volta.

Basta.

Ero piegata su me stessa, debole e tremante. Ed ero molto, molto spaventata.

Per Sam e per me.

Donovan doveva contarci, perché continuò ad allontanarsi senza voltarsi.

Fu allora che mi fiondai verso il vaso di gigli.

Era proprio lì, sul tavolino.

Vaso in ceramica bianca con manico curvo e base spessa. La ceramica era pesante e solida. Quando l'avevo posato sul tavolino, aveva fatto un tonfo sordo.

Mi sembrava di avvicinarmi troppo lentamente, come se guadassi un fiume.

Ci misi un'eternità a prendere il manico.

E io ero impacciata a causa della paura e della fretta.

Toccai la ceramica fredda. Il vaso oscillò. Misi la mano sinistra sul lato, afferrai per bene il manico e feci per sollevarlo.

Mi si mozzò il respiro. Un mezzo sussulto di choc e sorpresa.

In parte perché ce l'avevo fatta.

In parte perché era davvero pesante.

E in parte perché Donovan mi aveva sentito e stava iniziando a girarsi.

Stavo ancora sollevando il vaso. I gigli si mossero tra sbuffi nebulosi di polline, l'acqua schizzava e sciabordava. Avevo intenzione di fracassarglielo in testa. Un colpo forte. Violento. Volevo stordirlo. Metterlo KO.

Ma già cominciavo a vedere le difficoltà che ciò comportava.

Perché il vaso era troppo grande e troppo pesante.

Perché Donovan era troppo vigile e troppo veloce.

Non mi sarei mossa abbastanza in fretta.

Avrei dovuto alzare il vaso, e poi fermarmi, e poi invertire la direzione e riportarlo in basso.

Sulla sua testa.

Il che sarebbe stato comunque difficile, perché lui era più alto di me e più veloce. Le falde del cappotto gli svolazzarono intorno mentre alzava un gomito per proteggersi d'istinto la testa e mi faceva cadere il vaso dalle mani.

Il vaso cadde.

Il tempo sembrò accelerare insieme con quello. Tutto implose in un sibilo terrificante.

Indietreggiai d'istinto.

Il vaso colpì le assi del pavimento.

Scoppiò come una bomba. Un'esplosione di ceramica, acqua e petali.

Seguita da un momento di quiete.

Di orrore.

Vidi il volto di Donovan contorcersi per la sorpresa e il

disgusto, come se lo avessi in qualche modo tradito, o come se si stesse pentendo di aver abbassato la guardia.

Però stavo già cadendo in ginocchio.

Non perché ne avessi l'intenzione. Ma perché le gambe mi avevano ceduto.

E lui si protese verso di me. Mi afferrò con forza il braccio per tirarmi su.

Mi ritrassi, però lui si adattò e mi prese invece per le ascelle, sostenendomi, mentre una gamba spostava il tavolino di lato e una scarpa calpestava frammenti di ceramica, acqua e fiori. Mi sollevò come se nulla fosse. Come se fossi fatta d'aria.

La stanza si fece sfocata. Luci stroboscopiche mi balenavano dietro le palpebre.

La puzza dei gigli era forte e astringente.

Poi si fermò in un attimo. E rimase immobile come una statua.

Come se qualcosa dentro di lui si fosse spezzato o avesse ceduto.

O come se un regista invisibile avesse battuto le mani e gridato: *Stop!*

Lentamente, troppo lentamente, abbassammo entrambi lo sguardo.

Sul mio pugno contro il suo fianco.

Sul pezzo di ceramica frastagliato che gli avevo affondato nello stomaco – sotto il cappotto, attraverso il maglione – e sul sangue caldo che scorreva a fiotti sulla mia mano e sul mio polso.

Sibilò. Le narici gli si dilatarono. I suoi occhi mi trafiggevano con un'intensità oscura e vibrante.

Lasciai andare il frammento di ceramica e feci un passo indietro.

Ero senza peso. Galleggiavo.

Si premette le mani sull'addome, sotto il cappotto. Il pezzo di ceramica era conficcato da qualche parte sotto le costole.

Non ero un medico. Non avevo studiato anatomia. Ma mi domandai se il frammento fosse vicino ai polmoni. Forse aveva reciso una vena o un'arteria.

*Sei stata tu.*

Rabbrividii.

Il sangue continuava a scorrere.

Sgorgava, abbondante e scuro, gli colava tra le dita coperte dai guanti, penetrava nel maglione.

Non dissi niente. Non ce la facevo.

Tutta la situazione mi sembrava impossibile.

Sibilò più forte. Bolle di saliva tra i denti. Un brivido lo attraversò e lui mi fissò, atterrito.

Poi sprofondò in modo lento e penoso sul bordo del divano, cadendo prima alla sua sinistra. Appoggiò il peso su un gomito, poi sull'altro, e infine cadde a terra e calciò via il tavolino.

Emise un terribile lamento. Era evidente che soffriva. Non riusciva ad alzarsi.

Feci come per andare verso di lui, per aiutarlo, poi mi fermai e feci un passo indietro.

*No.*

Poteva comunque farmi del male.

Soprattutto dopo quello che avevo fatto.

*E farebbe del male a Sam.*

Ebbi un tuffo al cuore.

Indietreggiai. Pensai di correre di sopra da Bethany, ma quello di cui avevamo bisogno, ora come ora, era aiuto, aiuto, aiuto.

«Dove stai...? Lucy? Cosa...?» Le sue parole si affievolirono in un grugnito agonizzante.

Girai intorno al divano mentre lui si fissava le mani, con gli occhi spalancati, le labbra ritratte.

Corsi verso la porta d'ingresso.

Era chiusa dall'interno. Col chiavistello.

«Dai, dai.»

Ci armeggiai. Lo scossi, ma le dita bagnate scivolavano sul meccanismo.

Alla fine cedette. L'aria della notte si riversò dentro. Buio e lampioni.

Guardai ancora una volta verso il divano senza vederlo davvero e poi scappai fuori, correndo alla cieca.

E andai a sbattere contro qualcosa d'invisibile, rimbalzando violentemente sulla ringhiera in cima al muro accanto al cancelletto.

Mi aggrappai alla ringhiera prima di colpire le punte dipinte col mento.

Un braccio mi avvolse e mi tirò su.

*Sam.*

Mi fissò con occhi che guizzavano veloci per lo choc e la preoccupazione.

«Oh, grazie a Dio!» Mi gettai su di lui, lo abbracciai, inspirai il suo profumo.

Che sollievo vederlo. Mi lasciai andare contro di lui.

Poi m'irrigidii e lo spinsi via, appoggiandomi alle sue braccia mentre mi alzavo in punta di piedi e scrutavo la strada in entrambe le direzioni.

«Lucy? Cosa c'è? Che succede?»

«C'è qualcuno con te? Hai notato qualcuno che ti seguiva?» Esaminai l'oscurità e i coni di luce dei lampioni, alla ricerca di una figura solitaria che ci osservasse dall'ombra, dietro un albero o un'auto.

«Cosa stai dicendo?»

«Qualcuno ti stava pedinando. Ti ha seguito a casa. Hai visto nessuno?»

«Cosa?»

«Era nel tuo gruppo di sostegno.»

Mi guardò come se stessi straparlando.

Si era messo il gel sui capelli scuri, come sempre. Il suo volto era sereno, non rasato. Indossava la logora giacca di

velluto a coste su una camicia scura a quadri. Portava lo
zaino su una spalla.

Avevo bisogno che capisse quanto fosse urgente la situazione. «Ti ha preso le chiavi di càsa!»

Sam mi fissò, perplesso. Poi si sfilò lo zaino, aprì la cerniera della tasca anteriore e infilò una mano all'interno.
«No, sono qui.» Aprì la mano e sentii qualcosa dentro
di me allentarsi e spostarsi.

Il portachiavi Lego di Luke Skywalker. Le quattro
chiavi.

Un ruggito statico nella mia testa.

Un tuffo nella confusione.

«No. No, non può essere.» Guardai di nuovo la casa,
la porta d'ingresso aperta, la luce che brillava all'esterno
e l'immobilità e il silenzio che si respiravano all'interno.

Un senso d'irrealtà mi attanagliò.

Donovan mi aveva mostrato le chiavi di Sam. Le avevo
viste coi miei occhi. Le avevo tenute in mano.

Donovan avrebbe potuto fare una copia delle chiavi,
mi dissi. Si sarebbe potuto far fare un nuovo mazzo.
Avrebbe potuto comprare lo stesso portachiavi Lego.

*Ecco* cos'era successo.

Il dolore alla testa stava peggiorando. Un fiume di si-
napsi che si attivava e andava in cortocircuito.

Guardai di nuovo lungo la strada. Sembrava inerte.
Vuota.

O la persona che seguiva Sam si stava nascondendo,
oppure – era possibile? – non c'era mai stato nessun inseguitore.

Che Donovan avesse mentito?

Ci pensai mentre Sam infilava di nuovo le chiavi nello zaino.

Donovan avrebbe potuto ingannarmi. Avevo sentito la voce all'altro capo del telefono solo una volta. Ed era robotica. *Falsificata?*

E gli annunci della metro?

Ancora una volta, era possibile che Donovan li avesse preregistrati, che me li avesse fatti ascoltare, che li avesse usati per creare l'impressione che Sam fosse in pericolo e quindi per tenermi sotto il suo controllo.

Avrebbe richiesto un po' di pianificazione, ma non troppa. Aveva già hackerato il nostro campanello, quindi ovviamente ci sapeva fare con la tecnologia. E tutto quello era chiaramente qualcosa che Donovan stava preparando da tempo.

C'era qualcosa di autentico?

«Cosa ti è successo alla testa? Lucy, stai sanguinando. E le tue mani!» Mi prese i polsi e li tirò alla luce del lampione, fissando con stupore il sangue sulle mie dita, nero e appiccicoso come il catrame. «Cosa ti è successo?»

«C'è un uomo in casa.»

«Cosa?»

«Un uomo di nome Donovan. In salotto. È venuto per vedere la casa. Eravamo solo io e lui perché Bethany era in ritardo e lui ha detto che mi stava cercando, che mi aveva trovato.»

«Perché? Non...»

«Non lo so, Sam!» Mi sporsi di nuovo, controllai la strada ancora una volta. «Continuava a parlare di un tetto. Non aveva senso. Puoi chiamare la polizia?»

«Ma non dovrei...?»

«Ha drogato Bethany! L'ha rinchiusa nel mobiletto della mansarda.»

Si rabbuiò. Aveva l'aria inorridita.

«Sam, ti prego. Chiama la polizia e basta.» Gli strattonai la giacca. Tirai fuori il cellulare con veemenza. Glielo misi in mano e lo guardai mentre mi studiava in un silenzio assoluto e deglutiva, poi fece un cenno veloce e sbloccò lo schermo.

Digitò il 999 e fece la chiamata.

«Chiedi anche un'ambulanza», dissi, mentre si portava il telefono all'orecchio. «L'ho pugnalato prima di scappare. È grave. Penso stia per morire.»

## 74

Sam si allontanò per telefonare e io mi accasciai sul muretto. Mi aggrappai alla ringhiera di ferro, senza fiato, scossa, sfiorando il fitto fogliame della siepe di bosso. Mi sentivo svuotata. Disfatta. Il freddo mi pizzicava la pelle mentre una pungente sensazione di paura e incredulità s'impadroniva di me.

Con la coda dell'occhio guardai verso la casa di John e provai un piccolo impeto di sollievo. Almeno avevo tenuto John al sicuro. Forse era qualcosa cui mi sarei potuta aggrappare nei giorni e nelle settimane a venire.

«Stanno arrivando», mi disse Sam, chiudendo la telefonata.

Annuii in maniera rigida. Un retrogusto chimico m'invase la bocca.

Alzai lo sguardo verso il tetto, verso le finestre della mansarda che si aprivano sullo studio di Sam, pensando di nuovo a Bethany. Avevo solo la parola di Donovan che qualsiasi sedativo le avesse dato avrebbe smesso di fare effetto dopo qualche ora. E se avesse mentito anche su quello? E se le avesse fatto qualcosa di veramente terribile?

Solo quando abbassai di nuovo lo sguardo, vidi Sam che si dirigeva verso la porta d'ingresso. «Sam?»

Non mi rispose.

«Sam, cosa fai?»

«Va tutto bene, Lucy.»

« Torna qui. »

« Do solo un'occhiata veloce. »

« Cosa? No. Non puoi. »

Alzò una mano verso di me senza guardarsi alle spalle.

« *Sam.* »

« Hai detto di aver pugnalato qualcuno, Lucy. »

« È pericoloso. »

« Se l'hai pugnalato, dobbiamo controllare se sta bene. »

« L'ambulanza sta arrivando. »

Si voltò. « Sì, e la polizia. Vorrà sapere cos'è successo. Potresti essere nei guai. »

« Guai? » Mi allontanai dalla ringhiera e gli andai dietro. « È stata legittima difesa. Sam, ti prego! »

« Darò solo una sbirciatina. Se possiamo aiutarlo, dovremmo. »

*Aiutarlo.*

Sam voleva sempre aiutare le persone. Era nella sua natura. Curare le persone a pezzi. Ma mostri come Donovan non meritavano il suo aiuto.

« Sam, non capisci. »

Un abat-jour si accese a una finestra due case più avanti sulla destra. Una donna apparve dietro il vetro e mi squadrò.

« Sam. »

Mise un piede all'interno, si fermò e posò piano lo zaino a terra.

« *Sam.* »

Fece un passo cauto, leggermente accovacciato, con le braccia aperte sui fianchi, teso e pronto a reagire a qualsiasi cosa potesse incontrare.

Mi morsi una guancia e tornai a scrutare la strada in entrambe le direzioni.

Poi alzai lo sguardo verso la vicina che osservava da dietro la finestra. Mi guardò confusa per un secondo, poi alzò le braccia e tirò le tende.

Mi avvicinai alle spalle di Sam, urtandolo mentre si teneva al telaio della porta.

Si sporse in avanti e guardò dentro. «Non vedo nulla.»

«È dietro il divano», sussurrai.

Fece un altro passo e io gli rimasi vicino, stringendogli la giacca.

Nella casa non regnava un silenzio inquietante. Sentivo un ronzio. Il frigo-congelatore, forse. O l'elettricità che passava attraverso i cavi nelle pareti.

«C'è nessuno?» disse Sam ad alta voce.

Nulla.

È *morto*, mi dissi, e le parole si scontrarono e caddero come pietre nella mia mente. *Hai ucciso una persona.*

Strattonai Sam, ma lui fece un altro passo in avanti e io con lui. Torsi il collo, però riuscivo appena a vedere il retro del divano. Il tavolino si era spostato di lato, verso il camino, quando Donovan gli aveva dato un calcio mentre cadeva.

«Attento», sussurrai, e mi mossi di lato sulle gambe malferme, trascinando Sam con me. Lo guidai intorno al divano verso la nostra sinistra, in modo che la cucina fosse alle nostre spalle, il soggiorno davanti a noi, la porta aperta sulla strada a destra.

Sbirciai da sopra la sua spalla mentre il salotto si allargava in un arco lento e costante, come una porta che si spalancava.

Il camino e il tavolino inclinato e i frammenti del vaso
e i fiori e l'acqua e il sangue.

Sam s'irrigidì e inclinò la testa di lato.

Il vuoto si aprì sotto i miei piedi.

«Qui non c'è nessuno», disse Sam.

## 75

Mi si annebbiò la vista.

C'erano macchie di sangue dov'era caduto Donovan, ma lui era sparito. Non si vedeva da nessuna parte.

La pressione si accumulò intorno a me e mi soffocò. Avevo paura di girarmi. Paura di muovermi e rompere l'immobilità.

Dov'era? Era salito in mansarda da Bethany?

«Mi fai rivedere le mani?» chiese Sam. «Ora che siamo alla luce?»

«Dobbiamo andare.»

Non rispose. Si limitò ad annuire senza dire niente e a fissare con incertezza i resti del vaso rotto.

«Dobbiamo andare subito, Sam.»

Nella stanza faceva molto freddo. Molto più freddo di prima. Guardai la porta aperta verso l'esterno, avevo la pelle d'oca ovunque.

Sam si avvicinò, mi prese delicatamente le mani e le ispezionò in silenzio, poi mi fece girare la testa e trasse un respiro profondo quando vide il taglio sulla nuca. «Ridimmi come te lo sei fatto.»

E fu allora che capii. Fu allora che me ne resi conto.

Pensava che fossi caduta.

Pensava che avessi sbattuto la testa sullo spigolo del tavolino, che avessi rotto il vaso, che mi fossi procurata una commozione cerebrale, forse.

Pensava che tutto ciò che gli dicevo fosse frutto della mia immaginazione. Un'illusione. Un catalizzatore che aveva trasformato le mie ansie e le mie fobie nella storia di un intruso malintenzionato.

Un brivido mi scese lungo la schiena. Avevo la sensazione di essere osservata.

Non volevo muovermi, ma mi girai comunque verso la cucina.

Non c'era nessuno.

La porta del seminterrato però era ancora spalancata.

Abbassai lo sguardo sul pavimento.

C'erano macchie di sangue sui gradini che portavano in cucina.

Una chiazza sul bordo del piano di lavoro in granito oltre il lavello.

Un'altra goccia vicino ai gradini del seminterrato.

Che Donovan fosse sceso?

Sam mi lasciò le mani e mi passò davanti per tornare all'ingresso. Mise la testa fuori per cercare la polizia e l'ambulanza che aveva chiamato, ma poi scrollò le spalle. Tornò nella zona giorno, questa volta spostandosi dall'altra parte del divano, più vicino al bovindo, come per analizzare le tracce di violenza a terra da una nuova angolazione.

L'aria tra noi si fece tesa.

Tutto pulsava di un'intensità stranamente carica.

L'atmosfera nella stanza. Il sangue nelle mie vene.

Poi l'oscurità s'increspò e Donovan si alzò con un ruggito di dolore da dietro la poltrona e fece scivolare il braccio intorno al collo di Sam.

Sam urlò. I suoi occhi divennero sporgenti. Donovan gli coprì la bocca con la mano libera e le guance di Sam si gonfiarono mentre si contorceva, si dimenava e gemeva. Donovan non lo lasciò andare.

Gli teneva il collo compresso nell'incavo del gomito. Sam gemette più forte quando Donovan gli premette il ginocchio alla base della colonna vertebrale, facendo leva all'indietro.

Il terrore mi rimbombava dentro. I movimenti di Donovan erano precisi. Suggerivano un grado di formazione o esperienza. Ripensai a come mi aveva trattenuto prima. Avevo sperimentato di persona la sua forza e la sua compostezza. Non avevo dubbi che sapesse esattamente cosa faceva.

Ma era emaciato e pallido. Sudava copiosamente, scopriva i denti per il dolore.

Cominciai ad avanzare.

«Non ci provare», mi disse lui, e premette più forte contro la schiena di Sam.

Mi fermai.

Donovan inspirò dalle narici. Il suo volto era teso e contorto. Mi contemplò con uno sguardo penetrante.

Notai che si era tolto il cappotto: il maglione era macchiato di rosso e lacerato nel punto in cui l'avevo pugnalato. Non potevo vedere la ferita in sé perché l'aveva tamponata con una garza e uno strofinaccio appallottolato, tenuto in posizione col nastro adesivo che si era passato intorno al torace, una medicazione approssimativa e rapida.

Le macchie di sangue che avevo visto in cucina avevano senso ora. Non era sceso nel seminterrato. Aveva usato il kit di pronto soccorso che avevo lasciato sul bancone. Il canovaccio era appeso sopra la maniglia del fornello. Aveva senz'altro trovato il nastro adesivo in un cassetto dell'isola della cucina.

Il viso, il collo e i guanti erano sporchi di sangue.

I piedi di Sam si mossero in cerca di un punto d'appoggio sulle assi lucide del pavimento. Affondò le dita nel braccio di Donovan in un tentativo disperato di liberarsi dalla sua presa.

Mi accorsi che non riusciva a respirare. Il suo viso stava già assumendo una tonalità violacea.

«Smettila!» strillai.

In risposta, Donovan strinse più forte la gola di Sam. «Chiudi la porta d'ingresso.»

Le lanciai un'occhiata – era ancora aperta –, poi tornai a concentrarmi su Sam.

I suoi occhi m'implorarono di obbedire. Aveva la faccia lucida, il pomo d'Adamo nella gola sporgeva in modo nauseante.

Avevo paura di muovermi. Paura di non muovermi.

Tutto ciò che contava per me era appeso a un filo.

«Chiudi subito la porta o gli spezzo il collo.»

Donovan tirò la testa di Sam da un lato, come a dimostrazione. Potevo vedere i muscoli che spiccavano come corde nel collo di Sam.

«No», implorai.

«Hai già avuto una concessione stasera, Lucy.» Fece un cenno verso la casa di John. «Non ce ne sarà un'altra.»

Sam batté ripetutamente un piede. Era percorso da brividi. Le sue dita cominciarono a contrarsi.

«Chiudi la porta.»

Volevo sentire il suono delle sirene, vedere lo scintillare delle luci blu. «La polizia sta per arrivare. Saranno qui a momenti.»

«Allora meglio se la chiudi a chiave. Fallo subito. Dico sul serio. Tre secondi o muore.»

Mi mossi.

Il pavimento sembrava morbido e appiccicoso sotto i miei piedi.

Quando raggiunsi la porta, guardai fuori e soffocai un gemito.

Niente sirene.

Niente luci.

Chiusi la porta con mano tremante. Appoggiai il pollice contro il pulsante della serratura a scatto.

Sbattendo le palpebre per non far cadere le lacrime, lo feci scivolare verso l'alto.

*Clic...*

«Girati», mi disse Donovan.

Obbedii e lo fissai, ma feci guizzare gli occhi verso Sam.

Mi attraversò un'intensa ondata di energia disperata. Adrenalina. Cortisolo. I miei riflessi si erano attivati, ma non avevo un posto dove fuggire né un modo per combattere. La lotta era dentro di me, mi dilaniava.

Sam era rigido e immobile, aggrappato all'avambraccio di Donovan per non cadere, perché la parte superiore del corpo era inclinata all'indietro.

I suoi occhi si spostavano senza sosta tra noi, frenetici e imploranti.

«Vai in cucina», disse Donovan.

Le guance di Sam fremettero. Il sudore gli colava dal viso e dalla fronte. Da dietro la mano di Donovan provenivano versi gutturali.

«Lascialo andare.»

«In cucina», ripeté Donovan. «Subito.»

Scossi la testa – una scusa silenziosa a Sam – e cominciai a muovermi. Raggiunsi i gradini che portavano alla cucina e li scesi.

«Siediti su uno di quegli sgabelli.»

Con la coda dell'occhio scorsi la porta aperta del seminterrato, ma mi assicurai di non guardarla direttamente mentre superavo in fretta e furia l'isola della cucina.

L'ultima cosa che volevo era attirare l'attenzione di Donovan su di essa, fargli pensare di scendere lì sotto.

«Siediti.»

Mi abbassai sullo stesso sgabello di legno su cui mi ero messa prima, quando lui era salito con Bethany. Lo sentivo duro e inflessibile sotto di me.

Avvicinai le mani al piano di lavoro in granito. Allargai le dita. Erano appiccicose di sudore e così vibranti di energia nervosa che il mignolo destro si contraeva di sua iniziativa. «Devi lasciarlo andare. Ti prego. Non riesce a respirare.»

Mi osservò per un altro istante: una strana curiosità gli illuminò gli occhi, poi aprì le braccia e si fece indietro, lasciando cadere Sam.

Lui ansimò. Inarcò la schiena. Tossì con violenza e si mise in ginocchio, con la saliva che gli colava dalle labbra, il petto e i polmoni che fremevano e un orrendo rantolo secco che gli usciva dalla gola.

Donovan si premette la ferita e fece una smorfia, poi si passò il dorso della mano sulla bocca. Una striscia di sangue gli segnò la guancia. Dopo essersi preso un altro momento per ricomporsi, si diresse verso la porta d'ingresso e usò le sue chiavi per far scattare la serratura e chiuderci dentro. Poi rimise le chiavi nella tasca destra dei pantaloni prima di chinarsi – con un verso rauco di dolore agonizzante – e perquisire rapidamente Sam finché non trovò il cellulare.

Dopo averlo confiscato, Donovan tirò Sam per il collo della camicia, trascinandolo in avanti mentre lui si dimenava, finché non raggiunsero la cima dei gradini che portavano in cucina e non lo gettò giù.

Sam si contorse e colpì il pavimento col fianco, scivolando di lato, poi scattò in piedi e barcollò, allontanandosi dall'aggressore verso il muro di mattoni nudi dietro di me, alla mia sinistra.

Con la coda dell'occhio lo vedevo ansimare con una mano sul petto e l'altra che si tastava la gola, massaggiando i lividi e i segni sulla pelle mentre contemplava Donovan con occhi pieni di paura.

Donovan lo guardava con freddezza. Si premette di nuovo la mano sul fianco e scese le scale con cautela, per poi spostarsi dal lato opposto dell'isola della cucina rispetto a me. Si voltò goffamente verso le credenze lungo il muro.

Aprì lo sportello del microonde.

Potevo vedere il mio cellulare all'interno e un altro telefono, forse quello di Bethany.

La cover di plastica era piena di bolle e buchi. Si sprigionò un terribile odore di sostanze chimiche bruciate.

Donovan ci gettò dentro il cellulare di Sam, sbatté lo sportello, premette i pulsanti. Il forno a microonde si avviò.

Mentre Donovan si voltava verso di noi coi lineamenti contorti dal dolore, i nostri telefoni tremolarono e scintillarono nel microonde dietro di lui.

Ci fu uno schiocco frizzante. Un rivolo di fumo.

« Un consiglio. » Parlava a denti stretti. « Non scaldate mai un cellulare per più di un minuto. Di norma bastano dieci secondi per interrompere il segnale. Non vorremmo mica appiccare un incendio, vero? »

Il microonde emise un ultimo *bip* e si oscurò del tutto, salvo per un breve sfrigolio blu proveniente dall'interno. Donovan aprì un cassetto dell'isola.

Sentii un tonfo e un tintinnio, poi lo vidi estrarre un coltello.

Mi sentii sprofondare.

Il coltello aveva un manico corto rivestito in gomma e una lunga lama. Non era un utensile che usavamo spesso: ecco perché era rimasto nel cassetto insieme col nastro adesivo. Sam l'aveva comprato per capriccio in un grande magazzino diversi mesi prima. L'aveva usato per preparare qualche piatto di carne, dopodiché il coltello era rimasto dimenticato nel cassetto.

Tentai di non sembrare troppo spaventata, ma era difficile.

Sapevo che la lama era affilata come un rasoio, o peggio. Dalla maniera in cui Donovan la inclinava alla luce con uno sguardo rapido e attento, era evidente che anche lui lo sapeva bene.

Non avevo idea di quanto sangue avesse perso, però sembrava che stesse molto male. Aveva un aspetto esausto e malaticcio, il viso esangue e tirato, il collo lucido di sudore. Il sangue filtrava attraverso il canovaccio che si era legato al fianco, gocciolando lentamente sul pavimento. Ma qualcosa lo spingeva a proseguire. Non aveva intenzione di cedere né di lasciarci andare.

Ritrassi le mani dal piano di lavoro con molta cautela e me le misi sulle ginocchia. Accanto a me, Sam rabbrividì come se fosse finito sotto una doccia gelata, poi mormorò qualcosa che sembrava una preghiera silenziosa mentre si appoggiava contro i mattoni a vista dietro di lui. Gli si era sfilata la camicia dai pantaloni. I pantaloni attillati erano scesi verso il basso, lasciando scoperto il bordo dei boxer.

I capelli appiccicosi erano spettinati, le labbra lucide di saliva. «Perché sei qui?» chiese a Donovan. «Cosa vuoi?»

Ma Donovan non gli rispose. Si limitò a sollevare il coltello e si accigliò a causa di una nuova fitta di dolore. S'ispezionò la ferita al fianco. «Non dovevi pugnalarmi, Lucy. Fa davvero male.»

*Non abbastanza.*

Lanciai uno sguardo furtivo alla porta d'ingresso, in attesa delle sirene, dello stridio dei freni, del tonfo delle portiere delle auto.

«Cosa farai quando arriverà la polizia?»

Donovan si fermò e mi studiò con finta sorpresa. «Sam?» Agitò la lama del coltello verso di lui. «Vuoi spiegarglielo tu o devo farlo io?»

Sam non rispose subito, il che mi preoccupò.

Capivo perché esitasse. Capivo che era sconvolto e spaventato, e forse aveva paura che, se avesse saputo che la polizia stava arrivando, Donovan avrebbe potuto farsi prendere dal panico e attaccarci col coltello.

Forse pensava che, se avesse temporeggiato fino all'arrivo della polizia, gli agenti avrebbero saputo gestire la situazione meglio di noi.

O forse stava cercando di capire Donovan, valutarlo, decifrarlo. Sam aveva una mente analitica e aveva esperienza nel trattare con persone che soffrivano di fobie e illusioni. Sapevo che era già stato nella stessa stanza con individui imprevedibili e pericolosi.

Ma avevo bisogno che parlasse.

Avevo bisogno che mi sostenesse.

«Sam?»

Mi lanciò uno sguardo furtivo, poi deglutì e scrutò di nuovo Donovan, come se stesse cercando un significato segreto dietro le sue parole.

Qualcosa gli balenò dietro gli occhi. Qualcosa che non riuscivo a interpretare.

«Sam?»

Deglutì di nuovo. Quando parlò, la sua voce era roca e impaurita. «Scusa, Lucy.»

Lo fissai, e dentro di me sentii un rombo. Una scossa di avvertimento.

Non mi ero mossa. Lo sgabello non si era mosso. Lo sapevo con certezza, ma per un attimo ebbi la folle sensazione che stesse vacillando. «Sam?»

«Merda. Oh, merda.» Si tirò i capelli e si passò le mani in faccia. «Ho... fatto un casino. Non ho chiamato nessuno. È che pensavo...»

Non disse altro. Non ce n'era bisogno.

Capii il terribile errore di calcolo che aveva fatto.

«È solo che, dato il tuo recente atteggiamento, i tuoi attacchi di panico e la tua ansia per la vendita della casa... lo sai che ti lasci trascinare e ti ossessioni e... sembravi proprio fuori di te quando sono tornato a casa...»

Non risposi.

Non dissi nulla.

La mia mente andò alla telefonata che Sam aveva fatto fuori. Pensai a come si era allontanato da me per parlare col 999 mentre io ero piegata in avanti, aggrappata alla ringhiera.

Solo che non aveva parlato con nessuno.

Aveva solo finto di chiamare.

Mi sentivo la testa leggera: guardai di nuovo verso la porta d'ingresso e poi fissai con un forte senso di stordimento la zona giorno.

Pensai a come Sam era entrato in casa prima di me, mentre io gli avevo afferrato la giacca da dietro, come aveva contemplato il tavolino spostato, il vaso rotto e il sangue e come mi aveva domandato di nuovo in che modo mi fossi fatta male alla testa.

*Non ti ha creduto.*

*Non ti ha mai creduto, fin dall'inizio.*

La cosa mi scombussolò. «Non verrà nessuno?» Facevo ancora fatica a capacitarmene. «Siamo soli?»

«Be', non è del tutto vero.» Donovan prese il coltello con l'altra mano e tirò fuori il telefono dalla tasca dei pantaloni. Diede un'occhiata allo schermo e fece un piccolo verso di apprezzamento, senza spiegarne il motivo.

«Di cosa parli?» gli chiese Sam.

«Del motivo per cui sono qui. Del motivo per cui tu sei qui, Sam. E anche del perché *Louise* è qui con noi.»

## 79

Non riuscivo a capire se Donovan si fosse accorto di aver sbagliato il mio nome.

Sembrava un errore involontario. Un lapsus, forse causato dalla perdita di sangue e dalla sofferenza. Louise invece di Lucy. Come se si fosse espresso male e non l'avesse notato. Come se la sua concentrazione cominciasse a venire meno.

Ma quando non disse altro, quando rivolse di nuovo la sua attenzione a me, sudato, pensieroso, in attesa di una reazione, cominciai a capire che l'aveva detto apposta. In maniera mirata.

«Non mi chiamo così.»

Non rispose. Si limitò a fissarmi e si passò il pollice sul labbro superiore sudato.

«Hai detto Louise.»

Di nuovo, non rispose.

«Io mi chiamo Lucy.»

Sentivo un ticchettio sommesso nella stanza. Veniva dall'orologio a muro sopra Sam, ma poteva anche essere dentro la mia testa.

Lanciai un'occhiata confusa a Sam. Era inchiodato contro il muro, il corpo teso, il volto sbiancato, gli occhi enormi.

Scosse la testa.

Tutti e due avevamo percepito che avevamo a che fare con una persona che si stava comportando in modo sempre più squilibrato. Sam era più esperto di me, ma immaginai che fosse possibile che Donovan avesse un episodio psicotico.

Ma poi mi venne in mente un'altra possibilità. Una molto più ovvia.

«Mi hai scambiato per qualcun altro.» Spostai lo sguardo da Donovan a Sam, mentre la mia convinzione cresceva; avevo bisogno che entrambi lo capissero. «Non ci arrivi? Non sono chi tu pensi che sia. Hai commesso un errore.»

Più ci pensavo, più aveva un senso schiacciante.

Le analisi del sangue. Quelle del DNA. Aveva detto di voler verificare che fossi io la persona che stava cercando.

Ma ciò implicava un elemento di dubbio da parte sua. Significava che sapeva che c'era la possibilità di commettere un errore.

«Hai preso la persona sbagliata. La casa sbagliata. Tutto quanto. Ti sei sbagliato.»

Donovan mi contemplò a lungo, il mento alzato, le narici che fremevano, come se annusasse lo sgradevole odore dei nostri telefoni messi nel microonde. «Hai paura del seminterrato?»

*Questo no.*

Allungai una mano verso Sam.

Lui la prese e me la strinse. «Soffre di claustrofobia.»

«E tu lo sai bene?» disse Donovan.

«Sì.»

«Perché sei un esperto? Ho letto alcuni dei tuoi lavori, Sam. I tuoi articoli accademici.»

Sam mi diede un'altra stretta alla mano. «Questo dovrebbe intimidirmi?»

Gli rivolse uno sguardo severo. «No. Ma è chiaro che t'intimidisce, eccome. Hai scritto questo pezzo. Parlava di come alcune fobie abbiano un semplice elemento scatenante mentre altre sono molto più complesse. Sto parafrasando, però credo che il punto fosse che le ragioni possono essere molteplici. Un incidente nell'infanzia sovrapposto a un altro trauma, per esempio. Oppure strati di traumi multipli. Possono confondere il quadro generale. Ingarbugliarlo.»

«Può capitare, sì.»

«Interessante.» Donovan riportò la sua attenzione su di me. «Ho guardato nel tuo armadietto dei medicinali. Nel bagno della camera da letto. Prendi un sacco di farmaci.»

Mi limitai a fissarlo. Si trattava di un'altra invasione e, anche se non avrebbe dovuto irritarmi, lo fece comunque.

«Per l'ansia?»

«Non sono affari tuoi.»

«Prescritti dal medico di base?»

Non dissi nulla.

«Li compri tu?»

Ci pensava Sam. Di solito. C'era una farmacia vicino all'università. Ma non gliel'avrei detto.

«E ora cosa succede?» chiese Sam.

«Mmm?»

«Ti ho chiesto: ora cosa succede? Cosa vuoi da noi?»

«Ora?» Mi squadrò di nuovo. «Ora facciamo in modo che Louise ci dica la verità.»

Ebbi un tuffo al cuore.

Sembrava fissato su questo punto. Avevo paura che ormai fosse impossibile ragionare con lui. Ero terrorizzata che non avessimo via di scampo.

La polizia non sarebbe venuta. Sam non l'aveva chiamata. Ero furiosa con lui per avermi mentito; ero ferita, umiliata. Come aveva potuto non fidarsi di me? Come aveva fatto a non capire che non era frutto della mia immaginazione?

Sapevo che ultimamente le mie ansie stavano aumentando a dismisura. Mi rendevo conto che si trattava di qualcosa che non riuscivo a gestire, nonostante la guida e l'aiuto di Sam e, sì, i farmaci che prendevo. Quello che non avevo capito fino a quel momento era quanto Sam fosse preoccupato per me. Non mi ero accorta che le cose si fossero fatte *così* gravi.

Al di fuori di quelle mura, l'unica persona a conoscenza della nostra situazione era John, ma la sua mente era tutta ingarbugliata e confusa. Il mio litigio con Donovan l'aveva turbato e angosciato tanto da spingerlo a lasciare il soggiorno, ma non avrebbe dato l'allarme ora che eravamo usciti da casa sua.

*È colpa tua.*

*Devi escogitare qualcosa. Qualsiasi cosa.*

*Devi tirarti fuori da questo abisso.*

«Oliver Downing», disse Donovan.

«Chi?»

Grugnì e scosse la testa minacciosamente, con un atteggiamento che lasciava intendere che era furioso.

«Senti, è ovvio che non sappiamo chi sia», replicò Sam.

«DNA.»

«Come, scusa?»

Fece una smorfia e cambiò postura, prendendosi un momento per esaminare la fasciatura improvvisata che aveva applicato alla ferita. Si vedeva che era preoccupato per il sangue che stava perdendo. Chissà se questo avrebbe reso le sue azioni ancora più avventate.

«Ho preso un campione di DNA. Da Louise. Il messaggio che ho appena ricevuto era un aggiornamento dal laboratorio cui l'ho inviato. Non dovrebbe volerci molto per avere dei risultati preliminari. Un lavoro frettoloso, certo. Non è una prova che reggerebbe in tribunale. Ma sarà sufficiente per dirmi se il campione corrisponde al DNA trovato sulla scena.»

«Quale scena?» chiesi.

Mi guardò. «La scena del crimine. Sul balcone. Sul tetto.» Aveva il volto contratto, la voce tesa. Era chiaro che tutto questo aveva una grande importanza per lui. Si vedeva quanto era coinvolto.

Ma non sapevo cosa avesse a che fare con me.

«Qualcuno è caduto?» gli chiese Sam.

«Oliver è caduto.»

«E pensi che questo abbia qualcosa a che fare con Lucy?»

«Con Louise. Sì.»

«Perché?»

«Perché è il mio mestiere, Sam. Perché è ciò che sono. Sono un agente dei servizi segreti dell'esercito britannico. Sono appena tornato da un lungo incarico all'estero. La mia specialità è reperire informazioni. Di solito si tratta di cose che altre persone non vogliono che io trovi. In parole povere, sono un investigatore. Uno specialista. E, come ogni investigatore, seguo gli indizi. E in questa occasione tutti gli indizi mi hanno portato in un unico luogo. Qui. Da Louise.»

Scoccai un'occhiata a Sam. Sembrava smarrito quanto me.

*Un agente dei servizi segreti.* Che fosse la verità?

Ripensai al comportamento di Donovan da quand'era arrivato a casa nostra. Pensai al suo modo di agire. Alla sua postura. C'erano stati momenti in cui era stato violento, e molto, ma non avevo anche avuto la sensazione che si stesse trattenendo, come se stesse seguendo qualche tipo di regola o codice?

Chissà se era dovuto all'addestramento militare. In effetti, questo spiegava anche come fosse stato in grado di sopraffare e drogare Bethany così rapidamente, come mi aveva disarmato quando mi ero scagliata contro di lui con le chiavi, la presa con cui aveva bloccato Sam, persino il modo in cui mi aveva interrogato e pressato. Ma cosa c'entrava tutto questo con noi?

«Devi ascoltarmi», dissi lentamente. «Se quest'uomo...»

«Oliver.»

«Se è caduto, io non c'entro.»

«Il tuo DNA dimostrerà il contrario.»

Non lo degnai di una risposta. Cominciavo a pensare

che fosse inutile cercare di ragionare con lui. Era meglio concentrare la mia attenzione su altre cose.

Come il coltello che aveva preso dal cassetto. Era sul piano di lavoro e la sua mano era posata sul manico.

Ma non era una presa salda.

Sembrava più preoccupato dalla ferita che gli avevo inferto. L'aveva di nuovo coperta con l'altra mano, il volto contratto, sbuffando, imprecando sottovoce.

Eravamo a soli tre metri di distanza.

Avevo i piedi sulla traversa di metallo dello sgabello.

Guardai di nuovo il coltello e inclinai leggermente i piedi in avanti, esercitando una certa pressione sulla parte anteriore.

«A proposito, era sotto le unghie.» Donovan chiuse la mano sul manico e lo fece scivolare dal piano di lavoro. «Solo tracce, ma sufficienti. Questo mi dice che ha graffiato il suo aggressore. Con forza. Quando lei lo ha spinto. Prima che morisse.»

Qualcosa si accartocciò dentro di me.

La cicatrice sul braccio s'irrigidì all'improvviso. Sapevo che non poteva vederla in quel momento. Ma ovviamente l'aveva vista prima, quando aveva arrotolato la manica del mio maglione e mi aveva infilato un ago.

E dal modo in cui mi fissava – quasi come fossi trasparente – capii cosa mi stava dicendo davvero.

«È morto?» chiesi.

«Sì.»

«Io non ho niente a che fare con tutto questo.»

«Se fosse vero, la polizia sarebbe intervenuta», aggiunse Sam.

«Oh, hai ragione, e lo ha fatto.»

« E quindi? »

« E quindi niente. Oliver è salito sul tetto con una donna misteriosa. I testimoni lo confermano. La polizia ha ottenuto una descrizione, ma nessuno sapeva chi fosse. Era
una grande festa. C'era un sacco di gente. »

Un po' della mia sicurezza venne meno.

*Una grande festa.*

*Un sacco di gente.*

L'inquietudine si fece largo dentro di me. La cicatrice
sul braccio sembrò contrarsi.

Ripensai ai miei vuoti di memoria. Alle lacune.

*Un giorno ti tornerà tutto in mente.*

Ma non ricordavo un tetto. Tutto ciò che ricordavo, e
solo a malapena, erano la musica e le luci e l'aggressione
nel bagno.

*E il tuo braccio.*

*Il graffio che non riesci a spiegarti.*

E poi un altro pensiero. All'improvviso.

« Che aspetto aveva? Oliver? »

Donovan rifletté sulla mia domanda. Si prese tutto il
tempo necessario, appoggiando la punta del coltello sul
piano di lavoro e facendola ruotare da una parte all'altra.
Poi prese il telefono e lo toccò più volte col pollice. Fece
scorrere il dito sullo schermo per un attimo, poi lo toccò
di nuovo.

Lo girò per mostrarmi lo schermo, nello stesso modo
in cui lo aveva girato prima quando mi aveva mostrato
la foto che mi aveva scattato al piano di sopra.

Solo che stavolta lo schermo era macchiato di sangue e
l'immagine che mostrava era molto diversa.

Mi ritrovai a fissare la fotografia di un bel ragazzo con

abiti sportivi. I suoi capelli erano scompigliati dal vento. Aveva la pelle arrossata. Sorrideva e alle sue spalle s'intravedeva una brughiera. Ebbi l'impressione che la fotografia fosse stata scattata durante un'escursione.

Vederlo fece aumentare il tumulto nel mio sangue.

Non lo riconoscevo. Non era nulla di così semplice o concreto. Ma provai *qualcosa*. Un'agitazione. Un senso intangibile di connessione.

Nella mia testa si formò una pressione, come l'inizio di un'emicrania. Uno strano formicolio sulla pelle.

E poi un lampo di luce dietro gli occhi. Incandescente. Accecante.

E... *qualcosa*.

«Cosa c'è?» chiese Donovan. «Cosa succede?»

Gemetti. Premetti la mano contro il lato della testa.

Non volevo svenire di nuovo.

Non potevo.

Ma percepivo anche di essere vicino a qualcosa.

«Parlami.»

Scoprii i denti e scrutai di nuovo la fotografia. L'uomo che vi compariva, Oliver, sembrava alto e fisicamente imponente. Come la figura sfocata e scura che mi aveva aggredita.

Con la voce metallica e stridula.

*«Ti stavo osservando.»*

Un altro lampo doloroso.

E un guizzo di oscurità al di là.

Nella mia mente intravidi una visione sbiadita e indistinta di un volto, di movimenti, di qualcuno che mi si avvicinava.

Era possibile che Oliver fosse l'uomo che mi aveva aggredito nel bagno?

«Louise?»

Trasalii e mi massaggiai le tempie.

Non sapevo se fosse possibile, ma, se fosse stato Oliver, allora avrei potuto spiegare qualcos'altro. Parte del motivo per cui l'attacco era stato così spaventoso era perché era stato apparentemente senza motivo. Ma forse lo era stato perché l'uomo che mi aveva aggredito era squilibrato. Forse aveva reagito con violenza perché quello era stato il preludio a una crisi più grave. «Come fai a sapere che l'hanno spinto?»

Donavan s'irrigidì. «Stai insinuando che si sia buttato?»

«Sì.»

«Anche la polizia l'ha detto. Oliver aveva dei problemi. Una storia di depressione clinica. Hanno deciso che quel sangue gli sia finito sotto le unghie in un altro modo.»

*A causa mia. Dopo ciò che mi è successo in quel bagno.*

«Così hanno smesso di cercare.» La sua mascella s'irrigidì mentre metteva via il telefono. Continuò a squadrarmi intensamente mentre smettevo di strofinarmi le tempie e abbassavo le mani. «Nessuno ha indagato a fondo finché non sono tornato dal mio incarico.» Fece ruotare ancora un po' il coltello, la lama che sfregava contro il granito. «Ma so che non si è buttato. So che stava cercando di risolvere i suoi problemi. E aveva molto per cui vivere. Tutto ciò che un ragazzo potrebbe desiderare. Si era appena trasferito in un appartamento dove conviveva con sua sorella. Con *mia* sorella. Ecco perché so che devono averlo spinto. Perché Oliver era mio fratello.»

Scesi dallo sgabello.

Non sapevo perché.

Forse percepivo che la situazione era ancora più imprevedibile, ora che era una questione personale per Donovan.

O forse l'istinto mi diceva che dovevo cambiare la dinamica. Attirare la sua attenzione altrove.

Cosa che feci rovesciando accidentalmente lo sgabello mentre scendevo.

Mi accasciai e stavo per cadere, ma Sam afferrò in tempo me e lo sgabello.

«Mettiti a sedere», mi ordinò Donovan.

Non dissi di no, ma nemmeno obbedii.

Mi staccai da Sam e mi avvicinai al piano di lavoro, spostandomi a destra, lontano dall'estremità dell'isola da cui Donovan mi stava osservando.

La testa era troppo pesante sulle spalle. Le tempie mi pulsavano. Mi sentivo male e avevo caldo.

L'appartamento.

La festa.

Il graffio sul braccio.

Avevo la sensazione di avere sbrogliato la matassa, poi s'ingarbugliò di nuovo.

Provai a concentrarmi. Cercai di superare l'ostacolo

nella mia mente e ricordare con maggior chiarezza cosa mi era capitato.

Ma non ci riuscii.

L'ostacolo rimase al suo posto, ostinato.

Nella mia mente, era una pellicola elastica bianca. Opaca, con ombre che si muovevano dall'altra parte, ma i dettagli rimanevano nebulosi e vaghi, indecifrabili. Potevo spingere sulla pellicola, punzecchiarla, però si deformava e rimaneva intatta. Non riuscivo a trapassarla per vedere cosa c'era dall'altro lato.

*Un giorno quella pellicola cederà.*

Me l'aveva detto Sam. Quello che non mi aveva detto era se sarei ceduta insieme con essa.

Mi sentivo come se ci fosse un vortice impazzito nel mio cervello. Un'energia febbrile. Un ronzio come il tamburo di un'asciugatrice che gira senza controllo.

*Oliver. Oliver Downing.*

Ripetei il nome nella mia testa, ma non fece nessuna differenza.

Non significava nulla per me.

Mi spostai più avanti lungo il piano di lavoro, una mano dopo l'altra, oltrepassando lo sgabello successivo.

Mi stavo avvicinando all'estremità dell'isola. Alle portefinestre dietro di me e al giardino al di là.

Ma, quando scoccai un'occhiata alle porte, vidi qualcosa che mi fece gelare il sangue nelle vene.

La chiave era sparita. Doveva averla presa lui.

Non potevo precipitarmi nel giardino sul retro e chiedere aiuto. E, anche se fossi uscita, non sarei riuscita a scappare per dare l'allarme. I pannelli di recinzione che avevamo installato erano troppo alti.

«Sai...» Donovan spostò l'attenzione su Sam. «Mio fratello era uno studente all'LSE. Economia, non Psicologia. Vi siete mai incontrati?»

«No. Non credo.»

«Me lo domandavo. Perché aveva dei problemi, come ho detto. E questo mi ha fatto pensare: dove potrebbe essere andato Oli a cercare aiuto? E poi ho scoperto i tuoi gruppi di sostegno. Ho anche mandato un'e-mail. Magari l'hai vista?»

«Non possiamo discutere dei gruppi di sostegno. Politica dell'università. Ci sono regole sulla privacy.»

«È più o meno quello che diceva la risposta che ho ricevuto. Era di un'amministratrice del tuo dipartimento. Ho provato a parlarle al telefono, a spiegarle la situazione, l'ho persino incontrata di persona. Mi ha detto che chi s'iscrive ai tuoi gruppi di sostegno deve firmare un modulo di consenso, ma non mi ha permesso di vederlo.»

Sam deglutì. Sembrava davvero non capire dove Donovan volesse arrivare.

«Però io sono un tipo ostinato e ho aspettato la fine di uno dei tuoi gruppi di sostegno. Ho pensato di parlarti direttamente, ma non subito. Invece ti ho osservato, ti ho seguito fino a casa. Per nessuna ragione particolare, solo abitudine. Sono abituato a raccogliere informazioni. Di solito gran parte è inutile. La prima cosa che ho notato era che la tua casa era in vendita. La seconda cosa che ho notato era che non ci vivevi solo tu.» Frugò nella tasca dei pantaloni e tirò fuori un pezzo di carta stropicciato. Era azzurro con finitura lucida. Piegato fino a raggiungere le dimensioni di una carta di credito.

Lo lanciò verso di me.

Volteggiò in aria, superò il lavandino, colpì il piano di lavoro, rimbalzò e scivolò verso di me.

«Che cos'è?»

«Dai un'occhiata.»

Scambiai uno sguardo intenso con Sam.

Teneva ancora lo sgabello, un po' distrattamente, quasi come se si fosse dimenticato di averlo preso. Vidi un solco profondo formarsi in mezzo alle sue sopracciglia. Un guizzo d'inquietudine agli angoli della bocca.

Presi il pezzo di carta e lo dispiegai con cura, le mani tremanti.

«Era in camera di Oliver», mi disse Donovan. «Dopo la sua morte hanno imballato le sue cose. Sono stato il primo a farci caso.»

Era il volantino di un'attività.

La carta era di alta qualità. Il font era semplice ma elegante. Era stato piegato così tante volte che c'erano diverse grinze. I bordi erano malridotti e frastagliati.

LOUISE PATTON HOME & INTERIOR DESIGN

E sul davanti c'era... una *mia* fotografia. Il mio volto.

Solo che avevo un aspetto molto diverso. Avevo i capelli lunghi e legati in una coda di cavallo. Indossavo una camicetta e un blazer professionali, un sorriso ampio e sicuro.

«Non capisco.»

«Che cos'è?» chiese Sam.

Lo alzai e glielo mostrai. Sul davanti c'erano anche l'indirizzo di un sito web e un numero di telefono.

Il dietro era vuoto.

Dopo averlo guardato per qualche secondo, Sam rivolse a Donovan lo stesso sguardo confuso che si era formato sul mio volto.

«Sei stato tu a farlo?» gli chiesi.

Donovan si limitò a osservarmi. Aveva le labbra serrate. Non riuscivo a capire se fosse perché si stava concentrando su qualcosa o se stesse sopprimendo un'altra fitta di dolore.

«Questo dovrebbe convincermi di qualcosa?» continuai. «Perché non sta funzionando.»

«Il sito non esiste più», spiegò Donovan. «Il numero di cellulare è disconnesso.»

Sam si spostò un po' alla destra di Donovan, il quale sollevò all'istante il coltello e lo puntò contro di lui, facendo ruotare la lama.

«Che ne dici di posare lo sgabello, Sam?»

Sam lo guardò, senza stupore, poi posò lentamente lo sgabello e alzò le mani in segno di resa.

Donovan tornò a concentrarsi su di me, disegnando piccoli cerchi in aria con la punta della lama. «Ho fatto qualche ricerca su Louise Patton. Ho parlato con alcuni dei suoi ex clienti. Una di loro era contenta ma un po' frustrata di sentirmi. Ha detto che aveva appena iniziato un lavoro per lei quando ha smesso di rispondere ai suoi messaggi. Alla fine si è arresa e ha assunto qualcun altro.»

«Questo non è mio. Non so dove l'hai preso. Non l'ho mai visto prima.»

«La cliente mi ha anche detto che era arrivata al punto di cercare Louise al lavoro. Ha detto che lavorava part-time in un negozio di arredamento a Tottenham Court Road.»

Non lo degnai di una risposta.

Non aveva senso.

« Ho portato il volantino in quel negozio. L'ho fatto vedere alla direttrice. Ha confermato che lavoravi lì. Ma ha detto che ti sei licenziata. Per messaggio. Ha detto di avere provato a contattarti. Ha lasciato un messaggio in segreteria. Non ha mai ricevuto risposta. Non era la prima volta che le capitava. Le persone si licenziano in modi strani, a volte. »

Scossi la testa.

Avevo lasciato il mio lavoro quando mi ero trasferita da Sam, ma avevo parlato con Corinne, la mia manager. Mi aveva augurato ogni bene e mi aveva detto che sarei stata sempre la benvenuta in futuro se le cose non fossero andate bene.

« Chiedimi quand'è stato inviato il messaggio », disse Donovan.

Lanciai un'altra occhiata a Sam.

C'era qualcos'altro sul suo volto.

Non solo preoccupazione, ma uno sguardo perplesso di angoscia e inquietudine.

« No? Allora te lo dico io. È stato inviato il giorno dopo che mio fratello è stato spinto giù da quel tetto. »

Lasciai cadere il volantino.

Finì sul piano di lavoro mentre arretravo ancora di più dall'estremità dell'isola della cucina.

Non capivo. Non sapevo cosa sperasse di ottenere.

«Lucy?» chiese Sam.

La sua voce era diversa. Incerta. Lo guardai e sentii che qualcosa dentro di me cominciava a disintegrarsi.

L'espressione perplessa e spaventata sul suo volto si era trasformata in qualcosa di più simile al panico e al dubbio. Si afferrò di nuovo i capelli. «Lucy, cosa significa? Cosa succede?»

«È una trovata. Una bugia.» Fissai furibonda Donovan, ignorando il volantino, sfidandolo a dire qualcosa di più.

Lui ricambiò lo sguardo con ostinazione. «Louise. Si chiama Louise.»

Gli occhi mi si velarono di lacrime.

Il ronzio dentro il cranio stava diventando più forte, più intenso. Non solo mi rendeva difficile ascoltare i miei stessi pensieri, ma anche fidarmi di loro.

Non mi piaceva il modo in cui Donovan mi osservava. Non voleva distogliere lo sguardo. Sembrava che stesse usando ogni trucco che gli veniva in mente per esercitare sempre più pressione, nello stesso modo in cui mi aveva stretto il polso al piano di sopra.

«Sam, sta mentendo.»

Ma un altro pezzo del mio cuore sembrò accartocciarsi e sfaldarsi quando vidi il modo in cui Sam mi guardava.

Era angosciato, sconvolto e spaventato. Però era anche evidente che aveva difficoltà a fidarsi di me.

E spostava lo sguardo da me a Donovan, in continuazione, come se si domandasse se fossi davvero chi dicevo di essere, se davvero non sapessi cosa stesse succedendo, perché Donovan fosse in casa nostra.

«Lucy?» Chiuse gli occhi per un secondo, come se non riuscisse a credere a quello che stava per dire. «Senti, se hai qualcosa da dirmi, se c'è qualcosa di vero in tutto questo... Cristo.» Abbassò la mano dai capelli e se la portò alla nuca. «Cioè... è armato.»

Due paroline che però dicevano molto di più.

Perché non solo Sam mi ricordava che Donovan aveva un coltello. Era anche il suo modo di dire che non voleva che Donovan lo usasse su di me o su di lui.

Soprattutto se l'avevo ingannato.

Soprattutto se, dicendo la verità, avrei potuto in qualche modo ridurre il pericolo in cui ci trovavamo.

*È armato.*

Ed era proprio quello il punto, no?

Donovan era armato, quindi aveva il potere. Poteva dire quello che voleva su di me, per quanto scandaloso, e il coltello avrebbe dato credibilità alle sue parole.

Poteva trasformarmi in una bugiarda agli occhi di Sam. Un'assassina. Un'impostora.

Ecco perché aprii il refrigeratore di fronte a me e presi una bottiglia di vino bianco per il collo.

Sollevai la bottiglia di vino fino alla spalla, tenendola come una clava, e feci il giro dell'isola della cucina finché non mi trovai di fronte a Donovan. Solo pochi passi ci separavano.

«È una pessima idea», mi disse Donovan.

Probabilmente lo era. Se avessi pensato con lucidità, se fossi stata calma, forse non l'avrei fatto.

Ma non stavo pensando con lucidità. Non ero calma.

Ero esausta. E spaventata.

E non sopportavo più quella situazione.

«Metti giù la bottiglia. Pensa a tutto quello che ti ho detto. Pensa a Oli.»

Non posai la bottiglia.

Il vetro verde era coperto di condensa, freddo e scivoloso. E avevo già pensato troppo.

Donovan mi valutò per un attimo con attenzione, poi tese lentamente il coltello davanti a sé. Era piegato sul fianco destro e usava l'altro braccio per coprire la ferita. «Non ti conviene farlo.»

Tremavo. Mi sentivo spossata e fragile, come se mi trovassi in mezzo a una burrasca.

Alle mie spalle c'era la porta aperta del seminterrato. Sentivo fuoriuscire l'oscurità, mi avvolgeva le caviglie, mi trascinava.

Feci un piccolo passo.

«Lucy, sta' attenta.» La voce di Sam era tesa e acuta. Sembrava molto insicuro e molto spaventato.

Donovan si girò per guardarlo con espressione pensosa. Anche il coltello si spostò.

Sam allungò lentamente la mano verso lo sgabello della cucina. Mettendo le mani intorno al sedile, lo sollevò di qualche centimetro da terra e lo tenne con cautela, inclinando le gambe verso Donovan come se volesse usarlo come uno scudo.

«Mi dispiace per tuo fratello. Mi dispiace per quello che gli è successo. Ma devi andartene da casa nostra.» La bottiglia di vino vacillava nel mio pugno. Il braccio vibrava di un'energia scintillante. Feci un altro piccolo passo.

Donovan mi guardò di nuovo, come attraverso una fitta nebbia. «Non posso.»

Non sopportavo il suo tono. Come se fosse lui quello calmo e ragionevole e io stessi reagendo in modo esagerato.

«Me ne vado quando te ne vai tu. Ce ne andremo da qui insieme. Tu vieni con me.»

Come? E dove? Perché la gente se ne sarebbe accorta, se avesse cercato di portarmi via. Anche se avesse aspettato fino a notte fonda, avrebbe rischiato di essere visto. E non avevo intenzione di andarmene con lui di mia spontanea volontà. Non se potevo evitarlo. Preferivo urlare e gridare e correre il rischio.

E Sam?

*Me ne vado quando te ne vai tu.*

Significava che pensava di lasciare Sam? E Bethany?

«Tutto il giorno, tutti i giorni, mia madre si tormenta. Si chiede perché Oli si sia buttato. Dove ha sbagliato? Cosa le è sfuggito? Anche lei sta soffrendo. La sta uccidendo. L'ho vista smettere di vivere, diventare fragile. Oli non è stato l'unica vittima di quanto è accaduto quella notte. Quindi verrai con me, la guarderai negli occhi e le dirai la verità. Ecco cosa voglio. Le darai le risposte di cui ha bisogno.»

«Non ho le risposte che vuoi.»

«Ce le hai. Ce le avrai. Presto ce ne andremo.»

«No.» Mi lanciai verso di lui, puntando al viso.

La bottiglia volò in aria.

Lui si scansò e si ritrasse con un urlo di dolore.

Poi ci fu l'impatto.

Un'esplosione di vetro e vino.

L'avevo mancato e avevo colpito la cappa sopra i fornelli.

Il vino inondò il piano cottura. Schiumava e spumeggiava.

Pezzi di vetro caddero a terra.

Il mio braccio divenne leggero.

Stringevo ancora il collo della bottiglia, ma ora rimaneva solo un bordo frastagliato.

Lo fissai.

Anche Donovan lo guardò.

Vidi l'angoscia calare sul suo viso.

Ero quasi certa che stesse pensando a come l'avevo pugnalato col coccio del vaso. Forse stava anche calcolando che le sue braccia lunghe e la lama del coltello gli avrebbero concesso una portata maggiore di quella della mia bottiglia rotta. «Ascoltami. Stai facendo un grosso errore. Devi...»

Urlai.

La testa di Donovan si piegò, una spalla e il busto la

seguirono un istante dopo, come se fosse stato investito da un'auto. Un grido. Un ruggito. Ci misi un secondo per capire che Sam si era lanciato con lo sgabello e aveva colpito Donovan con le gambe di metallo.

Sam stava ancora urlando. Donovan, che si era girato, cadde all'indietro e sbatté contro il piano cottura, bloccato dalle gambe dello sgabello, con la testa premuta sul paraspruzzi di maiolica. Il poggiapiedi alla base dello sgabello gli stava schiacciando la gola.

Sam urlò, terrorizzato, fuori di sé, e spinse più forte.

Donovan rantolò e cercò di alzarsi, ma non ci riuscì.

Non riusciva a respirare, non riusciva a gridare. Aveva le vie respiratorie bloccate.

Però aveva ancora il coltello ed era ancora pericoloso.

La lama balenò verso Sam. Gli tagliò la coscia.

I jeans di Sam si strapparono.

Lui gridò e si spostò di lato mentre Donovan colpiva col coltello nella direzione opposta.

*No.*

Lasciai il collo della bottiglia e mi precipitai per afferrare il polso di Donovan.

Lo feci sbattere contro la maniglia del forno.

Poi un'altra volta ancora.

Affondai le unghie nella pelle.

Tenni duro, cercai di afferrare il coltello mentre Sam era chinato su di me e gemeva dalla paura e dallo spavento, coi piedi che scivolavano disperatamente sul pavimento mentre premeva ancora più forte con lo sgabello, finché la mano e il braccio di Donovan non si fecero pian piano flaccidi, la forza non abbandonò il suo corpo e il coltello non cadde a terra.

Feci un passo all'indietro senza smettere di fissare Donovan.

Un'ondata di orrore mi fece sussultare.

Donovan aveva gli occhi chiusi. La traversa dello sgabello gli affondava nella gola. Il suo corpo era floscio, le braccia distese lungo i fianchi. Il sangue gocciolava lentamente sui fornelli dalla fasciatura.

«Sam?» sussurrai.

Sam arretrò vacillando. Aveva la bocca spalancata. Il sangue macchiava i jeans dov'era stato tagliato.

Rabbrividì e smise di premere così forte sullo sgabello, ma solo di una frazione. Sembrava spaventato e inorridito da quello che aveva fatto.

Quando Donovan non si mosse, deglutii forte e allungai la mano verso il suo collo, piano, piano, finché non gli toccai la giugulare.

La sua pelle era calda e umida.

Non reagì al mio tocco.

Con l'altra mano spinsi delicatamente sul braccio di Sam finché non rilassò ancora di più la presa sullo sgabello.

Un secondo pieno di terrore.

Deglutii di nuovo mentre toccavo il collo di Donovan, attenta al minimo movimento.

Un guizzo sotto le mie dita. Il battito era lento, ma presente.

Sentii un rivolo di sollievo scendermi nello stomaco, misto ad altra incertezza.

Ora che ero più vicina, potevo vedere il tremore delle sue pupille sotto le palpebre e, quando misi il dorso della mano sotto le sue narici, un leggero respiro mi sfiorò la pelle. Mi fece venire in mente Bethany. Dovevamo andare da lei. «Credo che abbia perso i sensi», sussurrai.

«Ne sei sicura?»

«Puoi allontanarti. È tutto a posto.»

Sam sembrava terrorizzato mentre tirava via lo sgabello a scatti tremanti, pronto a colpire Donovan di nuovo se si fosse mosso.

«È tutto a posto», ripetei. «Non si muove.»

Molto lentamente, Sam abbassò lo sgabello e lo posò a lato dell'isola della cucina, lasciandolo andare come se desiderasse di non averlo mai toccato, ma tenendolo comunque vicino.

Era palese quanto fosse spaventato. Aveva le lacrime agli occhi e zoppicava a causa del taglio alla gamba.

Quando guardò di nuovo Donovan, sembrava stupito e sconvolto allo stesso tempo dalle proprie azioni.

«Grazie», gli dissi.

Annuì senza dire una parola, però si capiva che era a disagio. Si capiva pure che non sapeva ancora cosa pensare di me.

Gli posai una mano sulla spalla. Sentivo il calore irradiare attraverso la sua camicia. «Mi hai salvato. Hai fatto la cosa giusta.»

Tenne le mani lungo i fianchi. Non mi toccò di rimando.

«Ora però puoi chiamare la polizia? Sul serio, stavolta? Devo aiutare Bethany.»

Feci per allontanarmi, ma Sam mi prese la mano. «Perché pensavi che mi stessero pedinando? Fuori. Hai detto che avevi paura che qualcuno mi stesse osservando. Pensavi che mi avesse seguito fino a casa.»

«Perché è quello che mi ha detto. Mi ha convinto che stesse comunicando con qualcuno del tuo gruppo di sostegno. Mi ha detto che stava fingendo una fobia. Ma ora penso che mentisse.»

«Perché?»

Lanciai un'altra occhiata a Donovan. Continuava a non muoversi, però ero riluttante a perdere altro tempo. «Perché, se avesse avuto un complice, adesso sarebbe qui. Lo avrebbe chiamato per chiedere aiuto dopo che l'ho pugnalato. Proprio come noi dovremmo chiamare la polizia.»

Un piccolo solco si formò tra le sopracciglia di Sam.

«Cosa c'è?»

Non mi rispose. Aveva lo sguardo vitreo, come se qualcosa lo affliggesse, un pensiero che aveva paura di esprimere.

«Sam, cosa c'è?»

«Oggi c'era qualcuno nel gruppo», disse lentamente, quasi come se lo stesse mettendo a fuoco solo in quel momento. «È rimasta indietro con me alla fine. Ho notato che aveva un tatuaggio. Sul polso.» Mi girò la mano e mi mostrò il punto, passando le dita vicino alla cicatrice.

Le sue dita erano stranamente fredde. Non mi piaceva il suo sguardo tormentato.

«Era il tatuaggio di un calabrone.»

«E allora?»

«La sua fobia.» Alzò lo sguardo verso il soffitto e chiuse brevemente gli occhi, come se gli fosse sfuggito qualcosa di ovvio che avrebbe dovuto notare prima. «Mi ha detto che soffriva di belonefobia.»

«Non capisco.»

«Paura degli aghi. Non avrebbe dovuto avere un tatuaggio.»

E fu allora che Sam mi prese le braccia, mi fece girare e mi spinse con forza giù per le scale del seminterrato.

## Sam

« Mi dispiace. » Sam fece una smorfia contrita e indicò alle sue spalle, per poi avviarsi in direzione della stazione di Temple. « Devo proprio scappare a prendere la metro. La mia ragazza mi aspetta. Devo tornare a casa. »

Ma non era tornato a casa. Non subito. E non aveva una ragazza.

Non ancora.

Doveva solo trovare una scusa e allontanarsi dalla Ragazza Smarrita, poi mettersi dall'altro lato della strada, nel portone di un palazzo di uffici, dove osservare l'Atleta e l'Artista mentre la rabbia e la frustrazione gli ribollivano nello stomaco.

Non sapevano che li stava sorvegliando. Erano troppo presi l'uno dall'altra. E Sam era diventato un esperto nel rimanere nell'ombra.

L'Atleta aveva i pollici agganciati alle cinghie dello zaino. Era più alto di parecchi centimetri rispetto all'Artista, era loquace e disinvolto, aveva il tipo di sorriso perfetto che costava un patrimonio.

L'Artista sorrise timidamente e tirò fuori dalla borsa a tracolla un volantino patinato che passò all'Atleta, poi lo studiò con un'espressione ansiosa e pensierosa mentre lui teneva il volantino tra le mani e lo leggeva con attenzione, prima d'indicare la fotografia sul davanti con un sorriso.

Un bruciore acido s'insinuò nell'esofago di Sam e gli infuriò in fondo alla gola.

Si trattava di un volantino per l'attività d'interior design dell'Artista. Aveva usato la stessa grafica e lo stesso font del sito.

Ecco come Sam l'aveva trovata la prima volta. Su internet. A caccia di qualcuno col giusto potenziale che lo aiutasse a ristrutturare la casa dei nonni, a ottenere il massimo profitto, a mettere tutto a posto.

Il sito conteneva link ai social. Una pagina Facebook aperta da poco per la sua attività che aveva pochi follower. Twitter, dove postava di rado. E Instagram, che usava più spesso ma dove non interagiva quasi mai con altri account.

In men che non si dica, sapeva quasi tutto di lei.

Il nome completo. La residenza. Il negozio di arredamento dove lavorava part-time.

Il fatto che si fosse trasferita a Londra solo otto mesi prima. Sembrava non avere quasi nessun contatto col resto della famiglia. I genitori erano morti. Se aveva amici stretti da prima di trasferirsi a Londra, non si parlavano online, e non c'erano prove che suggerissero che si fosse fatta altri amici da allora. Al di fuori della manciata di clienti che stava iniziando ad attirare, aveva a malapena lasciato la sua impronta sulla città. Sam aveva intuito che si sentiva sola.

Come quasi tutti, aveva una routine fissa, il che la rendeva facile da pedinare. E, una volta iniziato, era difficile fermarsi. Non gli piaceva solo osservarla.

La bramava.

Ma, in qualche modo, lei lo aveva captato.

Aveva iniziato a guardarsi alle spalle, a sbirciare dalla finestra di casa a tarda notte, a postare sempre meno spesso su Instagram e mai su Twitter o Facebook.

Sam sapeva che non lo aveva visto direttamente. Era fin troppo astuto per certi strafalcioni.

Però era ovvio che lei lo percepisse. Che ne avesse paura. Il che era perfetto, a pensarci bene.

Perché le paure e le fobie erano una delle specialità di Sam. E, con qualche annuncio ben mirato per il suo gruppo di sostegno su Instagram, oltre a diversi volantini affissi alla fermata dell'autobus che lei prendeva per tornare a casa dal lavoro, e al bar che frequentava da sola, si sentiva sicuro di poterla attirare.

Le basi della persuasione.

Gli esperti di marketing avevano padroneggiato le stesse capacità. Conosci il tuo pubblico e dagli ciò che vuole. Fai vedere al tuo obiettivo ciò che vuoi che veda, fagli credere ciò che vuoi che creda.

E poi, quando tutto si era concretizzato e lei era arrivata in aula seminari quel pomeriggio...

Il *brivido* che aveva provato. Era difficile spiegarlo. Ancora più difficile contenerlo.

Perché osservarla era una cosa, ma, quando aveva parlato della sua paura di essere pedinata, di avere questo senso irrazionale di essere sorvegliata...

C'erano voluti tutta la sua autodisciplina, tutto ciò per cui si era esercitato e che aveva studiato per non alzarsi di scatto, afferrarla per le spalle e scuoterla, per farle capire che non era affatto irrazionale.

Perché c'era qualcuno che la seguiva.

Era *lui*. E ora l'aveva attirata a sé.

Essere spinta giù per le scale del seminterrato fu come cadere in un sogno.

Solo che quando toccai il fondo non mi svegliai.

L'incubo era appena iniziato.

Cercai di respirare, ma non appena aprii bocca una paura atavica m'invase il petto.

Sembrava risucchiare con sé le pareti del seminterrato.

Si scagliavano verso di me.

Il soffitto crollò.

Mi raggomitolai, cullai la testa, chiusi gli occhi, premetti la schiena e il busto contro le pareti nude in fondo alle scale, nell'angolo della stanza.

Le piastrelle erano sporche di polvere. L'aria era stantia.

Migliaia e migliaia di tonnellate di pietra, terra e mattoni si abbatterono su di me.

Avevo paura di guardare oltre le braccia, perché avrei visto dove mi trovavo. Avrei preso coscienza di essere davvero nel seminterrato.

Così il mio cervello passò ad altre priorità, facendo un rapido inventario del mio corpo, e catalogò i punti dove mi ero fatta male.

Le ginocchia e i gomiti. La caviglia. Il mento. Le mani bagnate di sangue.

Le avevo protese mentre cadevo, erano graffiate e scorticate, e in qualche modo pensarci era peggio, perché mi faceva rivivere la sensazione di vuoto che avevo provato.

Il nulla che avevo attraversato.

Finché non ero atterrata con violenza, e tutto quel nulla mi era piombato addosso.

*Immagina di non essere qui.*

*Fa' finta di essere altrove.*

Ma non ci riuscivo.

Non ne ero capace.

Perché la realtà di ciò che stava accadendo era ineluttabile.

E fu allora che lo sentii.

Qualcosa di radicato nei meandri delle mie paure più profonde.

*Clic...*

Era il rumore del chiavistello della porta del seminterrato che scorreva.

## Sam

Sam seguì l'Atleta e l'Artista per il resto del pomeriggio, fino a sera inoltrata.

Non riusciva a lasciar perdere.

Anche se sapeva che avrebbe dovuto. Anche quando rischiava di essere visto.

Ma non sarebbe successo, perché era attento e ben addestrato, e perché manteneva le distanze, controllava gli angoli, guardava i riflessi nelle vetrine e negli specchi e nei finestrini dei veicoli che passavano.

Non si muoveva né troppo velocemente né troppo lentamente.

Si mimetizzava.

Però vederli insieme, osservare quanto erano a loro agio insieme, come parlavano e ridevano e si scambiavano confidenze, quanto fosse felice l'Artista di avere compagnia, vederli *legare*, poi più tardi entrare con disinvoltura in un pub...

Lo divorava.

Più di quanto fosse preparato.

Più di quanto potesse sopportare.

Perché l'aveva attirata a sé, per se stesso, non per l'Atleta o chiunque altro.

E poi stava accadendo troppo in fretta.

Non doveva accadere così in fretta.

La sua intenzione era di procedere lentamente e con attenzione, guadagnarsi la sua fiducia, la sua *dipendenza* da lui, e non farsela soffiare via da un figlio di papà.

E poi più tardi, all'interno del pub, quando da un séparé lontano aveva visto l'Atleta tirare fuori dalla tasca il volantino dell'Artista per parlarne di nuovo, quando lei aveva usato il cellulare per mostrargli alcune immagini dimostrative del suo lavoro, i due si erano chinati sul tavolo per studiare lo schermo, coi volti che quasi si toccavano, con gli sguardi che s'incrociavano, Sam aveva cominciato a sentire la *paura*.

Forse era già troppo tardi.

Forse l'aveva persa e lui se l'era accaparrata.

Il che era chiaramente inaccettabile.

Ecco perché, quando poco dopo uscirono insieme dal pub un po' brilli, continuò a seguirli.

Tra le dita guardai le scale che conducevano alla porta del seminterrato.

I gradini erano alti e stretti, semplici assi verniciate di bianco.

Guardandoli, fui inghiottita da una potente vertigine, ma al contrario, come se stessi cadendo all'indietro all'infinito.

Come se non mi sarei mai fermata.

Allungai le mani sui fianchi e mi appoggiai ai mattoni. Erano freddi come la morte.

Il mio respiro era troppo rapido e faticoso. La stanza iniziò a girare.

Sentivo ancora il *clic* del chiavistello dall'altra parte della porta. Sembrava riecheggiare contro le pareti del seminterrato, ripetendosi nella mia mente.

Mi resi conto che stavo graffiando il mattone con un'unghia.

Strano.

L'azione aveva qualcosa di familiare. Una sorta di bizzarra memoria muscolare.

Il mio rantolo sembrò raffreddare l'aria di fronte a me, mentre guardavo dov'erano posizionate le mie mani.

Nella luce netta del seminterrato, vedevo altri graffi sui mattoni. Erano lievi, ma c'erano. Piccole strisce incise sulla vernice.

*Esattamente dove stavo grattando in quel momento.*

Il cuore mi batteva all'impazzata.

Avevo un groppo in gola che mi soffocava.

Non riuscii più a trattenere un singhiozzo.

Un'eruzione involontaria di orrore e paura.

*Sam ti ha spinto giù per questi gradini.*

*Sam ha chiuso la porta.*

E poi un nuovo pensiero, la diretta conseguenza degli altri.

*Sam non ha chiamato la polizia.*

*E se il motivo per cui Sam non ha chiamato la polizia non fosse perché non ti credeva?*

*E se fosse perché non voleva che arrivasse la polizia?*

## Sam

Dopo che l'Atleta aveva condotto l'Artista in un moderno condominio di Farringdon, erano entrati insieme in ascensore.

Non si tenevano per mano, ma stavano vicini e si scambiavano sorrisi segreti, l'Artista che arrossiva e distoglieva lo sguardo mentre le porte si chiudevano con un sussulto.

Sam entrò di corsa nell'atrio, il cuore sempre più palpitante, osservando i numeri sopra l'ascensore.

8...

9.

L'ascensore si fermò.

Osservò il pannello digitale, accertandosi che non cambiasse, poi entrò nell'altro ascensore, salì fino al decimo piano e scese le scale fino al nono.

Sentì la musica della festa prima ancora di uscire sul pianerottolo.

Era forte e ritmata. Un ritmo pop frenetico.

Quando sporse la testa nel corridoio, vide una porta aperta, con persone che si aggiravano davanti, fumando la sigaretta elettronica e chiacchierando, musica e luce che fuoriuscivano. Alcune erano vestite con camici bianchi da laboratorio. Altri in camice azzurro da ospedale.

Si ritirò, pianificando, poi l'ascensore suonò e un gruppo di sconosciuti – per lo più studenti, a quanto sembrava – uscì di corsa con borse piene di alcolici.

«Ma di chi è questa festa?»

«Chi se ne frega!» gridò una ragazza ubriaca, alzando i pugni in aria.

C'era abbastanza gente, si disse. C'era abbastanza rumore. E molti di loro sembravano ubriachi. Inoltre era un giovane ricercatore universitario. Avrebbe sempre potuto dire che era stato invitato, se si fossero incrociati.

*Puoi farcela. Devi farcela. Sai che non riuscirai a lasciar perdere.*

Quindi entrò nell'appartamento, spostandosi tra gli sconosciuti verso il salotto principale, che era un tripudio di luci lampeggianti e corpi che ballavano, e dove un gruppetto si era riunito fuori su un balcone.

Non vedeva l'Atleta o l'Artista da nessuna parte.

Una ragazza ubriaca lo urtò, e lui le afferrò il braccio. «Chi ci abita qui?»

Lei aveva le pupille vitree e un sorriso sciocco sul viso. «Amy! È la sua festa d'inaugurazione dell'appartamento. Studiamo tutt'e due Medicina all'UCL.»

Indicò una ragazza con un camice verde e uno stetoscopio al collo che tracannava una bottiglia di prosecco, mentre gli invitati intorno a lei la incitavano. Il liquido schiumoso le colava ai lati della bocca.

«Anche suo fratello vive qui», urlò la ragazza. «Oliver.»

Stava premendo contro di lui il corpo caldo e flessuoso, ma tutto ciò che provava Sam era una sensazione di disgusto. Scrutò la confusione, alla ricerca dell'Artista. «Qual è Oliver?»

«Quello sexy. È un vogatore. È proprio...» Ma non riuscì a trovarlo, e quando si girò di nuovo, perplessa, Sam stava già andando via.

Si fece strada tra la folla, oltrepassando la cucina, provando le porte del corridoio, interrompendo una giovane coppia che si stava baciando in bagno. Dopo essersi scusato, entrò in una camera da letto vuota, a parte due ragazze sedute in fondo al letto, una delle quali singhiozzava mentre l'altra le accarezzava la spalla.

Quella che non piangeva lo guardò truce mentre i suoi occhi osservavano la stanza. Vide alcuni pesi e attrezzi per il fitness nell'angolo, una foto appesa a una bacheca dell'Atleta che abbracciava la sorella, la studentessa di Medicina, e forse un fratello maggiore, vestito in tuta mimetica dell'esercito. E poi, in un momento di orrore formicolante, il volantino dell'attività d'interior design dell'Artista spiegazzato su una scrivania.

Una festa d'inaugurazione della casa, pensò. Per due ragazzi benestanti.

Uno dei quali avrebbe potuto invitare l'Artista alla festa, magari rendendo l'offerta più allettante dicendo che era interessato ad assumere un decoratore d'interni per il nuovo appartamento.

«Cos'hai da fissare?» gli chiese la ragazza dallo sguardo aggressivo.

«Mi sono sbagliato», disse Sam.

Cominciò a uscire dalla stanza, ma la musica non era così alta da sovrastare quello che aggiunse lei, mentre abbracciava la sua amica. «Cosa te ne frega se si porta una nuova sciacquetta sul tetto? Hai detto che avete chiuso. Peggio per lui, tesoro.»

Esaminai la parte di seminterrato che riuscivo a vedere davanti a me.

Per un momento fui senza fiato.

Facevo fatica a mettere a fuoco.

Le pareti sembravano tremare, deformarsi, come se potessero staccarsi e collassare da un momento all'altro.

Erano dipinte di bianco. Come il soffitto. Il pavimento era rivestito di piastrelle di terracotta.

Quando Sam mi aveva mostrato le fotografie che aveva scattato, non mi aspettavo un aspetto così austero.

Non avevamo incluso nessuna immagine del seminterrato nella descrizione della proprietà, perché Bethany aveva concordato con Sam sul fatto che non era un'area su cui dovevamo concentrarci.

Ma ora mi domandavo: era quella la vera ragione?

Guardai di nuovo i gradini verso la porta, con lo stomaco che si contorceva al pensiero di Sam dall'altra parte, pensando al rumore – quel *clic* – che aveva fatto il chiavistello e a come sembrava in sintonia con qualcosa dentro di me.

*Come la serratura della porta del bagno.*

*Quella che ti tormenta.*

Deglutii troppo in fretta.

Quasi soffocai.

Mi pulsava forte la testa.

Ritrassi una mano tremante dal muro, mi pizzicai la base del naso e pian piano mi sollevai sulle ginocchia, poi mi misi in piedi.

Il pavimento si sciolse sotto di me.

O almeno così sembrava.

Divaricai le gambe e allungai le braccia per mantenere l'equilibrio.

Feci un passo avanti.

*Il soffitto non sta venendo giù.*

*Non rimarrai intrappolata qui sotto.*

Potevo anche dirmelo, ma non ero sicura di crederci. L'istinto mi urlava di coprirmi la testa come se la muratura stesse crollando.

Avevo fatto solo un passo, però mi sembrava che dietro di me si fosse aperta una voragine.

Scrutai verso l'alto, in direzione della porta, ma ebbi la netta sensazione che ci fosse qualcosa che dovevo vedere lì sotto.

Qualcosa con cui dovevo confrontarmi.

Una volta avevo letto che i lupi sentono l'odore della paura. Una combinazione stantia di feromoni e angoscia emanati dalla loro preda.

In un certo senso, ero vagamente consapevole di sentire un odore simile, appesantito dalle specifiche note di fondo emanate dall'aria statica del seminterrato, dal soffitto basso, dalle pareti di mattoni e dalle piastrelle di terracotta.

*È la tua stessa paura*, disse una voce nella mia testa.

E poi un altro pensiero.

Un segnale d'allarme olfattivo, molto più potente di qualsiasi ricordo potessi evocare o ricordare.

*Hai già sentito quest'odore.*

# 91

## Sam

C'era una strana assenza di rumore quando Sam spalancò la porta verso il tetto del condominio. Era come se la città stesse trattenendo il respiro.

O forse era lui a farlo.

Solo che non ce n'era bisogno.

Perché davanti a lui c'erano solo il bidone arrugginito che teneva parzialmente aperta la porta, un breve tratto di tetto incatramato e un muretto alto fino alla vita.

La copertura del tetto e il muro di mattoni erano cosparsi di muschio ed escrementi di uccello. Il bidone era macchiato d'acqua e cenere di sigaretta. Una rapida occhiata sotto il coperchio rivelò un mosaico di mozziconi spenti e una zaffata di erba stantia.

Il coperchio cigolò leggermente quando Sam lo abbassò, cosa che lo infastidì, ma non quanto trovarsi lì.

Non era da lui. Non era il suo modo di fare.

Pianificava e rifletteva a fondo.

Aspettava. Guardava da lontano.

Però quel giorno lo aveva cambiato.

Vederla così da vicino lo aveva cambiato.

E il pensiero di perderla, proprio sotto il suo naso, quand'era stato così attento, quando lei era così perfetta...

Un dolore improvviso e lancinante gli si diffuse tra le tempie come una scarica di elettricità.

Serrò la mascella, ma la sensazione s'intensificò, scendendo lungo le guance e invadendo le gengive.

Fu allora che lo sentì.

Un sussurro basso e divertito.

Una risatina sommessa.

Risolini trattenuti.

Rimase immobile, ma dentro di sé ribolliva.

Altri sussurri e risatine da qualche parte alle sue spalle.

Uscì dalla porta con passo deciso e si ritrovò in un'oscurità che non era veramente tale. Lo skyline di una città non è mai del tutto privo di luce.

Il bagliore artificiale si addensava intorno a lui come una nebbia spettrale, la ghiaia scricchiolava sotto le scarpe. Alzò un dito mentre emergeva dalla porta, come se volesse indicare qualcosa, o punzecchiarli, o ammonirli come un maestrino, il che era del tutto inutile perché non lo vedevano né lo sentivano, non erano consapevoli della sua presenza, presi com'erano l'uno dall'altra.

L'Atleta e l'Artista.

I loro corpi vicini. I loro volti ancora più vicini.

La mano di lui che le teneva l'avambraccio appena sotto il gomito.

Una canna tra le dita di lei.

E le loro teste s'inclinarono appena, le labbra si dischiusero leggermente, sospese in quella breve pausa di valutazione e apprezzamento, attrazione e lussuria.

L'Atleta si avvicinò di più.

L'Artista si protese a sua volta verso di lui.

Sam si mise a correre.

## 92

Mi avventurai pian piano nel seminterrato.

L'incertezza mi scorreva nelle vene. Dentro di me si stava formando qualcosa. Si stava coagulando nel mio flusso sanguigno. Una pressione si accumulava nel naso e dietro gli occhi. La sensazione era ancora più intensa e acuta del dolore che avevo provato quando avevo perso i sensi prima. Era quasi primordiale.

Feci un altro passo oltre la fine della scala, col battito che mi martellava alle tempie. La stanza si aprì vertiginosamente alla mia destra.

Addossato alla parete c'era un vecchio banco da lavoro graffiato. Sotto c'erano alcune scatole di cartone sformate. A sinistra c'era una grande vasca di plastica che conteneva la maggior parte delle nostre attrezzature per imbiancare. Attraverso la plastica opaca vedevo le sagome spettrali di vassoi e rulli, fogli di plastica, carta vetrata, rotoli di nastro adesivo e pennelli.

Sopra il tavolo era appesa una bacheca con una serie ordinata di strumenti per il fai-da-te. L'avevo vista nelle foto di Sam e avevo usato quasi tutti gli attrezzi almeno una volta. Alcuni di loro, come il cacciavite a croce col manico nero e giallo o il metro a nastro estendibile, mi erano così familiari che ne sentivo il peso in mano.

A destra del banco di lavoro, nascosta in un angolo della stanza, c'era una tenda da doccia.

## Sam

Successe in fretta, ma era tutto iniziato anni prima.

Anni passati ad avere a che fare con studenti come l'A-
tleta, che arrivavano tardi a lezione e si comportavano come se tutto gli fosse dovuto, cui la vita veniva incontro
così facilmente, con una tale prontezza, cui persino le difficoltà e il dolore andavano a loro vantaggio, venivano
sfruttati come arma di seduzione per rubare un bacio.

Anni passati a un soffio dall'ottenere ciò che voleva
per poi vedere quelle opportunità volatilizzarsi. Anni
di ragazze che lo eludevano, fondi offerti ad altri docenti
invece che a lui, promozioni irraggiungibili, persino una
casa in eredità che al momento sembrava più una male-
dizione che un dono.

E, soprattutto, anni di pensieri e riflessioni e piani e teorie su un'ampia varietà di stranezze psicologiche e trucchi ed esperimenti troppo «immorali», o che sembravano impossibili, e di come lui in segreto desiderasse perse-
guirli comunque, assecondarli, coltivarli, *sperimentarli*.

Anni passati a pensare alla compagna perfetta, alla vita perfetta, alle opportunità giuste e al coraggio di coglie-
re ciò che voleva per sé.

Tutto aveva portato a questo momento.

A lui.

A correre su un tetto, a tendere una mano, come se cercasse di fermare il tempo, metterlo in pausa, tornare indietro.

Non si erano nemmeno accorti della sua presenza prima che fosse troppo tardi.

I due – l'Atleta e l'Artista – si separarono e si girarono leggermente verso di lui, ancora fianco a fianco, la mano dell'Atleta appena sotto il gomito dell'Artista, Londra illuminata alle loro spalle, e quel breve istante di riconoscimento – un fermo immagine di sorpresa e incomprensione sul volto dell'Atleta, un barlume di angoscia e terrore negli occhi dell'Artista – prima che le mani di Sam premessero sul petto dell'Atleta, prima l'una poi l'altra, e spingessero.

Tutti quei muscoli.

Tutto quell'allenamento.

L'Atleta aveva il tronco e le gambe robusti, ma la parte superiore del corpo era molto più sviluppata: i pettorali, le spalle e i bicipiti erano enormi.

Il che diventò un problema per lui a causa del muretto alto fino alla vita, per non parlare della semplice fisica, dell'effetto pendolo. Le gambe dell'Atleta scalciarono verso l'alto, i fianchi s'inclinarono, un grido di terrore e d'indignazione e poi un nuovo, ultimo sviluppo, un risultato che Sam non aveva previsto – non che avesse previsto molto di quanto era successo, comprese le sue azioni impulsive – quando anche l'Artista cominciò a cadere.

Una classica reazione a catena.

Perché l'Atleta le stava ancora stringendo il braccio appena sotto il gomito.

E fu allora che Sam balzò verso di lei, le avvolse le braccia intorno e si aggrappò mentre l'Atleta precipitava bruscamente e con violenza, l'unghia che scivolava lungo il braccio interno dell'Artista, lasciando una linea profonda e vivida che prese a sanguinare all'istante. Quando Sam la vide, lo spaventò terribilmente.

Perché non era più perfetta, adesso.

Prima ancora che iniziassero, era stata marchiata.

Esaminai la tenda di plastica bianca della doccia.

Era appesa a un'asta di metallo a forma di U fissata alla parete. Era tirata e pendeva immobile.

Sembrava nuova e pulitissima, e aveva un profumo chimico, come se fosse appena uscita dalla confezione.

La fissai ancora per un attimo, senza respirare, col dolore alla testa che aumentava e s'intensificava, una miriade di luci brillanti che si accendeva dietro i miei occhi.

Girandomi lentamente, lasciai vagare lo sguardo per il resto della stanza. Vuota. Non c'era nient'altro. Cosa aveva trovato, Donovan, per stare qui sotto così a lungo? La maggior parte delle persone, nel vedere il seminterrato, avrebbe sceso le scale, dato una rapida occhiata, magari avrebbe calcolato le dimensioni a spanne, verificato l'altezza del soffitto, e basta.

E, okay, ora sapevo che non era affatto venuto per vedere la casa. Era venuto per qualcos'altro. Ma, anche in questo caso, cosa poteva averlo trattenuto per così tanto tempo?

Era possibile che ne avesse approfittato per tirare fuori il cellulare, inviare un messaggio, fare una telefonata. Forse era allora che aveva chiamato il corriere.

Non potevo escludere che si fosse attardato solo per turbarmi.

Ma forse non erano le uniche ragioni.

Aveva detto di essere un agente dei servizi segreti. Era bravo a seguire gli indizi. Forse aveva trovato qualcosa che aveva attirato la sua curiosità e sollevato domande. Mi aveva dimostrato più volte quanto fosse acuto il suo spirito d'osservazione.

« *Ascoltami. Stai facendo un grosso errore. Devi...*»

Donovan mi aveva detto quelle parole poco prima che Sam lo attaccasse con lo sgabello.

Sul momento avevo pensato – nei momenti in cui riuscivo a pensare – che Sam lo avesse aggredito mentre era distratto, cogliendo l'occasione per sferrargli un attacco.

E se Sam lo avesse aggredito perché voleva impedire a Donovan di dirmi qualcosa? E se avesse avuto paura di quello che Donovan stava per dire?

Donovan mi aveva detto di mettere giù la bottiglia di vino. Mi aveva detto di prendermi tutto il tempo necessario. Di *pensare*.

Molto lentamente, guardai di nuovo la tenda della doccia.

L'intensità del dolore. Gli sfarfallii di luce intensa.

Era solo un oggetto semplice ed economico. Avrebbe dovuto essere del tutto innocuo.

Tranne che per due cose.

Uno: non riuscivo a pensare a cosa ci facesse nel seminterrato, anche perché Sam non me ne aveva mai parlato. Non era presente in nessuna delle sue fotografie.

E due: il solo guardarla mi faceva venire voglia di rintanarmi in un angolo della stanza, cadere a terra e raggomitolarmi.

## Sam

Lo choc dell'Artista fu immediato e paralizzante, ma riuscì a farla scendere dal tetto solo con l'aiuto del cloroformio.

Lo teneva nello zaino. Da settimane portava con sé il flacone all'interno di una busta con chiusura a zip, insieme con un panno in microfibra, immaginando di usarlo e pianificando nella sua mente i passaggi necessari.

Lei ancora balbettava, piangeva ed era in iperventilazione quando lui aveva imbevuto il panno e gliel'aveva premuto sulla bocca e sul naso.

E naturalmente non andò come aveva previsto, perché aveva dovuto improvvisare su due piedi, e perché era molto più spaventato e innervosito di quanto non avesse preventivato, e perché lei aveva fatto un verso, si era divincolata e poi era caduta a terra prima che lui potesse sorreggerla. Nello zaino aveva anche una felpa. Gliel'aveva messa in fretta e furia, tirandole il cappuccio in testa.

Il tragitto giù per le scale fu complicato. Lei pesava, il corpo inerte, le scale erano interminabili e il terrore si agitava sottopelle come mai prima di allora, ma era comunque meglio che prendere l'ascensore, perché nessuno li avrebbe visti e non c'erano telecamere.

E, okay, ci mise un'eternità e l'ambulanza era già arrivata prima che raggiungesse il piano terra, ma almeno ebbe l'opportunità di raccogliere le idee, di farsi forza, di somministrarle un'altra dose di cloroformio (solo per sicurezza) prima di buttarsi il braccio dell'Artista sulla spalla e portarla rapidamente fuori tra la folla d'invitati che ora si riversava in strada, e lungo la via, dove chiamò il primo taxi che riuscì a vedere.

Era un giovedì sera in città. Forse all'autista non importava, o forse si era bevuto la storia del ragazzo che si prendeva cura della compagna ubriaca, o forse le vaghe risposte di Sam su un possibile accoltellamento o un infarto bastarono a placare le domande distratte del tassista sull'ambulanza e sul gruppo di ragazzi scossi e inorriditi che si erano radunati fuori dal condominio.

L'Artista si agitò un paio di volte durante il viaggio di ritorno. Borbottava in modo incoerente. La testa le ciondolò sul petto e si posò sul mento di Sam, che sentì odore di shampoo alla mela. Tutti e due stavano sudando in modo sgradevole, ma poi il taxi si fermò in Forrester Avenue e Sam pagò l'autista, che aspettò a malapena che scendessero prima di ripartire.

E poi la realtà di ciò che stava accadendo si manifestò appieno.

La stava finalmente conducendo attraverso la porta d'ingresso verso il corridoio vecchio e puzzolente. Accese le luci.

L'interno, scialbo e disadorno, emerse dall'oscurità. La cucina, vecchia e rotta, era in disordine. In salotto c'era la solita confusione. Pile di saggi e contenitori di cibo da asporto sul tavolino, sul divano e sulla poltrona spaiati.

Avrebbe voluto sentire il suo parere a riguardo. *Una prima impressione.* Ma tutto ciò poteva aspettare.

Perché l'unica cosa che aveva finito era il seminterrato.

Era tutto pronto da settimane.

Scesero, coi piedi di lei che sbattevano sulle scale, e poi lui aggiustò la presa e irrigidì la schiena. L'afferrò sotto le ascelle e lei ricominciò ad agitarsi mentre la faceva camminare. Quando allungò la mano verso la tenda della doccia, un brivido segreto gli ronzò in testa, crescendo sempre più.

Quando la toccai, la tenda della doccia frusciò. Gli anelli di metallo sull'asta tintinnarono.

Un brivido di paura, poi mi feci forza e la scostai.

E caddi...

In parte in avanti, attraverso un lampo di luce bianca nello spazio davanti a me...

In parte all'indietro, nella mia mente.

Stavo fissando una doccia. Improvvisata. Era stata ricavata da una lastra di porcellana bianca alta fino al ginocchio, installata da tempo in un angolo della stanza. Sopra c'era un soffione rimovibile montato su un'asta scorrevole a parete che sembrava molto più recente. Un rubinetto per l'acqua fredda e uno per l'acqua calda.

Il ripiano di porcellana era robusto e profondo, la smaltatura era stata sfregata via in alcune parti, ingiallita dalle macchie d'acqua in altre. Le piastrelle stile metropolitana, un tempo bianche, applicate alle pareti, erano crepate e ingrigite.

Guardandola, ebbi la certezza che non era nata come doccia.

Un tempo, forse, era stata usata dalla servitù come lavatoio. M'immaginavo Bethany presentarla a un potenziale acquirente come una doccia per cani.

Ma sapevo che non era così.

Perché quello che vedevo davanti a me, in *quel* momento, lo vedevo contemporaneamente negli squarci dei miei ricordi sfocati e frantumati.

Un senso di tormento e debolezza.

Impossibile.

Reale, senza ombra di dubbio.

Perché capii d'istinto – nello stesso modo in cui respiravo – che quello che stavo guardando era un bagno che in realtà non era un bagno, dove ero stata aggredita da un estraneo che non era affatto un estraneo.

Quella figura scura e indistinta.

Quella voce metallica e rauca.

« *Ti stavo osservando.* »

Oddio.

Non era successo alla festa con Oliver.

Era successo dopo, qui, in questa casa, con Sam.

## Sam

La prima volta che l'aveva tenuta sotto la doccia, le urla erano state più forti e stridule di quanto avesse programmato. Perdere il controllo lo infastidiva, ma era successo tutto all'improvviso. E lo pregustava da così tanto tempo.

«Chi sei?» strillò.

«Louise.»

«Risposta sbagliata. Ti chiami Lucy. Chi sei?»

E poi le altre domande. Un sacco di domande.

Alcune programmate. Altre improvvisate. Alcune su ciò che era accaduto alla festa, sul tetto, al fine di modificare la sua percezione, di forzare un cambiamento.

Domande sul luogo in cui si erano incontrati, su come avevano legato e su quanto tempo erano stati insieme.

Domande sulla sua attività, sul suo lavoro, sulla sua vita.

Le domande sarebbero state perfezionate nel tempo.

Così come le risposte di lei.

Non si aspettava che facesse presa subito. Il processo avrebbe richiesto molta pazienza.

Ma non era un problema, perché Sam avrebbe fatto in modo che avessero tutto il tempo necessario per stare insieme.

Tutto il tempo che gli serviva.

Tesi la mano verso le piastrelle al mio fianco e fissai il foro dello scarico. La tenda della doccia si aggrovigliò intorno a me.

Gemevo e mi premevo una mano sullo sterno, senza fiato, in preda al panico.

*I ricordi ti torneranno quando meno te lo aspetti. Vedrai qualcosa, o sentirai qualcosa, una sorta d'innesco...*

Ma l'innesco era stato nel seminterrato per tutto questo tempo e Sam non voleva che lo vedessi. Me lo aveva tenuto nascosto di proposito, mantenendo accuratamente le lacune nei miei ricordi.

*Le lacune che lui aveva creato.*

Mi girava la testa.

La porcellana si fece indistinta.

*Dal punto di vista di Sam, il nostro primo incontro sembrava uscito da una commedia romantica. Era una storia che mi aveva raccontato molte volte...*

Mi venne in mente un'altra cosa, una cosa che aveva detto Donovan.

Al piano di sopra, quando avevo pensato che stesse prendendo in giro Sam – e in un certo senso era così – senza rendermi conto che stava dicendo qualcosa anche a me.

«*Hai scritto questo pezzo. Parlava di come alcune fobie abbiano un semplice elemento scatenante mentre altre sono molto più complesse. Sto parafrasando, però credo che il punto fosse che le ragioni possono essere molteplici. Un incidente nell'infanzia sovrapposto a un altro trauma, per esempio. Oppure strati di traumi multipli. Possono confondere il quadro generale. Ingarbugliarlo.* »

Proprio come i miei pensieri si erano ingarbugliati.

Proprio come Sam me li aveva ingarbugliati.

Perché i miei timori nei confronti del seminterrato non erano un semplice caso di claustrofobia.

Era qualcosa di molto più complesso e sinistro.

Indietreggiai barcollando dalla doccia, spaventata, orripilata.

La testa mi ronzava. Il cuore mi batteva contro le costole.

Sapevo che Sam voleva più opportunità di ricerca. Sapevo che a volte si lamentava del fatto che il suo dipartimento fosse troppo conservatore per i suoi gusti.

Il mio terrore aumentò a dismisura quando pensai ad alcuni dei libri che avevo visto nello studio di Sam, cui non avevo mai davvero fatto caso. Libri sul lavaggio del cervello e sul controllo coercitivo; studi sulle vittime di torture e rapimenti e sui prigionieri che avevano subito una lunga detenzione.

Chissà se anche Donovan li aveva visti. Li aveva notati e archiviati con la sua capacità di percezione, nello stesso modo in cui aveva notato e ricordato il mobiletto nella mansarda?

Se era davvero un agente dei servizi segreti, aveva già visto qualcosa di simile durante uno dei suoi incarichi? Forse aveva unito i puntini.

Non sembrava impossibile che avesse fatto due più due mentre gli mostravo la casa. Soprattutto dopo che gli avevo parlato dei miei problemi col seminterrato e lui ci aveva trascorso del tempo, vedendo la doccia e forse anche i graffi sulla muratura. Soprattutto dopo che non ero stata in grado di rispondere alle sue domande su Oliver, sulla festa o su quello che era successo su quel tetto.

Quando non sapevo il mio stesso nome.

La totalità del danno che Sam aveva provocato mi sconvolse di nuovo.

Vivevo con quell'uomo. Ci ero andata a letto...

Fissai l'attrezzatura per il fai-da-te di fronte a me, la sensazione di disagio che cresceva sempre di più dentro la testa.

Mi aveva fatto fare tutti i lavori di ristrutturazione della sua casa.

Mesi e mesi di lavoro.

Avevo ridotto la sua casa a uno scheletro nudo e l'avevo rimodellata nello stesso modo in cui lui mi aveva smontato e ricostruito.

Senz'altro aveva aspettato a farmi uscire finché non si fosse fidato di me. Finché non mi avesse condizionato a sufficienza.

E poi aveva fatto finta di aiutarmi a superare il trauma di un incidente che non era mai stato tale.

Mi strinsi il petto, come a strappare via tutto l'orrore. Rabbrividii mentre guardavo la cima delle scale, pensando a Donovan e Sam dall'altra parte di quella porta.

Prima che Sam lo aggredisse, Donovan aveva detto di essere un buon investigatore, e ora ne capivo il motivo. Lo stava provocando. Per fargli sapere che aveva messo insieme tutti i pezzi del puzzle.

Era per quello che Donovan mi aveva spinto al limite? Voleva che superassi il condizionamento e capissi da sola, davanti a Sam, quello che mi era stato fatto?

Con un sussulto, mi aggrappai al corrimano in fondo alle scale, allungai il collo e guardai in alto.

Fu allora che sentii un rumore dall'altro lato della porta della cucina.

Quattro suoni elettronici acuti e rapidi.

*Bip. Bip. Bip. Bip.*

I *bip* non erano particolarmente forti. Non erano programmati per esserlo. In più, il rumore era soffocato dalla porta della cucina e dalla distanza tra la porta e i gradini del seminterrato.

Ma per me erano comunque inconfondibili, perché li avevo sentiti numerose volte da quando avevamo installato la nuova cucina.

Era il suono dei pulsanti del microonde che venivano premuti.

Quattro *bip*, perché chi stava usando il microonde aveva selezionato una funzione e una potenza, poi aveva impostato il timer e aveva premuto START.

Al che si sarebbe udito un ronzio.

La luce all'interno si sarebbe accesa.

Non potevo sentire il ronzio né vedere la luce, ma sapevo con un'intensità bruciante che cosa significava. Mi ricordai di ciò che Donovan aveva detto prima.

I nostri cellulari erano dentro il microonde e se venivano scaldati per più di qualche secondo avrebbero potuto innescare un incendio.

Come scintille incandescenti, l'ansia mi percorse la schiena. Le ginocchia si piegarono.

*Devi uscire da qui.*

*Devi uscire subito.*

Salii di corsa le scale e cercai di aprire la porta. Non si

mosse di un millimetro. Era tenuta saldamente chiusa dal chiavistello esterno.

La spinsi. Ci battei sopra col pugno. «Aprite! Fatemi uscire!»

Non ci fu risposta.

Picchiai più forte. La urtai con la spalla. La presi a calci. «Sam? Donovan?»

Nulla.

Mi ritrassi per la frustrazione e fissai la porta per qualche istante, immaginando che il chiavistello si sganciasse e la porta si aprisse, ma non accadde.

Mi girai e scesi le scale di corsa, voltandomi in fondo e fiondandomi verso il banco da lavoro e la bacheca degli attrezzi dall'altra parte della stanza.

Quando Sam mi aveva rinchiuso nel seminterrato, non c'erano. Sarei uscita se ci fossero stati.

Ma ora le cose erano diverse.

*Io* ero diversa.

Ero stata dall'altra parte della porta.

Avevo visto il chiavistello che la chiudeva. Sapevo esattamente dov'era.

Davanti alla bacheca, mi passai una mano sul viso, esaminando gli attrezzi.

Presi un cacciavite e uno scalpello, posai il primo e scelsi un martello.

Aveva un manico spesso in gomma, un'asta di metallo lucido e una testa di metallo opaco e ossidato.

Era molto più grande e pesante del martello che tenevo in mansarda nella mia cassettina degli attrezzi per appendere i quadri.

Con lo scalpello nella mano sinistra e il martello nella destra, tornai verso le scale.

A mano a mano che salivo mi arrabbiavo sempre di più, furiosa, e stringevo la presa intorno allo scalpello, provando già nella mia mente cosa dovevo fare dopo. Perché avevo imparato molto, sistemando la casa. E ora sapevo come romperla.

Ma, prima di colpire, mi fermai e appoggiai l'orecchio alla porta.

L'avevo già fatto?

Rimanere in ascolto, in attesa di segnali e suoni.

In attesa di Sam.

All'inizio terrorizzata che si avvicinasse alla porta e scendesse nel seminterrato.

Però poi quasi lo bramai, volevo che venisse... un'idea nauseabonda.

Non sentivo passi o movimenti, ma sentivo altre cose.

Il rombo del sangue nella mia testa.

Il basso ronzio del microonde.

Che scoppiettava.

Sfrigolava.

Un crepitio elettrico.

*Un attimo.*

La bacheca degli attrezzi non era l'unica cosa che era cambiata da quando Sam mi aveva rinchiuso lì sotto.

E non mi aveva solo fatto riprogettare e arredare la sua casa.

Mi aveva anche fatto supervisionare gli artigiani che avevano eseguito i lavori che non potevo fare io.

*Compresi gli elettricisti che avevano rifatto tutto l'impianto elettrico.*

Durante i lavori, avevano consigliato di spostare la posizione della scatola dei fusibili dalla cucina alla parete appena dentro il seminterrato, vicino a dove mi trovavo ora.

Mi girai verso di essa con una sensazione di vuoto, consapevole di ciò che stavo per fare e dove mi avrebbe portata, ma sapendo di doverlo fare comunque.

Alzai lo schermo di plexiglas che copriva i fusibili.

Esitai.

Poi tolsi tutta la corrente alla casa.

L'oscurità fu immediata e totale.

M'inghiottì del tutto.

Fissai le tenebre e mi dissi di respirare.

Di non andare nel panico.

Il che era impossibile, ovviamente, perché ero stata addestrata a farmi prendere dal panico. Condizionata.

Una sgradevole sensazione di freddo appiccicoso mi avvolse, viscida e cerosa.

Non sentivo più nulla, se non un inspiegabile ticchettio, e mi ci volle un attimo per capire che proveniva dai miei denti. Li stavo battendo.

Il buio era calato da due o tre secondi, ma sembrava durare da molto più tempo.

Poi i miei occhi cominciarono ad abituarsi.

Non all'oscurità. Era troppo assoluta.

Ma al debole barlume di luce intorno al bordo della porta.

Divampava e pulsava.

*Fiamme*, rantolò una voce nella mia testa.

E poi il primo sentore di fumo.

Era leggero, ma era chiaro che era di plastica che bruciava. Un odore caldo nell'aria. Sfruttando la poca luce, tastai il contorno della porta fino a individuare il punto sopra la maniglia dove pensavo che si trovasse il chiavistello esterno.

Incastrando la punta dello scalpello nella fessura sottile tra il bordo della porta e il telaio, procedetti a tentativi finché non fui certa che la testa del martello fosse allineata con l'estremità bombata del manico dello scalpello.

Ritrassi il martello, poi iniziai a picchiettare.

E mi colpii il pollice.

Trasalii, aggiustai la presa e picchiettai di nuovo.

Stavolta centrai lo scalpello e la fessura retroilluminata si allargò di poco con un *crac*.

*Okay.*

Divaricai i piedi, piegai il collo, ritrassi il martello e stavo per colpire di nuovo, quando risuonò un nuovo rumore elettronico.

Era penetrante, stridulo, esasperante.

L'allarme antincendio.

Era collegato alla corrente, ma aveva anche batterie di riserva in caso di blackout.

Con una smorfia, martellai di nuovo.

E mancai il bersaglio.

Quasi.

Ma colpii di striscio lo scalpello che scivolò di lato, cadendomi dalle mani e tintinnando nell'oscurità vicino ai miei piedi.

*No.*

Mi accovacciai per tastare il pavimento alla cieca. Mi ci vollero alcuni secondi di panico prima di ritrovare lo scalpello, poi mi alzai, lo ficcai nel telaio della porta e lo tenni fermo, stringendo in parte il manico, in parte la lama.

Mi raggiunse un altro sbuffo di fumo.

Sferrai un altro colpo di martello e mi colpii di nuovo il pollice.

Mi faceva male, ma non m'importava.

Ero già pronta a colpire di nuovo.

Ancora e ancora.

A volte centravo il bersaglio.

Altre no.

Ma, a forza di colpire, alla fine la lama scivolò nella mia mano, tagliandomi il palmo.

Bruciava, però era necessario.

Perché non avrei più mollato lo scalpello.

Non sarei rimasta bloccata nel seminterrato.

«Cazzo!»

Gli occhi mi lacrimavano e le orecchie mi fischiavano. Questa volta il martello colpì più forte, proprio sulla base dello scalpello, e l'attrezzo scattò in avanti, spargendo frammenti di legno, con un suono sordo e tintinnante di metallo che picchia il metallo.

*Il chiavistello.*

Spostai il peso di lato, dandomi più spazio per lavorare, e martellai l'estremità dello scalpello altre due volte.

Qualcosa si spaccò.

Uno scatto metallico.

Un rumore sordo quando il chiavistello cadde sferragliando sulle piastrelle della cucina, dall'altra parte della porta.

Qualcuno aveva sentito? Sam aveva sentito?

Dopo aver sfilato lo scalpello dallo stipite della porta con entrambe le mani e averlo lasciato cadere dietro di me, mi portai il martello all'altezza della spalla e afferrai la maniglia della porta.

## 102

La maniglia era calda.

La girai rapidamente, aprii la porta e subito mi ritrassi, riparandomi il viso.

Le fiamme erano concentrate nella parte della cucina più vicina a me. Sembrava fosse stato spruzzato un olio o un accelerante. Una chiazza di liquido sul piano di lavoro dell'isola era incandescente. Bagliori di gas blu si propagavano lungo la parete al mio fianco dagli schizzi e dalle pozze sul piano di lavoro.

L'incendio era ancora alle prime fasi, ma era divampato a tal punto che non ce l'avrei mai fatta a spegnerlo da sola e presto sarebbe peggiorato. Le macchie sulla parete cominciavano ad annerirsi e a fumare. Vedevo altre fiamme all'interno del microonde.

Usando l'avambraccio come scudo, scrutai il bagliore e il calore, con le orecchie che pulsavano per l'allarme.

Fu allora che vidi Donovan.

Non era più accasciato all'indietro sul piano cottura. Ora giaceva prono sul pavimento, immobile, tra l'isola della cucina e i fornelli, con un braccio piegato sotto di sé e l'altro sul petto.

Non riuscivo a vedere Sam.

Non sapevo dove fosse.

Al di là delle fiamme infernali, era quasi buio, ma riuscivo a scorgere la porta d'ingresso attraverso il fumo.

Chissà se era ancora chiusa a chiave.

Non lo sapevo.

« Merda. »

Mi sporsi e diedi un'occhiata al mio fianco. La portafinestra che dava sul patio era chiusa e, anche se avessi rotto il vetro e fossi uscita, sarei rimasta intrappolata nel giardino sul retro.

*Prendi una decisione.*

Il frastuono del rilevatore di fumo rendeva difficile pensare.

Uno sbuffo di scintille esplose all'interno del microonde e io gridai e mi abbassai, riportando lo sguardo su Donovan.

Non si era mosso.

Ma mi ricordai di come aveva usato il suo mazzo di chiavi per chiuderci in casa. Mi ricordai di come le avesse infilate nella tasca anteriore dei pantaloni.

Rimasi dov'ero per un altro secondo: detestavo l'idea di avvicinarmi a lui, ma sapevo di doverlo fare comunque.

## 103

Mi tolsi il maglione e rimasi in canotta. Me lo premetti sul viso come maschera improvvisata, quindi mi avventurai tra il fracasso e le fiamme verso Donovan, fermandomi a due o tre metri di distanza. Il calore mi pungeva la pelle scoperta del viso, delle spalle e delle braccia.

Donovan non si mosse né fece nessun rumore.

Sul pavimento, vicino a lui, c'era una lattina di liquido infiammabile abbandonata. Mi ricordai che Sam l'aveva comprata diversi mesi prima per ricaricare una fiamma ossidrica da cucina che aveva acquistato. L'ennesimo gadget superfluo.

*Come il coltello.*

Lo cercai, ma non lo vedevo.

Non era più sul pavimento davanti ai fornelli, dove Donovan l'aveva fatto cadere.

Studiai più da vicino il corpo di Donovan. Non si muoveva per niente.

Alla mia sinistra, il fuoco divampava sull'isola della cucina.

Alla mia destra, le fiamme avevano iniziato a salire verso una credenza a muro.

Davanti a me, il fumo continuava a uscire dal microonde.

Una luce blu brillante lampeggiava sul rilevatore di fumo.

Probabilmente era una pessima idea.

Dovevo andarmene e basta.

Ma non potevo lasciarlo. Aveva cercato di aiutarmi, anche se non era la sua intenzione iniziale, o almeno lo pensavo.

Gli diedi un colpetto con la punta del piede.

Avevo i nervi a fior di pelle.

Nessuna risposta.

Mi chinai e allungai titubante una mano, poi lo scossi per la spalla.

Ancora nulla.

Non stava fingendo.

Non avrebbe finto.

E non solo.

Non me ne ero accorta subito, al buio, ma la pozza in cui si trovava la punta della mia scarpa da ginnastica non era di accelerante.

Era sangue.

Un momento di puro terrore, di totale incredulità, poi gli afferrai il braccio e lo feci rotolare sulla schiena.

Aveva il maglione inzuppato e, alla luce delle fiamme, vedevo due o tre buchi irregolari sul torso. Il collo, la gola e il viso erano ricoperti di sangue.

Poi aprì gli occhi di scatto e inspirò bruscamente.

Un rantolio orrendo.

Indietreggiai verso il piano di lavoro in fiamme alle mie spalle, mentre l'allarme continuava a suonare stridulo.

Con uno sforzo immane, girò la testa verso di me e alzò leggermente la mano destra.

Ma non aveva un atteggiamento minaccioso e ormai era quasi del tutto privo di forze.

Le sue dita si aprirono per rivelare una barra di luce in mezzo al fumo acre.

*Il suo smartphone.*

Lo schermo era illuminato.

« Ambulanza... arriva », ansimò.

Sullo schermo si vedeva una chiamata.

Aveva chiamato il 999 poco meno di un minuto prima.

Mi fece segno di avvicinarmi e schiuse le labbra screpolate per dire altro, ma questa volta, quando mi chinai verso di lui, tutto ciò che riuscì a fare fu lasciarsi sfuggire il telefono di mano.

Per qualche secondo rimasi dov'ero a fissare Donovan. Forse avevo paura di spezzare quel momento di stasi e affrontare la realtà.

Era stato Sam.

Aveva accoltellato un uomo ripetutamente, con violenza.

Aveva appiccato un incendio.

Poi presi il telefono di Donovan e me lo premetti all'orecchio. «Pronto?» gridai.

Era difficile sentire nella confusione dell'incendio e dell'allarme. Lasciai cadere il maglione e mi tappai l'orecchio. Un secondo d'interferenze, e poi una voce maschile. «Siamo i servizi di pronto intervento.»

«Oh, grazie a Dio! Casa mia è in fiamme. Il mio ragazzo ha pugnalato qualcuno. Ha un coltello. Siamo al numero 18 di Forrester Avenue, Putney.»

La risposta mi sfuggì. Cominciai a tossire per il fumo e le esalazioni. Mi battei il pugno contro il petto per liberare i polmoni e nel frattempo cercai Sam intorno a me.

Non c'era ancora traccia di lui.

«Sei al sicuro?» chiese l'operatore, o almeno così credevo. «Sai dov'è il tuo ragazzo?»

«No», strillai.

Non riuscii a sentire quello che disse dopo.

Mi guardai di nuovo intorno, poi mi chinai verso Donovan. «Dov'è Sam?» gli urlai.

Scosse la testa. «Non lo so», gracchiò.

Mi si rivoltò lo stomaco.

Sapevo di non poter abbandonare Donovan, ma avevo paura di spostarlo: temevo di peggiorare le sue ferite, ed ero terrorizzata al pensiero che Sam fosse ancora in casa. «Quanto ci vuole prima che arrivi qualcuno?» chiesi all'operatore.

Una risposta ovattata.

«QUANTO CI VUOLE?» Di nuovo, non riuscii a sentire nulla. Infilai il telefono in tasca e avvicinai la bocca all'orecchio di Donovan. «Devo spostarti.»

Mi parve che annuisse.

Afferrai il martello e me lo infilai alla cintura, poi andai verso i piedi di Donovan, gli presi le caviglie e tirai.

Grugnì per il dolore, ma si mosse appena. Il suo peso sembrava immenso.

«Scappa», mormorò.

Scossi la testa e tirai di nuovo, stavolta più forte, tossendo fumo dai polmoni.

Si spostò un po' più avanti, con le braccia che si trascinavano dietro, il maglione e la fasciatura improvvisata sul fianco che s'impigliavano nel pavimento.

Mi guardai alle spalle per cercare Sam, con gli occhi che mi pizzicavano e lacrimavano, poi mi voltai di nuovo.

Le fiamme sul granito annerito dell'isola della cucina si stavano estinguendo, ma quelle che divoravano la credenza a muro cominciavano a far venire le bolle sulla vernice.

«Forza!» gridai, e questa volta tirai con tutte le mie forze. Caddi sul pavimento in legno, poi ci riprovai.

Inspirai altro fumo, ma non mi fermai e trascinai Donovan sempre più lontano dalle fiamme, fino a raggiungere i tre gradini che portavano al soggiorno.

Finii in ginocchio, trasalendo per lo sforzo e per il suono stridulo dell'allarme. Mi appoggiai per un attimo sul gomito, poi mi rialzai, infilai le mani sotto le ascelle di Donovan e lo sollevai finché il suo corpo non fu appoggiato di lato contro i gradini.

Grugnì e cercò di alzarsi.

«Aspetta.» Salii i gradini e gli afferrai il polso sinistro con tutt'e due le mani, poi lo strattonai.

Donovan gemette. La schiena mi faceva malissimo. Il guanto si sfilò in parte mentre lui scivolava in avanti a scatti sulle assi del pavimento che avevo verniciato con tanta cura.

Ripetei il processo, arrivando appena oltre la cima delle scale e continuando verso la porta d'ingresso. Un altro allarme antincendio suonava e lampeggiava dal pianerottolo sopra di me.

Lasciai il braccio di Donovan, feci due passi indietro e tentai di aprire la porta d'ingresso.

Chiusa.

D'un tratto mi sentii osservata.

Avevo paura che Sam stesse per saltarci addosso. Avevo paura che si nascondesse dietro la poltrona dove prima si era nascosto Donovan.

Impugnai il martello e tirai fuori il cellulare di Donovan dalla tasca. Dopo aver tirato su la tendina con dita tremanti, attivai la torcia, poi illuminai l'area oscura a destra, facendo luce sul divano verde e sul tavolino in marmo, sul camino e sulla poltrona.

Nessuna traccia di Sam.

Mi avventurai, rallentando quando mi avvicinai alla poltrona.

Tremavo da capo a piedi.

Sollevai il martello e feci un grande passo in avanti, urlando di terrore e frustrazione mentre facevo roteare la torcia, ma Sam non era in agguato nemmeno lì.

Fu allora che la sentii.

Una corrente d'aria fresca dietro di me.

Mi voltai e aprii le persiane.

La finestra a ghigliottina più vicina alla porta d'ingresso era tutta sollevata.

Si affacciava sulla strada immersa nella notte.

*Sam dev'essere uscito da qui.*

In fretta e furia, misi di nuovo il martello nei jeans e tornai da Donovan. Caddi in ginocchio accanto a lui, infilai le dita nella tasca destra dei suoi pantaloni e trovai il mazzo duplicato, poi lo usai per aprire la porta.

L'aria della notte si riversò dentro. Frizzante e nera.

Trascinai Donovan appena fuori, sul vialetto. Il suo viso era contratto dal dolore. Il sudore gli colava dalla fronte.

Quando mi raddrizzai, avevo le gambe pesanti e i polmoni in fiamme.

Guardando accanto a me notai che lo zaino di Sam era sparito da dove l'aveva lasciato vicino alla porta d'ingresso.

Portai il telefono di Donovan all'orecchio, col respiro affannoso. All'interno della cucina, vidi la credenza prendere fuoco. « Ci sei ancora? »

« Sì », rispose l'operatore.

« Quanto ci vuole prima che arrivi qualcuno? Ti prego, dovete aiutarci, credo che l'incendio si stia estendendo. »

« Stanno arrivando. »

Lanciai un'occhiata dietro di me, ma non riuscii a vedere né a sentire nulla che m'indicasse che erano vicini.

« Devo far uscire qualcun altro. » Poi scavalcai Donovan, puntai la torcia davanti a me e mi precipitai su per le scale.

Il fascio della torcia tagliò l'oscurità, oscillando davanti a me.

Lo seguii su per le scale e lungo il pianerottolo. Mentre correvo, il pensiero di Sam mi tormentava: chissà dov'era andato, cosa avrebbe fatto dopo.

Mi aveva spinto nel seminterrato e aveva chiuso la porta dietro di sé. Non poteva immaginare che sarei uscita.

*E ha dato fuoco alla casa con te dentro. Non voleva che tu scappassi.*

Mi lanciai nell'oscurità, con l'allarme che strideva e lampeggiava intorno a me, e poi mi lanciai su per le scale che portavano alla mansarda, andando a sbattere contro le pareti.

Solo quando mi avvicinai alla cima riuscii a sentire delle grida sopra il rumore dell'allarme.

Bethany.

«AIUTATEMI! AIUTO!»

Mi precipitai nella mansarda, correndo verso lo spiovente, illuminando la porta del mobiletto con la torcia.

Premetti lo sportello, che si sganciò. Ma, quando lo spalancai, Bethany si ritrasse da me, coprendosi gli occhi dal bagliore della torcia con le braccia legate.

«Va tutto bene. Bethany, sono io.»

Bethany mi scrutò, stralunata, intontita. «Cosa è successo?»

«Dobbiamo andare.»

«Ho sentito l'allarme.»

C'era un gran rumore in mansarda. Forse l'aveva svegliata prima di quanto Donovan non avesse voluto.

«C'è un incendio. Ti prego, Bethany, dobbiamo muoverci in fretta. Ce la fai a camminare?»

«Un incendio?» Cercò di rialzarsi, ma cadde in avanti, le gambe che le cedevano, come se fosse una bambola di pezza.

La sollevai, aiutandola a uscire dal mobiletto mentre si accasciava contro di me.

«Non mi sento bene», biascicò.

La trascinai verso la soglia. Non era facile. Le sue gambe la tradirono di nuovo e c'inclinammo di lato, ma la sostenni.

Quando raggiungemmo il pianerottolo della mansarda, spostai Bethany dalla parte del corrimano, così che potesse sostenersi, e la feci scendere di corsa, usando la torcia per illuminare il tragitto davanti a noi.

«È stato Donovan», ansimò. «È stato lui a farmi questo.»

«Lo so.»

«Avrei dovuto darti retta.»

Scossi la testa. Non era il momento adatto.

Quando raggiungemmo il pianerottolo del primo piano, puntai la torcia davanti a noi nella semioscurità.

Sam era lì.

Ci stava bloccando la strada.

Aveva la camicia strappata e macchiata.

Il viso era coperto di sudore e di sporcizia.

Era inclinato verso destra, perché metteva il peso sulla gamba sana.

Stringeva il coltello insanguinato.

Allungai il braccio per fermare Bethany.

Sam fece cadere lo zaino sul pavimento accanto a sé.

Lo scomparto principale era aperto e vedevo mucchi di banconote all'interno. Ma certo: teneva i soldi al primo piano. Forse nel bagno principale. Sapeva che non mi piaceva entrare lì dentro.

«Cosa significa?» chiese Bethany. «Cosa succede?»

«Resta dietro di me.» La spostai alle mie spalle e fissai Sam. «La polizia sta arrivando.»

Bethany cercò di superarmi. «Dobbiamo andarcene da qui!»

La spinsi indietro con ancora più forza e feci un passo in avanti.

Si fermò e iniziò a urlare a Sam: «Perché hai un coltello?»

Lui sbatté le palpebre e la guardò con uno strano distacco. C'era qualcosa di meccanico nei suoi movimenti. Un'oscurità vacua negli occhi.

Il bagliore blu dell'allarme antincendio gli balenava sul

viso, ma il resto del corpo era in ombra. Troppe parti di Sam erano rimaste nell'ombra.

Lava fusa mi colava nel petto. Mi spaccava in due. La paura era sparita, sostituita da una rabbia ardente. «Che cosa mi hai fatto?» gli urlai, sovrastando il fragore dell'allarme.

Il volto di Sam cambiò. Vi apparve una leggera aria di compiacimento. Tra i guizzi di luce nell'oscurità, sembrava che ci vedessimo davvero per la prima volta. «Credo che tu abbia cominciato a capirlo.»

«Hai ucciso Oliver.»

«Te lo ricordi, allora?»

«Qualcosa. Ricordo che ci siamo incontrati al tuo gruppo di sostegno.»

«Cos'altro ricordi?»

«Abbastanza.» Impugnai di nuovo il martello. Lo tenni lungo il fianco, col manico di legno in una mano e col cellulare di Donovan nell'altra. «Abbastanza da sapere che mi hai tenuto prigioniera, che mi hai incasinato il cervello, che hai stravolto i miei ricordi, che mi hai aggredito, che hai abusato di me.»

Sussultò.

«'Fanculo la tua casa!» Mi scagliai col martello contro la parete, sulla quale creai un buco, e strappai via un pezzo di cartongesso. «'Fanculo tutto quello che mi hai fatto fare.» Un altro colpo, dall'altra parte. Il martello staccò un pezzo del corrimano di legno lucido che correva sopra le colonnine. «E 'fanculo te, soprattutto.» Feci un altro passo.

Bethany urlò e mi tirò indietro.

Sam si precipitò verso di me zoppicando sulla gamba ferita, col coltello al fianco.

Mentre venivo tirata indietro, sferrai un colpo col martello, più veloce che potevo, con un rovescio vigoroso, e gli colpii il mento, facendogli scattare la testa all'indietro e bloccando il suo attacco.

Ma a quel punto io e Bethany cademmo, rotolando a terra in un groviglio.

Sam abbassò lentamente la testa.

Un filo di sangue gli colava dall'angolo della bocca.

Incombeva su di noi col coltello.

Fu in quel momento che Bethany urlò a squarciagola.

Il che lo bloccò.

Sembrava non sapere cosa fare.

Gli puntai la torcia negli occhi, abbagliandolo.

Per un istante di terrore, pensai che stesse per saltarci addosso col coltello, ma poi si coprì gli occhi con la mano e barcollò all'indietro, afferrando lo zaino e dirigendosi verso la cima delle scale per poi scendere a passi incerti.

Mi alzai e mi sporsi oltre il corrimano, guardandolo chiudere lo zaino e zoppicare verso la porta d'ingresso, consapevole del bagliore delle fiamme che proveniva dalla cucina alla mia destra.

Uscì scavalcando il corpo di Donovan.

Poi vidi la mano di Donovan allungarsi all'improvviso e afferrargli la caviglia della gamba ferita.

Ma Sam a malapena si fermò per colpire con l'altro piede la testa di Donovan, e quest'ultimo lo lasciò subito, gemendo e rotolando inerte sulla schiena.

Sam mi scoccò un'ultima occhiata, con un'espressione tesa, selvaggia e accusatoria, poi si allontanò barcollando nella notte.

Aiutai Bethany ad alzarsi. «Dobbiamo andarcene. Dobbiamo uscire.»

I suoi occhi erano febbrili, aveva le guance arrossate e ciocche di capelli appiccicate al viso. I suoi respiri si fecero ansimanti quando fummo avvolte dal fumo, e si coprì il naso e la bocca con le mani legate.

Infilai il mio braccio sotto quello di Bethany e la tirai con forza, senza mollare il martello. Illuminai il tragitto con la torcia del cellulare. La strinsi più saldamente quando le gambe le diventarono molli e la testa iniziò a penzolare.

Ci fermammo in cima alle scale del primo piano. Sentivo il calore salire dal piano di sotto. Il fumo si faceva sempre più denso e nero.

Tossii. «Non mollare. Non manca molto.»

Perse quasi i sensi mentre scendevamo le scale verso il soggiorno. Mancò un gradino e cadde in avanti, ma la spinsi contro le colonnine di legno e il corrimano, tenendola ferma finché non ripresi l'equilibrio.

Nuvole di fumo ci fluttuavano davanti. Le fiamme della cucina brillavano e divampavano. Il fuoco stava avanzando verso la zona giorno. Presto l'incendio si sarebbe propagato in tutta la casa.

Quando raggiungemmo il vestibolo e Bethany vide Donovan a terra, si fermò. «Oh, mio Dio!» gridò.

La trascinai via da lui.

Quando l'aria fresca la sferzò in viso, le gambe le cedettero e cadde sulla ghiaia in mezzo al cortile.

«Tieni.» Le premetti il telefono di Donovan tra le mani. «È il 999. Parlaci.»

Raggiunsi Donovan. Aveva un livido fresco sulla tempia e sulla guancia. C'era del sangue sotto di lui. Sembrava privo di sensi, ma quando m'inginocchiai accanto a lui le palpebre gli tremolarono, le pupille guizzarono e mormorò qualcosa d'incomprensibile.

Avvicinai il viso.

Mi tastò la spalla. «Dovevo... trovarlo...»

«Ci sei riuscito. E la polizia si metterà sulle sue tracce. Stanno arrivando.»

«Dovevo farti pressione. Avevo... bisogno... di risposte... mio fratello...»

«Avresti potuto parlare con me. Avresti potuto...»

Ma il suo sguardo si fece vacuo e le palpebre calarono di nuovo. Aveva un pallore mortale.

«Donovan?» Lo scossi per le spalle. «Donovan?» Gli diedi un buffetto sulla guancia, ma questa volta non rinvenne.

All'interno della casa le fiamme divampavano. Stavano iniziando a consumare le scale, a sfiorare il soffitto.

Tossii nel gomito, poi con le mie ultime forze feci rotolare Donovan su un fianco in posizione di sicurezza e mi alzai.

Barcollai e tossii, poi mi piegai in avanti e ansimai nel tentativo di espellere il fumo che avevo inalato, sputando a terra.

L'allarme era molto più sommesso fuori casa, anche

con la porta aperta. Nessuno dei nostri vicini era uscito per indagare su quanto stava accadendo. Nessuno sembrava essersi accorto dell'incendio.

Mi passai il dorso della mano sulla bocca prima di chiedere a Bethany: «Quanto manca ancora?»

«Hanno detto meno di cinque minuti.» Era inginocchiata sulla ghiaia col cellulare tra le mani, la luce della torcia ancora accesa, gli occhi lucidi e vacui.

Distolsi l'attenzione da lei per guardare lungo la strada in entrambe le direzioni, senza smettere di tossire, ma non vedevo Sam.

Stavo per girarmi nella direzione opposta, dall'altra parte rispetto alla casa di John, quando intravidi qualcosa con la coda dell'occhio.

La porta di John era socchiusa.

La porta era solo leggermente aperta, ma sapevo che non l'avevamo lasciata così.

Avevo visto Donovan chiuderla e gettare le chiavi di John nell'angolo del cortile. Ma sapevo pure che Sam aveva le chiavi di casa di John. Me le aveva mostrate prima di rimetterle nello zaino.

Ma perché era andato da John?

Sentii la testa pulsarmi.

Non mi mossi. Non ero sicura di volerlo.

La via era deserta.

Cinque minuti all'arrivo dei servizi di pronto intervento.

Provai una fitta mentre pensavo a John. Sapevo quanto fosse vulnerabile, quanto la situazione di prima l'avesse agitato.

Guardai Bethany, che sembrava pietrificata e spossata, poi guardai Donovan.

Sam lo aveva pugnalato e preso a calci.

Fu allora che in me si fece strada un'illuminazione sfolgorante.

Sam era un mostro. Aveva brutalmente aggredito Donovan. Aveva ucciso Oliver. Mi aveva intrappolato in quella casa con l'inganno per quasi due anni.

*In tutto questo tempo, Sam ha fatto visita a John ogni santo giorno.*

Avevo creduto che fosse perché Sam era una brava

persona. Un buon vicino. Pensavo che si prendesse cura di John.

Ma forse mi sbagliavo anche su quello? E se fosse stato una minaccia per John come lo era stato per me?

*Oh, no.*

Un vuoto si formò dentro di me mentre spostavo lo sguardo da Bethany alla strada.

Nulla faceva ancora pensare che i vicini si fossero accorti dell'incendio a casa nostra. Con la siepe di bosso a schermare il nostro cortile e la maggior parte delle persiane chiusa, non si poteva vedere facilmente l'interno.

Avrei dovuto urlare: *Al fuoco!*

Avrei dovuto lasciare il problema a qualcun altro.

Ma, di nuovo, qualcosa mi fermò.

Quella colata di lava. Mi stava inondando le vene.

Se Sam fosse stato lì dentro, non gli avrei permesso di farla franca.

Mi chinai e raccolsi il martello dal vialetto. «Aspetta qui», dissi a Bethany.

Uscii dal cancelletto che dava sulla via e mi avvicinai furtivamente alla casa di John.

All'interno le luci erano accese, ma c'era silenzio.

Mi avvicinai con cautela, posai la mano libera sulla porta aperta e rimasi in ascolto, mentre una leggera brezza m'increspava i vestiti.

Non vedevo né sentivo nessun segno di Sam.

«Cosa fai?» bisbigliò Bethany.

Mi voltai verso di lei e premetti un dito sulle labbra.

Presi il bordo della porta, la spinsi delicatamente e posai con cautela un piede all'interno, facendo molta fatica a trattenere un colpo di tosse.

Ogni minimo suono sembrava amplificato. Il frusciare dei miei jeans contro le cosce.

Il vento tra i capelli.

Il cigolio lievissimo dei cardini della porta, le assi del pavimento che scricchiolavano piano, la strana assenza di suoni dall'interno.

Aprii un po' di più la porta fino a vedere il corridoio vuoto verso la cucina, la scala di fronte a me, le porte aperte a sinistra.

Il martello mi sembrava pesantissimo.

Sentii un gemito.

Il suono era flebile e doloroso, confuso, disperato.

Quasi sussurrai il nome di John, ma riuscii a trattenermi.

Mi tolsi le scarpe e proséguii piano.

Il gemito proveniva dalla seconda stanza alla mia sinistra, quella che ora fungeva da camera da letto.

Feci alcuni passi attenti, poi mi fermai e rimasi in ascolto.

Nulla.

Non sentivo Sam.

Non era davanti a me.

Forse me lo stavo immaginando, ma mi sembrava di percepire il calore del fuoco che filtrava attraverso la parete al mio fianco. La puzza di bruciato sembrava permeare la muratura, ma forse proveniva dai miei vestiti e dai miei capelli. I polmoni mi dolevano dal bisogno di tossire.

Un altro gemito, questo più ferale e prolungato.

Adesso ero certa che provenisse dalla camera da letto di John.

Inghiottendo la fastidiosa secchezza in fondo alla gola, avanzai con cautela, oltrepassai le scale e mi diressi in punta di piedi verso la stanza.

## 110

Mi fermai di nuovo prima di entrare nella camera da letto di John.

Lanciai un'occhiata alla porta d'ingresso che avevo lasciato aperta e vidi il debole bagliore delle fiamme.

Quando mi rigirai, mi scrocchiò il collo.

Mi misi una mano sulla bocca per soffocare un colpo di tosse.

Alzai il martello.

Per un attimo mi sembrò che addirittura la casa mi stesse ascoltando. Come se il mio respiro mi avesse tradito.

Poi entrai nella stanza.

La prima cosa che mi colpì fu l'odore.

C'era un olezzo stantio di lenzuola e sonno.

Ma anche qualcos'altro.

Una traccia di ammoniaca. Una nota di fondo umidiccia, qualcosa di aspro e squallido.

John era seduto sul letto ospedaliero e mi dava la schiena, rivolto al vecchio camino in disuso. Aveva le spalle ingobbite, la testa china, le mani in grembo.

Gemette ancora.

Non credevo si fosse accorto della mia presenza. Ebbi l'impressione che stesse gemendo tra sé.

«John?» sussurrai.

Si ingobbì ancora di più senza voltarsi.

Sbattei le palpebre, gli occhi annebbiati e brucianti per il fumo, la gola secca e arida.

Mi guardai intorno, però, se Sam era in casa, non era nella stanza.

John era solo con tutti i pensieri confusi che gli tenevano compagnia nella testa.

«John, cosa c'è che non va?»

Rabbrividì, ma non rispose.

Controllai la soglia dietro di me, poi feci un passo di lato, aggirando con cautela il letto e avvicinandomi a John. «John, ti va di guardarmi? Devo farti uscire di qui.»

Lui si ritrasse. «John non deve guardare. John deve rimanere nella sua stanza.»

Provai una sensazione fastidiosa mentre guardavo il modo in cui era raggomitolato, intimidito. Come se fosse un'abitudine. «Oh, John, no.»

Un'ondata di calore mi percorse da capo a piedi, mentre pensavo a tutte le sere in cui Sam era andato a trovare John. Tutte le volte in cui mi aveva raccontato come avevano passato il tempo.

Sam mi aveva detto che leggeva libri o giornali a John.

Aveva detto che correggeva i temi mentre John guardava la TV.

Ma ora sospettavo che non fosse la verità.

O forse lo era solo in parte.

Perché la postura ingobbita di John, il suo gemito sommesso e triste parlavano di un'esperienza completamente diversa.

«Oh, John, mi dispiace. Mi dispiace tanto.» Cercai di prendergli le mani, ma lui si ritrasse da me, gemendo più forte.

Diedi uno sguardo alla porta, in attesa di una risposta. Quando non arrivò, abbassai la voce. «Sai dov'è Sam?»

«John non guarderà. John non può guardare.»

Un crampo improvviso.

Le mie dita sudate scivolarono sul manico del martello. «John, cos'è che non devi guardare?»

Invece di rispondermi, si limitò a scuotere la testa e a fissare il pavimento.

Mi misi la mano sul petto, sui polmoni doloranti.

«Non andrò di sopra», sussurrò.

«Di sopra?»

Feci tre passi indietro e mi sporsi nel corridoio per guardare in cima alle scale.

Capii diverse cose tutte insieme.

Qualunque cosa Sam fosse venuto a cercare, qualunque cosa lo avesse attirato all'interno, si trovava al piano superiore.

Era quello il motivo per cui Sam aveva spostato la camera da letto di John al piano terra? Sospettavo che la comodità di John non fosse l'unica ragione.

«Mary è andata di sopra», mormorò John. «Non sarebbe dovuta andare di sopra.»

Mi voltai di scatto. *No.*

Del resto, era stato Sam a trovare Mary dopo la caduta.

Era stato Sam a chiamare l'ambulanza.

Ma era stato sempre Sam a buttare Oliver dal tetto.

Era stato Sam a spingermi giù per i gradini del seminterrato.

E, con Mary fuori dai piedi, John era rimasto il nostro unico vicino. Era solo e soffriva di demenza.

Chissà se Mary aveva sentito qualcosa che l'avesse insospettita. Avevo urlato? Avevo preso a pugni le pareti del seminterrato? Aveva chiesto spiegazioni a Sam? Un'altra ondata di rabbia.

Dovevo portare fuori John, ma non volevo che si agitasse o gridasse, se ci avessi provato.

Mi avventurai nel corridoio, fissando il pianerottolo del primo piano, con la spina dorsale così tesa che sembrava allungarsi. Immaginai Mary e l'altezza della caduta, la violenza con cui era atterrata, il dolore che aveva provato.

Aveva perso i sensi quando Sam mi aveva chiamato per aiutarlo. Le avevo tenuto la mano mentre i paramedici la portavano via in barella.

Raggiunsi il fondo delle scale e misi il piede sul primo gradino, aggrappandomi alla balaustra e stringendo il martello.

Avevo davvero intenzione di salire?

Un *clic* sommesso dietro di me.

Mi girai per vedere Sam che appoggiava la schiena contro la porta d'ingresso che aveva chiuso dietro di sé.

Sudava, sussultando dal dolore, mettendo tutto il suo peso sulla gamba sana, tenendo quella ferita sulla punta del piede. «Ma guarda un po'. Noi due, di nuovo soli.»

## 111

La sua voce suonava diversa, rauca e tesa. Mi domandavo se gli avessi rotto la mandibola quando l'avevo colpito col martello.

O forse stava trapelando il vero lui.

Si lanciò verso di me, zoppicando in modo grottesco sulla gamba ferita, con la lama del coltello che scintillava.

Gridai e mi avventai con tutte le mie forze, alzando il martello.

Ma questa volta era pronto.

Schivò il mio colpo e mi piombò addosso con tale forza che il martello mi sfuggì di mano mentre cadevo all'indietro sulle scale. Avanzò verso di me, e io mi alzai in piedi, aggrappandomi al corrimano con la mano sinistra, e salii i primi due gradini.

Mi sentivo come se stessi salendo di corsa su una scala mobile in discesa.

Qualcosa mi colpì il tallone.

Gridai di nuovo e mi voltai per vedere che Sam si era lanciato verso il mio piede, lo aveva mancato e si era accasciato sulle scale, sempre col coltello in pugno, in preda al dolore.

Un rivolo di saliva gli uscì dalle labbra.

Si rialzò sui gomiti mentre io proseguivo in fretta e goffamente, coi polmoni che facevano fatica a inspirare abbastanza aria. « Bethany! » urlai.

Il cuore mi batteva così forte che sembrava sul punto di schizzarmi fuori dal petto.

Arrivai al pianerottolo, già senza fiato, e girai a sinistra, verso la facciata della casa. Lontano dalla camera da letto in fondo e dal bagno principale; tutto era disposto come un'immagine speculare di casa nostra.

O meglio, di casa nostra prima della ristrutturazione. Carta da parati macchiata. Moquette logora. Macchie di muffa e umidità su soffitti e pareti.

Passai di corsa accanto alla porta di una camera da letto chiusa alla mia destra.

Vidi due porte davanti a me.

A differenza di casa nostra, le stanze anteriori non erano state unite per formare un unico grande spazio.

Scelsi la porta a destra, abbassai la maniglia, appoggiai la spalla al legno.

*Errore.*

La porta si mosse a malapena prima di sbattere contro qualcosa di duro dall'altra parte.

La spinsi di nuovo.

Non si spostò di un millimetro.

Non riuscivo a passare attraverso la fessura e, quando mi voltai, Sam aveva raggiunto la cima delle scale.

Fece un respiro affannoso e si appoggiò al corrimano per muoversi, facendo smorfie, ringhiando e zoppicando verso di me.

Pervaso dall'adrenalina, il mio braccio scattò verso la porta a sinistra.

Si aprì e io mi precipitai dentro, sbattendo contro qualcosa di piatto e duro col viso, con le mani e con la parte superiore del corpo.

L'oggetto scivolò in avanti e s'inclinò contro qualco-s'altro.

Ci posai le mani sopra per sollevarmi.

Le tende non erano state tirate. I lampioni in strada il-luminavano la stanza, consentendomi di vedere che ero circondata da scatole di cartone e casse da imballaggio.

Erano impilate in colonne altissime, quasi fino al soffit-to, con canali stretti e labirintici nel mezzo. Sospettavo che contenessero molti oggetti di John e Mary.

C'era puzza di muffa. La stanza era fredda. Con mol-ta probabilità il riscaldamento non era acceso in quella stanza.

Mi abbassai e m'infilai lungo il passaggio alla mia de-stra.

Un rumore di passi dietro di me.

Le assi del pavimento vibravano.

Sam raggiunse faticosamente l'ingresso della stanza. Sentivo i suoi rantolii.

La paura mi si agitava nel ventre, mentre correvo acco-vacciata alla mia sinistra, per poi spuntare appena sotto una finestra a ghigliottina.

Dietro di me c'erano alte pile di scatole di cartone.

Non riuscivo a vedere Sam.

Lui non poteva vedere me.

Guardai fuori.

Ancora nessuna ambulanza.

Niente polizia.

A casa nostra, le fiamme erano arrivate al primo piano. Illuminavano il buio fuori dalle finestre della camera da letto che avevo condiviso con Sam. Volute scure di fumo si disperdevano nell'aria.

Bethany era sul marciapiedi davanti al cancelletto di John: camminava avanti e indietro come se non riuscisse a decidere cosa fare, guardando nervosamente la porta e poi la via. Aveva il cellulare di Donovan all'orecchio e stava urlando.

Premetti le mani contro il vetro e spinsi verso l'alto, pronta a gridarle qualcosa.

Ma la finestra non si mosse.

Cercai il chiavistello.

Non c'era.

Non avrebbe dovuto essere chiusa.

Colpii il vetro, picchiando e gridando il nome di Bethany.

«Le ho inchiodate», disse Sam.

Mi girai di scatto e lo trovai a fissarmi dall'altro lato dello scatolone alla mia destra. Ci separava un muro di scatole che mi arrivava fino al petto. Era di nuovo piegato su un fianco. Riusciva a malapena ad appoggiare il peso sulla gamba sinistra.

Ansimavo. Ero paralizzata dalla paura.

Guardai ovunque in contemporanea, valutando la distanza tra noi, le ombre nella stanza, il modo in cui mi ostacolava il percorso verso la porta, il modo in cui si teneva a malapena in piedi.

«Cosa vuoi?»

«Te. Ho sempre e solo voluto te, Lucy.»

Una fitta di terrore dritta al cuore.

Tutto il mio corpo sembrava vibrare mentre tastavo la finestra dietro di me. Ma sentii solo legno e vetro.

Lanciai un'occhiata a Bethany, che questa volta incrociò il mio sguardo, terrorizzata.

«Stanno per arrivare!» urlò.

«Com'è stata?» chiese Sam. «La svolta?»

Lo guardai e scossi la testa. Non volevo parlarne. Non volevo soddisfare il suo bisogno di sapere.

Ma capivo pure che dovevo temporeggiare.

«Ti ha fatto male?»

Annuii.

«È stato traumatico?»

«Sì.»

«Cos'altro?»

Un attimo di silenzio.

Mi girava la testa.

Poi sentii le sirene. Risuonavano nell'aria.

Ci fissammo.

Le sirene si fecero più forti, più vicine.

Lo vidi fare un rapido calcolo. Contrasse i muscoli della mascella.

Alzò il coltello e lanciò uno sguardo verso la porta da cui eravamo entrati, come se si stesse domandando se poteva intrappolarci nella stanza insieme, e fu allora che mi staccai dalla parete dietro di me, appoggiai le mani sull'alta scatola di cartone che ci separava e spinsi.

## 112

La scatola si rovesciò e travolse Sam, col contenuto che sbatteva all'interno.

Lui imprecò. Urlò.

Lo sentii cadere all'indietro.

Ma a quel punto stavo già correndo alla mia destra, verso la seconda finestra della stanza, sfiorando con la mano sinistra gli scatoloni tra di noi. Poi balzai di scatto dal pavimento, facendo leva sul gomito, e rotolai sulle scatole come se mi stessi lanciando sul cofano di un'auto.

Mi lanciai verso la fila successiva di scatoloni.

Ma qualsiasi cosa contenessero non era solida.

Il cartone cedette e persi l'equilibrio, ma continuai ad avanzare e lo scatolone oscillò con me, ribaltandosi, facendomi uscire.

Mi misi a carponi e stavo per sfrecciare attraverso la porta della camera da letto in direzione del pianerottolo, quando Sam mi afferrò da dietro, intorno alla vita, e mi trascinò sul pavimento.

Tentai di alzarmi.

Tentai ancora.

Mi contorcevo e mi dimenavo, consapevole che aveva un coltello, ma lui non voleva lasciarmi andare.

Facendo leva sui gomiti, mi trascinai verso la scala che portava alla mansarda.

Non c'era moquette.

Le scale erano di legno nudo.

Appoggiai le braccia sui gradini, mi aggrappai con le unghie e mi sollevai in avanti mentre lui mi tirava indietro. Poi mi voltai e gli affondai il pollice nella ferita alla gamba.

Lui gemette e allentò la presa quel tanto che bastava perché io mi liberassi e scalciassi.

Gli colpii il braccio.

Il petto.

La faccia.

Il naso gli esplose come un frutto schiacciato.

Emise un ruggito di disgusto, mi lasciò andare e io mi lanciai su per le scale. Sul pianerottolo c'era una lampadina nuda.

Avevo quasi raggiunto la cima quando Sam ruggì di nuovo. Mi guardai alle spalle e lo vidi balzare verso di me, con la faccia insanguinata, gli occhi e il naso imbrattati.

Andai all'indietro attraverso la porta semichiusa nella stanza alla mia destra.

Ora sentivo le sirene fuori, in strada. Erano forti e fragorose.

La stanza era illuminata di rosso.

C'era un'unica lampadina rossa nel lampadario sopra di me. Dalle finestre non entrava nessuna luce. Erano dotate di tende oscuranti.

Sam zoppicava e grugniva su per le scale dietro di me, mentre io indietreggiavo ancora nella stanza illuminata di rosso, alzando le mani per difendermi.

Entrò dopo di me, emettendo orribili gorgoglii, la pelle

arrossata dalla luce della lampadina, zoppicando malamente, col naso e coi denti coperti di sangue.

I miei occhi erano fissi su di lui, ma ero anche consapevole di ciò che mi circondava.

Mi resi conto che eravamo in una camera oscura.

Appese a fili c'erano fotografie.

Erano lucide e brillanti.

Ogni immagine mi ritraeva.

Addormentata nella nostra camera da letto.

Alla luce rossa, i colori e i contrasti erano sbiaditi, pallidi.

O forse già in origine non c'erano molti colori.

Perché le fotografie erano state chiaramente scattate di notte con qualche tipo di obiettivo speciale.

Una sensazione terribile e invasiva.

Quei *clic* nei miei sogni.

Forse non erano solo i ricordi distorti e confusi del periodo trascorso nel seminterrato.

Forse era stato anche il suono dell'otturatore di una macchina fotografica.

Sam non aveva venduto tutta la sua attrezzatura fotografica, dopotutto. Una parte era ancora lì.

I miei piedi s'impigliarono in qualcosa e abbassai lo sguardo per vedere il suo zaino sul pavimento.

Al suo interno, in mezzo ai soldi, erano stipate decine di fotografie.

*Ecco perché è venuto qui.*

*Ecco cosa voleva.*

I miei occhi si posarono su alcune delle immagini che fuoriuscivano dallo zaino.

Lo spettro dei colori era sempre sbiadito.

Le foto erano sempre pallide.

Mi ritraevano legata nel seminterrato, su una sedia con la testa china, accasciata nella doccia, rannicchiata in fondo alle scale.

Ma, in qualche modo, le altre immagini erano ben peggiori.

C'erano foto di me che dovevano essere state scattate prima del rapimento, quando avevo i capelli più lunghi e indossavo abiti diversi.

Fotografie in cui ero seduta alla finestra di un caffè del centro di Londra.

Altre in cui aspettavo un bus, in cui camminavo per strada.

Una in cui stringevo un paio di tende nel mio vecchio appartamento al piano terra a Tooting, mentre guardavo fuori con espressione spaventata e pensosa.

« *Ti stavo osservando.* »

Mi ritrassi.

*Oddio.*

Mi osservava da tanto tempo.

Quella sensazione che avevo provato. La paranoia di essere pedinata. Quella che mi aveva portato al suo gruppo di sostegno.

Era reale.

Non era stato frutto della mia immaginazione.

Era stato lui.

## 113

Sam avanzò zoppicando, colmando la distanza tra noi, stringendo il coltello con una mano e la coscia con l'altra.

Era sudato, i vestiti e i capelli erano sporchi e trasandati. Era coperto di sangue. I suoi respiri erano affannosi e rauchi.

«Sei fuori di testa.»

«Sì, e anche tu. Lo siamo tutti.»

«Non ho paura di te.» Allungai la mano al mio fianco e sentii le mie dita finire in qualcosa di umido. «Non ho più paura di te.» Girandomi di lato, raccolsi il vassoio del liquido di sviluppo e glielo versai sugli occhi.

Ululò e s'inarcò, portandosi le mani al volto.

Lasciai il vassoio e spinsi Sam da parte, sferrando un pugno contro la sua gamba malandata, poi lo superai e attraversai il pianerottolo fino all'altra stanza della mansarda.

Era buio, ma le pareti brillavano di blu nello sfarfallio delle luci di emergenza provenienti dall'esterno.

Davanti a me c'erano un paio di portefinestre con cornici in legno deformate, che si aprivano su un piccolo balcone in linea al nostro.

Sentivo Sam barcollare dietro di me, i passi che rimbombavano a un ritmo disarmonico.

Non mi fermai.

Non rallentai.

Mi precipitai verso le porte, alzai il piede destro in aria e battei il tallone contro la serratura.

Le porte si spaccarono come un tronco colpito da un'ascia.

Mi faceva male il tallone, come se avessi calpestato un chiodo.

Barcollai fuori, andai a sinistra, presi fiato, mi aggrappai ai mattoni fatiscenti del parapetto e guardai giù.

Sotto di me c'era il vialetto d'ingresso della casa di John. Sentivo il calore che imperversava in casa nostra.

Era un vero inferno.

Al piano terra i vetri delle finestre si erano spaccati. Le fiamme si alzavano verso il cielo, mescolandosi coi bagliori luminosi dalle camere da letto anteriori. Le scintille si sprigionavano nell'aria.

Mi coprii il viso e scrutai le sagome spettrali dei veicoli di emergenza parcheggiati di traverso sulla strada. Vedevo due autopompe, un paio di ambulanze e auto della polizia. Una squadra di paramedici aveva messo Donovan su una barella e lo stava portando verso una delle ambulanze, con fasciature sulle ferite e una maschera per l'ossigeno sul viso. Bethany stava gridando a un paio di agenti di polizia in giubbotto antiproiettile, spingendoli verso la porta d'ingresso di John.

Poco più in là, decine di nostri vicini e altri curiosi erano ora riuniti negli ingressi illuminati delle loro case, sul marciapiedi, in strada.

Sotto di me, una catena di vigili del fuoco coi respiratori sul viso percorreva il nostro vialetto. Altri due vigili del fuoco erano su un ascensore di soccorso attaccato al retro dell'autopompa più vicina. La piattaforma articolata sussultò e si alzò. Avevano una manichetta antincendio sulle spalle.

«Aiuto!» urlai. «Bethany! Quassù! Aiuto!»

La gente fissava. Alcuni indicavano. Bethany mi guardò e poi attirò immediatamente l'attenzione degli agenti di polizia su di me, mentre un'altra donna gridava.

Uno dei vigili del fuoco sulla piattaforma diede un colpetto sulla spalla del suo collega e m'indicò, poi fece cenno a un agente a terra.

Agitai le braccia.

Pezzi di tegole scricchiolavano sotto i miei piedi. Il balcone di John era in pessime condizioni. La copertura stava cedendo in alcuni punti. La muratura del parapetto era fessata e pericolante.

«Aiuto!» Urlai così forte da lacerarmi la gola. Soffocavo per i fumi dell'incendio.

Poi sentii uno scricchiolio e un grugnito da dietro di me: era Sam che usciva sul balcone.

Scosse la testa e si batté l'orecchio con la mano, come se avesse appena immerso la testa in una piscina.

Poi avanzò a fatica e si mise a contemplare la strada, la luce blu e le fiamme vivide che tingevano la sua pelle e facevano scintillare il sangue sulla camicia e sui pantaloni.

«È finita», dissi.

Trattenne un sospiro e guardò il cielo, col coltello che gli penzolava dalla mano.

«Sam?» Più sommessamente. «Ho detto che è finita.»

Mi guardò di traverso. «No. No, Lucy, per noi non potrà mai essere finita.»

Mentre mi scrutava, percepivo il peso di tutto ciò che ci legava. Come un filo invisibile nell'aria cocente.

Quell'uomo mi conosceva nel profondo.

Sapeva più cose su di me di quante non ne sapessi io stessa.

E allo stesso tempo era un estraneo.

Ma non del tutto.

Perché conoscevo le sue abitudini, i suoi tic, le migliaia di segnali intenzionali o involontari che lanciava.

Quindi seppi, forse solo una frazione di secondo dopo di lui, che aveva preso una decisione.

Ecco perché mi stavo già girando verso casa nostra quando lui lasciò cadere il coltello e fece per piombarmi addosso, con le braccia tese, pronte a spingermi giù dal balcone, come aveva fatto con Oliver, con Mary.

Mi buttai.

Nell'oscurità vorticosa e nelle fiamme sferzanti.

I miei piedi che scalciavano il nulla.

Le braccia tese.

Andai a sbattere sul parapetto di mattoni del balcone della casa che mi aveva condannato, cercai disperatamente di portare i gomiti e la parte superiore del mio corpo oltre il muretto, raschiando le braccia sulla pietra, col calore che infuriava sotto di me. Proprio allora sentii qualcosa prendermi alla vita e strattonarmi con veemenza. La canottiera si deformò, dita mi graffiarono, qualcuno urlò, il tessuto si lacerò, e poi una breve esclamazione di sorpresa seguita da niente... niente... finché non udii un tonfo orrendo e umido, e poi il fragore dell'incendio che tornava a squarciare la notte.

Mi ritrovai col viso premuto contro i mattoni roventi mentre uno dei pompieri sull'ascensore si toglieva la maschera, mi guardava con un'aria inorridita per un secondo, poi tendeva la mano guantata. «Aspetta, tieniti forte, stiamo arrivando, non mollare!»

«Non lasciare la presa!» urlò Bethany.

Mi agganciai al muretto coi gomiti.

Strinsi l'avambraccio sinistro con la mano destra, proprio sulla cicatrice.

Affondai le dita dei piedi nella parete.

Per quanto tempo rimasi lì appesa non lo so, poi dei guanti mi afferrarono e mi trascinarono sull'ascensore, mi adagiarono e mi diedero dei colpetti sulla schiena e sul fianco.

Rimasi lì, quasi senza respirare, senza sentire nulla di quanto mi veniva detto. Non ero ancora in grado di elaborare niente: mi limitai a fissare il corpo spezzato di Sam sulle ringhiere tra la nostra casa e quella di John e, lì vicino, il cartello VENDESI, che era stato sbalzato di lato ed era caduto a terra.

## 114

«Cerca di restare immobile.»

Strinsi forte gli occhi mentre la paramedica mi esaminava la ferita alla nuca. Sentivo l'odore della plastica dei suoi guanti chirurgici. Sentivo il suo fianco premere su di me mentre si alzava in punta di piedi per vedere meglio.

Ero su una barella dentro un'ambulanza con gli sportelli aperti, che rivelavano il caos della strada.

Fuori tutto tremolava di blu e nero. Erano arrivati altri veicoli di soccorso e gli agenti di polizia in uniforme avevano perimetrato la scena. Tre vigili del fuoco attoniti stavano facendo il punto della situazione sul retro del loro veicolo, con caschi e maschere in mano, tute bagnate, volti sporchi di sudore e fuliggine, capelli appiattiti e sporchi.

Dietro il nastro della polizia, alcuni dei miei vicini fissavano con espressione sconvolta e gli occhi sbarrati i resti carbonizzati e fumanti della casa di Sam, e lo schermo che era stato eretto intorno al suo cadavere. Una donna si strofinava le braccia. Un uomo cullava un bambino addormentato in pigiama che teneva in mano un orsacchiotto logoro.

«Mi dispiace molto per quello che le è successo e per quello che ha passato stasera. Ma, tanto per essere chiari, sta sostenendo che quest'uomo – Sam – l'ha trattenuta contro la sua volontà?» A parlare era una detective cordiale di mezza età che si era presentata come sergente Sloane. Aveva molti capelli grigi, occhi gentili ma stanchi, un modo di fare premuroso. Si era assicurata che me la sentissi di parlare prima d'interrogarmi, ed era stata lei a permettere a Bethany di sedersi all'estremità della mia barella mentre Sloane prendeva appunti su un taccuino.

Bethany aveva una coperta di carta stagnola sulle spalle che faceva rumore ogni volta che si muoveva. Era stata visitata dalla paramedica davanti a me, e ora mi teneva la mano sul piede, aspirando di tanto in tanto l'ossigeno da una maschera che portava alla bocca. Ero riconoscente per la sua presenza. Felice. Contenta di avere qualcuno con una forte personalità al mio fianco.

« Ahi! »

« Scusa. » La paramedica indietreggiò e aprì un pacchetto di garze sterili prima di tornare al suo lavoro. Indossava una tuta verde bottiglia e scarpe da ginnastica nere, e aveva i capelli legati in una coda di cavallo.

« Mi ha fatto il lavaggio del cervello. »

Mi accorsi che la paramedica si era irrigidita al mio fianco, come se non riuscisse a credere a ciò che aveva sentito, ma Bethany mi strinse il piede in segno di solidarietà, mentre la sergente Sloane rifletteva sulle mie parole.

« E come ha fatto? »

« Mi aveva rinchiuso nel seminterrato. A volte mi teneva sotto la doccia. Ha fatto altre cose, credo. Ci sono delle foto, a casa di John. » Indicai la mansarda della casa accanto con un cenno del capo. « Non so spiegarlo bene, ma Sam è un docente all'LSE. *Era*. Insegnava psicologia. L'ho conosciuto a un gruppo di sostegno che conduceva. »

« Un gruppo di sostegno per cosa? »

« Persone con fobie e pensieri irrazionali. Pensavo di essermi convinta di avere uno stalker. Ma a quanto pare non me l'ero inventato. Era Sam il mio stalker. »

« Non era a posto con la testa », intervenne Bethany. « L'ho capito quando ci ha minacciato con un coltello per impedirci di uscire di casa. Ce l'aveva negli occhi. Nel modo in cui parlava. Non me la raccontava giusta. Non l'avevo mai visto così. »

Mentre lei parlava, vidi John che veniva guidato lungo il marciapiedi da un agente di polizia e da un paramedico che lo sostenevano delicatamente per le braccia.

« Cosa succederà a John? » chiesi.

Sloane si voltò per un attimo e seguì il mio sguardo. « Si prenderanno cura di lui. Coinvolgeremo i servizi sociali. »

« Posso andare a trovarlo, dopo? »

« Sono certa che si può organizzare qualcosa. »

« Qualcuno deve controllare i suoi conti bancari. »

Sloane inarcò un sopracciglio. « Come mai? »

« Eravamo a corto di soldi. Per via della ristrutturazione della casa. E, date le condizioni di John... » Mi morsi la guancia per trattenermi dal piangere, pensando ai soldi che avevo visto nello zaino di Sam. « Sam si sarebbe dovuto occupare di lui, ma ora temo che avesse accesso alle finanze di John. Temo che sia da lì che provengono alcuni dei soldi. »

« Ha qualche prova? »

« No. » Però ripensai alla moglie di John, Mary, e al sospetto che Sam l'avesse uccisa. « Solo un brutto presentimento. »

Sloane mi squadrò per un attimo, poi annuì e aggiunse una nota sul suo taccuino. «Cos'altro può dirmi su quest'uomo, Donovan?»

«Mi scusi, detective.» La paramedica mi aveva messo una mano sulla spalla e ora stava attirando l'attenzione di Sloane sulle letture del monitor cui mi aveva collegato. Vedevo che la mia frequenza cardiaca era alta e irregolare. La lettura dell'ossimetro attaccato al mio dito indicava chiaramente che il mio livello di ossigeno era basso. Non riuscivo a liberarmi da un fastidioso senso di costrizione nel petto. «Non può aspettare? È sotto choc. Ha un trauma cranico. Devo portarla in ospedale.»

Come a farlo apposta, Bethany mi passò la maschera per l'ossigeno e io la usai per coprirmi il naso e la bocca, facendo un respiro di sollievo.

«Capisco.» Sloane chiuse il taccuino e mi rivolse un sorriso compassionevole.

Mi tirai giù la maschera. «Mi ha detto di essere il fratello di qualcuno che Sam ha ucciso. Oliver Downing. È successo a Farringdon. Due anni fa. La polizia pensava che Oliver si fosse buttato dal tetto del suo palazzo, ma non si è buttato.» Mi misi a sedere sulla barella, ma mi mossi troppo velocemente e l'interno dell'ambulanza iniziò a girare. «L'ha spinto. È stato Sam. L'ha...» Feci una smorfia e mi massaggiai la tempia mentre un nuovo dolore acuto mi lacerava la testa. Di nuovo quei guizzi bianchi. Ricordare mi faceva ancora male.

Mi rimisi la maschera per l'ossigeno alla bocca e inspirai profondamente, mentre Bethany annuiva accanto a me. «L'ha confessato. L'ho sentito.»

Sloane esitò, poi spostò lo sguardo da me a Bethany con un'espressione di profonda preoccupazione.

Abbassai la maschera. «In quel momento ero ancora in linea con l'operatore. Forse ha sentito anche lui.»

«Le telefonate sono registrate. Possiamo controllare. Cos'altro?»

«Detective, ha bisogno di una pausa», disse la paramedica, aiutandomi a rimettere la maschera sul viso. «Lo vede anche lei.»

Sloane sembrò riflettere per un attimo prima di spostare la sua attenzione su Bethany. «Credo che questo sia il momento giusto per avere una sua dichiarazione più dettagliata.»

«Lo credo anch'io.» Bethany mi abbracciò. «Non ti affaticare», sussurrò.

Annuii.

«Lo sai che mi hai salvato la vita, vero?»

Espirai nella maschera e scossi la testa.

«No, è vero. E non dimenticartelo, perché non te lo permetterò. Mi hai portato via da lì. E ora ci sarò per te, che tu lo voglia o no. Supereremo questa cosa insieme.»

All'improvviso, non ce la feci più.

Le lacrime che avevano iniziato a velarmi gli occhi presero a scorrere lungo le guance. Non riuscii a trattenere i brividi e fui sopraffatta da un'ondata intensa e paralizzante di freddo.

«Bene, siamo d'accordo.» Bethany mi diede un colpetto sulla gamba e Sloane l'aiutò a scendere dall'ambulanza. Una volta fuori, Bethany si girò per guardarmi un'ultima volta. «Ti chiamerò. Ci vediamo, okay?»

Annuii. Lo volevo, più di quanto non avrei immaginato. Mi ero isolata dalle altre persone per troppo tempo. Se volevo superare questa faccenda, avevo bisogno di un'amica come Bethany.

La paramedica fece un passo avanti e si sporse per chiudere gli sportelli.

Prima però avevo un'ultima domanda per Sloane. Abbassai di nuovo la maschera. «Come sta Donovan?»

Sospirò, come se non fosse sicura di come rispondermi. «È troppo presto per dirlo. Ha perso molto sangue. Ma ho visto casi peggiori che ce l'hanno fatta. L'aggiorneremo in ospedale, promesso. Nel frattempo, la farò seguire da due agenti.»

## 115

«Grazie», mormorai alla paramedica dopo che ebbe chiuso gli sportelli.

«Non c'è problema.» Si appoggiò agli armadietti di fronte alla mia barella, guardando attraverso i finestrini oscurati la scena che ci stavamo lasciando alle spalle.

Forrester Avenue si allontanava mentre l'ambulanza si muoveva tra i veicoli di emergenza e poi accelerava, inseguita da un'auto della polizia con due agenti all'interno. Fissai i resti fumanti della casa dove avevo trascorso gli ultimi due anni. La guardai rimpicciolirsi, affievolirsi, sapendo già che non volevo rivederla mai più. Sarebbe stata dura riconciliarmi con l'idea che Sam mi aveva mentito fin dall'inizio. Non sapevo perché mi avesse scelto e non capivo quali fossero le sue intenzioni a lungo termine. Chissà se aveva davvero intenzione di viaggiare con me, o se avrebbe cercato d'intrappolarmi in qualche altro modo.

L'ambulanza svoltò alla fine della via, facendomi dondolare da una parte all'altra, poi proseguì. L'autista non aveva acceso le luci blu o la sirena e ne fui felice. Avevo bisogno di un po' di tranquillità, di cercare di rilassarmi.

Contemplai le abrasioni fresche sulla pelle dove la muratura mi aveva graffiata. Tracciai delicatamente con un dito la linea della mia cicatrice.

«Era la verità?» mi chiese la paramedica.

Alzai il viso, un po' sorpresa dal suo tono.

«Quello che hai detto alla detective su Sam. Ha davvero confessato di avere spinto Oliver?» Le si spezzò la voce e per la prima volta vidi le lacrime nei suoi occhi, il modo in cui serrava le labbra. Un muscolo della guancia tremò come se stesse lottando per tenere a freno le emozioni.

Qualcosa scattò dentro di me e di colpo compresi.

Inclinò la testa e si scostò la coda di cavallo per togliersi qualcosa dall'orecchio, poi mi mostrò il pezzetto di plastica color carne che aveva rimosso.

*«Indossa un auricolare nascosto. Sam non sa nemmeno che ha risposto alla mia chiamata...»*

Intravidi una macchia d'inchiostro sfocata appena sopra il bordo dei guanti di nitrile blu.

*«Aveva un tatuaggio. Sul polso... un calabrone...»*

Infine, pensai a Donovan e alle parole che mi aveva detto quand'ero scappata dal seminterrato.

*«Ambulanza... arriva...»*

Pensavo che mi avesse detto di aver chiamato un'ambulanza nella speranza di salvarsi la vita. Ma se non fosse stata l'unica ragione? E se avesse cercato di spiegarmi qualcos'altro?

*«Ambulanza... arriva...»*

Perché non mi ero domandata come Donovan avesse intenzione di portarmi via senza che nessuno se ne accorgesse?

«Dimmi la verità e basta.» La paramedica mi fissò come se tutto ciò che contava per lei fossero le mie parole.

Affondai le dita nel materasso plastificato mentre l'ambulanza svoltava di nuovo. Il tragitto verso l'ospedale più vicino era breve. Saremmo arrivati presto. «Chi sei?»

«Amy. La sorella di Oli. Oggi sorvegliavo Sam. Ho

partecipato a uno dei suoi gruppi di sostegno. Eravamo in un'aula seminari all'LSE. Dopo l'ho seguito.»

Era come aveva detto Donovan. Era lei all'altro capo del telefono di Donovan. Doveva essere in metropolitana con Sam, ma invece di venire a casa nostra si era organizzata in modo di essere a bordo dell'ambulanza.

Se era la sorella di Oliver, allora era anche la sorella di Donovan. Avevano investito così tanto nello scoprire cos'era successo.

«Sì, è la verità.»

Chinò la testa e sospirò con amarezza. «Non doveva andare così.»

«Come doveva andare?»

«Dovevamo portarti via sotto sedativi. A casa di nostra madre. Costringerti a guardarla negli occhi. A dirle la verità.»

«Tuo fratello ha usato un sedativo su Bethany.»

Annuì tristemente, abbozzando un mezzo sorriso. «Bethany non doveva esserci.»

«Ma c'era.»

Annuì di nuovo, come se si sentisse in colpa. «Gli avevo detto di lasciarmi entrare in casa con lui.» Batté il pugno sul bancone accanto a lei, frustrata.

«Donovan?»

«È il mio fratello maggiore. E quello di Oli. Da quando nostro padre è morto...» Esitò, lanciando un breve sguardo verso il tetto dell'ambulanza. «Ha sempre cercato di essere presente per noi, di proteggerci. Non hai idea di quanto sia stato male per quello che è successo a Oli. S'incolpava perché era all'estero e non qui. Lo sai cosa mi ha detto? Che non sarebbe stato sicuro per me entrare in quella casa.»

E aveva ragione, pensai. Non era sicuro. Per nessuno. «Mi dispiace.» Dicevo sul serio.

Mi dispiaceva per quello che era successo. Mi dispiaceva che Donovan fosse ferito, che mi avesse terrorizzato, che Bethany fosse stata aggredita e John minacciato.

«L'hai salvato dall'incendio. Ora ha una possibilità, grazie a te.» Prese il cellulare dalla tasca. Tirò su col naso e se lo pulì con una nocca guantata, poi sbloccò lo schermo. «Sono arrivati i risultati del DNA. Sei compatibile col sangue che era sotto le unghie di Oli. Ma c'è qualcosa che dovresti sapere. Il lavaggio del cervello... In quanto medico, non sono certa che esista una cosa del genere. Non nel modo in cui te lo immagini, comunque. Ma Donovan mi ha mandato una foto, quand'era lì dentro. Del tuo armadietto dei medicinali.» Girò il cellulare e mi mostrò la foto. Ritraeva l'interno dell'armadietto.

«Sono i miei ansiolitici.»

«Forse alcuni. Però le pillole di certe scatole non corrispondevano alle descrizioni esterne. Dipende dalle quantità, dalle combinazioni, dal dosaggio, ma se assunti nel modo giusto – o nel modo sbagliato, nella tua situazione – è possibile che abbiano causato un'amnesia retrograda, influenzato la tua facoltà di ragionare, che ti abbiano reso più suggestionabile. Sam svolgeva parte del suo lavoro di ricerca con pazienti in centri di riabilitazione e strutture di salute mentale, giusto? La mia ipotesi è che abbia avuto accesso ai farmaci di cui aveva bisogno lì.»

Fu uno choc, ma anche un piccolo regalo, mi resi conto. Forse un modo per iniziare a capire e riconciliarmi con l'orrore che mi era stato fatto. «L'hai detto a tuo fratello?»

«Gliel'ho accennato.»

Ci riflettei mentre l'ambulanza si avvicinava all'ospedale. Non potevo fare a meno di domandarmi se i dubbi di Donovan su ciò che era accaduto a Oliver e a me avessero cominciato a prendere forma in quel momento. Forse spiegava perché era così impaziente che Sam tornasse a casa. Mi ricordai pure che Donovan mi aveva chiesto, davanti a Sam, se avessi comprato io stessa le medicine per l'ansia. Doveva avere intuito che Sam aveva scambiato le mie pillole.

Mentre mi arrovellavo, Amy posò una mano sulla portiera posteriore e si piegò per guardare fuori dal finestrino. L'ambulanza rallentò e si fermò sotto la tettoia illuminata fuori dal pronto soccorso.

«Devo andare a cercare mio fratello. È forte. Più forte di chiunque abbia mai conosciuto.»

«Ha parlato. Verso la fine. Ha tentato di fermare Sam.»

Mi guardò di nuovo. Sembrava indecisa se dirmi o no dell'altro. «Donovan ha indagato su Sam. Sul suo passato. Ha controllato la sua carriera universitaria. Otto o nove mesi fa, un'ex studentessa lo ha accusato di comportamento inappropriato per fatti avvenuti tre anni prima. Ha affermato che Sam l'aveva costretta a una relazione e aveva mostrato comportamenti coercitivi prima che lei si laureasse e mettesse fine al rapporto. Ma il processo disciplinare non è andato a buon fine perché la donna ha ritirato le accuse quasi subito dopo averle formulate. Nessuna spiegazione del perché.»

Mi sentivo come se una bomba fosse esplosa nel mio petto. Pensai allo stress che Sam aveva subito al lavoro, a come le sue prospettive di carriera erano state compromesse, a come si era lamentato delle maldicenze nel suo dipartimento. Sospettavo che le accuse ne facessero parte. E, dato che ora sapevo chi fosse davvero Sam, sembrava del tutto plausibile che potesse minacciare o intimidire la sua accusatrice fino a farla desistere.

Tre anni. Poco dopo aveva cominciato a prendere di mira me.

Stavo ancora facendo i conti con le implicazioni di tutte quelle informazioni quando Amy si fermò appena prima di aprire gli sportelli. «Un'altra domanda.»

Aspettai.

«Sam. Quand'è caduto. Ti ho sentito dire alla polizia che non è riuscito ad aggrapparsi. Hai detto che è scivolato. Volevo sapere... ne sei sicura? Sicura di non esserti forse dimenata, o di non avergli dato un calcio, di non essertelo scrollato di dosso?»

La guardai per un attimo di troppo. Aprii la bocca, ma non uscì niente.

Lei annuì. «Bene. Se l'è meritato.» Poi aprì le portiere e saltò giù sull'asfalto. Si diede un'occhiata alle spalle mentre uno degli agenti in uniforme scendeva dall'auto di pattuglia dietro di noi. «Che tu dica di me o no alla polizia, dipende tutto da te. Ma un'ultima cosa: alla festa non ti ho vista molto bene, quindi non sono del tutto sicura che fossi tu, ma Oli è venuto a parlarmi quando siete arrivati. Vuoi sapere la verità? Con tutti i suoi problemi, tutte le sue tristezze e paure, non avevo mai visto Oli così felice ed emozionato come quella sera. Nei miei momenti più bui, mi aggrappo a questo pensiero. E forse dovresti farlo anche tu.»

## 116

*Sei settimane dopo*

« Allora, che ne dici? » mi chiese Bethany.

« Ci penserò. »

Ero seduta di fronte alla scrivania di Bethany, nell'ufficio della sua agenzia immobiliare. C'eravamo solo noi. L'ufficio era luminoso e arredato con mobili colorati. Nelle grandi vetrine che si affacciavano sulla strada erano incorniciate le descrizioni delle proprietà, appese a fili discreti.

Bethany girò il monitor touchscreen verso di me, facendo scorrere una serie d'immagini di un appartamento. « Ha tutto quello che cerchi. Una camera da letto. Servizi moderni. Si trova al piano ammezzato di un edificio molto sicuro. Posso farti ottenere un ottimo prezzo per l'affitto. »

« L'hai detto di ogni posto che mi hai fatto vedere. »

« Perché è vero. Voglio che tu sia felice. »

Mi alzai, abbottonai il cappotto e mi misi la borsetta sul braccio. « Allora prendi un appuntamento per una visita. Ci andremo insieme. »

« Evviva. » Bethany si alzò e batté le mani.

Mi sporsi sulla scrivania per baciarla sulla guancia a mo' di saluto, ma, mentre mi ritiravo, lei mi prese le spalle e mi guardò negli occhi.

« Sei sicura di non volere che ti accompagni? Devo prendermi una pausa comunque. »

La porta dietro di noi si aprì ed entrò una coppia di mezza età.

«No, non preoccuparti. Hai dei clienti. Questa parte, la farò da sola.» Sorrisi alla coppia mentre la incrociavo per andare alla porta.

«Chiamami se hai bisogno.»

«Tornerò dopo. Ti racconterò com'è andata.»

Fuori era freddo e umido. Metà mattinata. Aveva smesso di piovere, ma il marciapiedi era coperto di pozzanghere. Mentre aspettavo di attraversare la strada, le auto di passaggio alzavano grossi spruzzi.

Quando il semaforo pedonale diventò verde, lanciai un'occhiata a Bethany, che stava già intrattenendo la coppia in una conversazione animata e attirando la loro attenzione su una brochure immobiliare.

Sorrisi tra me. Bethany era determinata ad aiutarmi a rimettermi in piedi a tutti i costi, con la stessa determinazione con cui era impegnata a fare carriera.

Solo di recente avevo scoperto che aveva stampato dei biglietti da visita per me e che chiedeva a tutti gli agenti immobiliari del suo studio di passarli ai clienti che potevano avere bisogno di un'interior designer. In tutta franchezza, non ero sicura di volerlo prendere di nuovo in considerazione, ma poi erano arrivate le prime telefonate ed ero stata incuriosita da alcuni dei progetti di cui le persone volevano discutere.

Quando raggiunsi il marciapiedi opposto, mi diressi verso il piccolo bar che si affacciava sull'agenzia immobiliare di Bethany e mi fermai di colpo.

Donovan era seduto a un tavolo all'aperto, sotto il tendone fradicio. Indossava una giacca scura imbottita, jeans sbiaditi e stivali di pelle. Mi guardò dritto negli occhi mentre metteva da parte il giornale che stava leggendo, senza lasciarmi dubbi sul fatto che sapesse che sarei venuta.

«Siediti. Non ti tratterrò a lungo.»

Scossi la testa e lottai contro l'istinto di voltarmi, correre e chiedere aiuto. «Cosa vuoi?» riuscii a dire.

«Dirti addio. Da oggi non mi vedrai più. Hai avuto abbastanza traumi. Non volevo che la cosa ti preoccupasse.»

Sentii la mia espressione indurirsi, mentre dentro di me provavo un sollievo profondo. Avevo sentito dire che era sopravvissuto all'attacco di Sam, ma che durante l'intervento era stato in pericolo di vita. Guardandolo ora, c'erano pochi segni delle ferite che aveva subito. Notai una piccola cicatrice sulla guancia, vicino a un occhio, e una leggera rigidità nei movimenti che faceva del suo meglio per nascondere.

«Mi hanno riferito che hai chiesto di far cadere le accuse contro di me», disse.

«Mi hanno detto che non avrebbe fatto nessuna differenza.»

«Infatti.»

«Eppure, eccoti qua.»

Inarcò le sopracciglia e fece spallucce, come se i reati di aggressione su cui la polizia l'avrebbe perseguito – almeno, così mi avevano detto – fossero solo un piccolo inconveniente. «Te l'ho detto, che sono un agente dei servizi segreti.»

Aspettai. Non volevo dargli la soddisfazione di chiedergli che cosa c'entrasse.

«Diciamo solo che ho amici influenti. Persone che preferirebbero che io facessi quello che so fare, dove hanno bisogno che io lo faccia.»

«Bethany non ne sarà felice.»

Donovan serrò le labbra in segno di contemplazione e guardò per un attimo in direzione dell'agenzia immobiliare di Bethany. «No. Immagino di no.»

Io ero un po' più combattuta. Da una parte, nonostante il terrore che mi aveva fatto provare, sapevo di dovergli qualcosa che andava oltre la verità che cercava. Dall'altra mi dispiaceva per la madre di Donovan, che aveva già perso un figlio e non meritava di vedere l'altro rinchiuso in carcere. «Non ho mai detto alla polizia che Amy era in ambulanza con me.»

Annuì.

In base a quanto ero riuscita a capire dalla sergente Sloane, Donovan aveva negato di aver avuto un complice. Sarebbe stato relativamente semplice per la polizia dimostrare il contrario, pensavo. Avevano il cellulare che Donovan aveva usato per tenersi in contatto con Amy e, sebbene sospettassi che fosse un telefono usa e getta, il registro delle chiamate di Donovan era ancora lì. Per di più, l'LSE avrebbe potuto aiutarli nelle indagini, magari mettendoli in contatto con altre persone che avevano frequentato lo stesso gruppo di sostegno di Sam e che avrebbero potuto identificarla. Oppure la polizia avrebbe potuto controllare i filmati delle telecamere a circuito chiuso del tragitto di Sam in metro.

Immaginavo di sapere perché non era successo nulla di tutto ciò.

«Come sta John?» chiese Donovan.

Scossi la testa senza rispondergli. Non solo perché non

meritava di sapere che John era adesso in una casa di riposo specializzata, ma anche perché ero certa che lo sapesse già.

Gli avevo fatto visita un paio di volte. Se la cavava abbastanza bene, il che andava oltre le mie aspettative. Non credevo che si ricordasse di me, però non aveva importanza. La casa di riposo aveva un gatto e sapevo che gli piaceva.

I miei sospetti su Sam si rivelarono veri. La polizia controllò e scoprì che aveva sottratto denaro dai risparmi di John per almeno un anno. All'inizio piccole somme, poi importi sempre più grandi, dato che non veniva scoperto. Bethany mi aveva detto che ci sarebbe stata una fila di società immobiliari impazienti di accaparrarsi la casa di John quando sarebbe stata messa sul mercato. Il ricavato della vendita avrebbe coperto le spese della casa di riposo. Per quanto riguardava la casa di Sam, ero sicura che anche quella sarebbe stata venduta, nonostante i danni provocati dall'incendio. Sapevo per certo che Bethany non aveva nessun interesse a commercializzare la proprietà. Alcuni benintenzionati mi avevano detto che avrei dovuto fare causa per danni agli eredi di Sam quando la vendita fosse andata a buon fine, ma non ero interessata. Ero pronta ad andare avanti.

«Per quanto tempo hai pianificato quello che mi hai fatto?» chiesi a Donovan.

«Non molto. Mi sono mosso piuttosto velocemente.» Si guardò il busto con disappunto. «Troppo velocemente, riflettendoci.»

«E Sam? Hai sempre sospettato di lui?»

«Sapevo delle cose su di lui. Sapevo pure che era possibile che ti stesse nascondendo, proteggendo. Poi c'era la possibilità che lo avessi ingannato e che non sapesse nulla. Ecco perché volevo entrare in casa con te. Parlare con te senza che tu sapessi perché ero lì. Ma poco dopo...» Indugiò per studiarmi, come se stesse valutando quanto ancora potesse dire. «Nel mio lavoro, vedi molte cose. Tante vorresti non averle mai viste. Ma, quando mi hai mostrato la casa, il modo in cui parlavi... ho riconosciuto dei segnali.»

Rabbrividii e lui se ne accorse. Poi si girò di lato, appoggiando una mano sullo schienale della sedia e alzandosi con un certo disagio. «Sono ancora in convalescenza.»

«Anch'io.»

Mi fissò per un attimo, valutandomi, poi prese il giornale e mi fece cenno di entrare nel bar. «Meglio se vai. Ti aspettano.»

Si allontanò senza voltarsi. Rimasi lì, col cuore che mi batteva forte e con la gola che mi si chiudeva, in attesa che si facesse strada fra gli altri pedoni, poi svoltò l'angolo e sparì.

Quando guardai dall'altra parte della strada, vidi che Bethany stava ancora parlando con la coppia, beatamente ignara di ciò che era successo, e decisi di mantenere le cose così.

Mi sentivo la testa leggera, le ginocchia deboli. Ma mi rifiutai di lasciare che Donovan mi distraesse dal motivo per cui ero in quel bar. Dopo aver fatto alcuni respiri profondi e aver chiuso gli occhi per un attimo, scrollai lo stress nervoso dalle mani e dalle braccia, mi scostai i capelli dal viso, mi girai e varcai con passo deciso la porta a vetri appannata del bar.

Una donna con un grembiule color tortora mi guardò da dietro il bancone.

«Non si preoccupi.» Indicai un tavolo vicino alla finestra dove tre persone erano riunite intorno ad alcune tazze di caffè fumante. «Vedo il mio gruppo.»

Mi avvicinai a passo incerto, ma recuperai presto il controllo. Presi una sedia e mi accomodai. Avevo i nervi a fior di pelle. Le lacrime minacciavano di sgorgare. Ero più che consapevole del tavolo vuoto fuori dov'era stato seduto Donovan fino a poco prima, e quando lo guardai provai un istante di disperazione. Poi strinsi i pugni e proseguii: «Grazie a tutti di essere venuti. Come state?»

«Bene.»

«Meglio.»

«Tutto a posto.»

Gli credevo.

Il tassista era dimagrito. Indossava un abito color carbone, una camicia bianca e una cravatta a righe.

I capelli della ragazza erano più lunghi e più chiari. Immaginai fosse la sua tonalità naturale. Indossava una bella camicetta e un paio di jeans, e il trucco era molto più leggero di un tempo, anche se aveva ancora l'anello al labbro.

Il ragazzo magro era ancora magro. Era ancora un po' ingobbito e nervoso. Ma incrociò e sostenne il mio sguardo senza esitazione, e il suo sorriso sembrava genuino.

«Che mi dite delle vostre fobie?»

«Ne stavamo proprio parlando», replicò il tassista. «Mi è praticamente passata. Alla fine ho scelto l'ipnosi. Mi ha aiutato molto. Però ho chiuso coi taxi. Ho trovato lavoro come autista personale per un riccone che vive non lontano da qui.»

«E io dormo quasi normalmente», intervenne la ragazza. «Alcune delle cose che abbiamo imparato al gruppo di sostegno...» S'interruppe. Per un istante sembrò a disagio.

«Non fa niente. Puoi dirlo.»

«Mi dispiace, ma è stato di grande aiuto. E ora ho un ragazzo. Mi tiene la mano quando mi addormento.»

«Sono contenta. Davvero.»

«Io sono ancora un lavoro in corso», ammise il ragazzo magro. «Ma è passato molto tempo dall'ultima volta che sono stato così male come stavo all'epoca. Vado da uno psicologo. So quali sono i segnali d'allarme da tenere d'occhio. I miei datori di lavoro all'università mi hanno sostenuto molto. E mi sono confidato con alcuni amici intimi.»

«Fantastico. Non hai idea di quanto sia bello sentirtelo dire. Ma, prima di chiacchierare ancora, vi dispiace se facciamo una piccola cosa? Stavolta possiamo presentarci tutti come si deve?»

Il tassista fece un cenno e un sorriso. «Mike.»

«Caroline.»

«Ross.»

«Be', ormai sapete tutti chi sono.» La stampa ne aveva parlato a sufficienza. Sapevo che avevano letto le storie. Gli eventi al numero 18 di Forrester Avenue erano stati molto seguiti. Quindi non pensavo che qualcuno di loro fosse sorpreso o imbarazzato quando la voce cominciò a tremarmi e gli occhi mi si velarono di lacrime. «Piacere di conoscervi. Mi chiamo Louise.»

# RINGRAZIAMENTI

Un enorme ringraziamento alle seguenti persone per l'aiuto e il sostegno forniti per la realizzazione di questo libro.

A Vicki Mellor, oltre che a Lucy Hale, Samantha Fletcher, Philippa McEwan, Karen Whitlock, all'ufficio commerciale, al marketing, all'ufficio stampa e a tutto il team della Pan Macmillan.

A Beth deGuzman, Kirsiah Depp, Karen Kosztolnyik e alla Grand Central Publishing.

A Camilla Bolton, la mia agente, e alla Darley Anderson Literary Agency, in particolare Mary Darby, Kristina Egan, Georgia Fuller, Salma Zarugh, Jade Kavanagh e Sheila David.

A Sylvie Rabineau della WME.

A Lucy Hanington, Clare Donoghue e Tim Weaver.

E a mia madre, a Allie, Jessica, Jack e a mia moglie Jo.

Questo libro è stampato col sole

Azienda carbon-free

Fotocomposizione Editype S.r.l.
Agrate Brianza (MB)

Finito di stampare
nel mese di gennaio 2024
per conto della Casa Editrice Nord s.u.r.l.
da Grafica Veneta S.p.A. di Trebaseleghe (PD)
Printed in Italy